KB073844

송화강에서
우수리강까지

송화강에서 우수리강까지

중

주철수 지음

좋은땅

〈흑룡강성〉

〈길림성〉

머리말

○

'아, 무사히 건넜을까?

이 한밤에 남편은 두만강을 건넜을까?

이 한밤에 남편은 두만강을 탈 없이 건넜을까?'

저리 국경선 강안(江岸)으로 시작되는 파인 김동환 시인의 〈국경의 밤〉을 읽을 땐 두만강 건너편 간도는 그리움과 두려움, 때로는 경외심이 교차했던 곳이었다.

간도 중에서도 최북단에 자리한 하얼빈 흑룡강 동방대학에 부임해 온 이후 강의가 없는 월요일은 안중근 기념관에서 중국 공무원에게 한국 문화를 강의를 했다.

필자에 앞서 강의를 한 분은 지금은 고인이 된 고 서명훈 선생이다. 그분은 흑룡강성 민족문화 종교 국장을 역임한 고위 공직자이자 안중근 의사 연구에 평생을 바친 원로 사학자이기도 하다.

그와의 만남을 통해서 일제 강점기 시 간도에서 일어났던 독립 투쟁사를 접하게 되었고 그 과정에서 우리에게 알려지지 않은 채 사라진 무명의 별들도 적지 않다는 것을 알게 되었다.

이들이 낯선 이국으로 와 조국을 되찾기 위해서 목숨까지 바치며 희생되었는데도 어떠한 기록도 없이 묻혀 있었다. 그들의 숭고한 희생을 그대로 두기에는 안타까워 알리고 싶었다. 그러나 어떠한 사료도 없는 상황에서 실체를 파악하기 위해서 할 수 있는 것은 사건현장으로 찾아가 확인을 하는 것이다. 대부분의 사건은 오래전에 일어났고 관계자들 대부분이 돌아갔기 때문에 진상을 파악하기가 힘들었다. 그나마 할 수 있는 것은 사건을 목격한 노인들의 증언이나 그들이 부모로부터 전해 들은 이야기에 의존할 수밖에 없었다. 그래서 주말이면 카메라를 메고 현장으로 찾아가 그들을 만나곤 했다. 그렇게 해서 만난 사람 중에는 연해주에서 의병 활동을 했던 의병의 손자, 정주에서 3.1운동을 주도했던 애국지사의 후손, 북한의 김일성과 소련의 제88 국제여단에서 함께 훈련을 받았던 노전사, 휴전 회담 시 중공군 대표로 참석했던 대표자의 조카 등도 있다.

답사 지역도 흑룡강성의 최북단에 위치한 하이랄 요새를 시작으로 2차 세계 대전의 마지막 격전지인 호두 요새와 동명 요새, 독립군이 건넜던 우수리강, 최초의 해외 항일 무장기지인 밀산의 한흥동과 허형식 장군이 희생된 경안현의 청솔령 등 여러 곳이었고 구입한 기차표만도 70여 장이 넘고 거리로는 수십만 ㎞에 달했다.

답사 과정 중에도 예기치 못한 일도 있었다. 제2차 대전의 마지막 격전지 동녕 요새에 갔을 땐 독사에 물릴 뻔했고, 독립군이 건넜던 우수리 강가에서 독립군들을 생각하면서 넋을 잃은 채 걷다가 강물에 빠져 수장될 뻔도 했고, 항일 연군의 밀영지를 찾아 천 수백 m의 산을 오르다 길을 잃어 눈 속에서 사투를 벌이기도 했다. 만보산 사건의 현장을 찾아갔을 땐 한국 사람이 왔다는 말을 듣고는 수십 명의 동네 주민이 몰려와 필자와 함께 사진을 찍으려고 해 한류 열풍을 실감하기도 했으며, 사드문제로 한

중 간에 갈등이 심할 때는 안전을 위해 신분을 숨기며 다녀야만 했다.

각 지역을 다니면서 노인들을 만나 목격담을 듣다 보면 묻힌 항일 투쟁 그 자체도 의의가 있고 덮어 둘 수 없는 중요한 역사지만 그들이 이국땅에서 살아오면서 겪은 삶의 여정 즉 월경죄를 무릅쓰고 두만강을 넘어온 사연, 노예와도 같은 생활, 일제의 폭정과 항일 투쟁, 동족 상전의 비극인 6.25 전쟁 참전, 문화대혁명 시 소용돌이에 휘말려야만 했든 암울했던 과거사도 또 하나의 역사였다

원래 계획은 묻힌 독립운동사를 먼저 쓰려고 했으나 그들이 살아온 삶의 여정도 남기고 싶어 먼저 《송화강에서 우수리강까지》를 집필하게 되었다.

조선족 노인들을 만날 때마다 빠지지 않고 하는 말이 있다. 고국에 대한 섭섭함이다. 사실 이들은 19C 말 제국주의가 발호해 약육강식이 지배하던 시대에 살아남기 위해 동토의 땅으로 건너가 지주의 횡포와 억압 속에서 노예와 같은 생활을 하면서도 조국의 독립을 위해 목숨을 걸고 격렬한 투쟁을 하면서 총에 맞아 죽고 작두에 잘려 죽고 심지어 생매장까지 당하면서도 살아남은 들꽃과도 같은 사람들이다.

그렇지만 우리나라에서는 조선족에 대한 인식이 별로 좋지 못하다. 같은 동포라기보다는 3D 업종에 종사하는 하층민이나 보이스피싱으로 범죄를 저지르고 사기를 치는 사람들이라는 부정적인 인식을 가지고 업신여기는 것이 현실이다.

필자가 중국에서 생활하면서 본 조선족은 전혀 그렇지 않고 정반대였다.

오늘날의 시각으로 보면 안중근 의사나 김좌진 장군, 이회영, 김동삼,

안창호, 윤봉길, 홍범도 등의 애국지사나 시인 윤동주도 우리가 업신여기는 조선족이 아닌가!

본 서는 조국이 일제에 의해 찬탈당하자 살아남기 위해 망국의 한을 갖고 떠나간 동포들의 항일 투쟁과 그들이 겪은 삶에 관한 이야기이다.

본 서를 읽고 조선족에 대한 인식의 변화가 있기를 기대한다.

이 책이 나오기까지 도움을 주신 안중근 기념관 관장 최경매, 731부대 기념관 관장 김성민, 대장암 투병 중에도 곳곳을 다니며 도움을 주신 천만수 교수, 연변시 출판국장 최성춘, 흑룡강 신문 총감 주성일 님께 감사드린다. 한편 증언만 하고 출간되기 전에 고인이 되신 분들께 이 책을 바치고 싶다.

머리말　　　　　　　　　　　　　　　　　　　　• 006

7 ## 하얼빈 박봉주

아버지의 죽음을 부른 석회질 논　　　　　　　　• 016

전통을 고수하는 조선족　　　　　　　　　　　　• 020

해방 전야 목단강에는 무슨 일이 있었을까　　　　• 026

아주머니 빨리 옷 좀 빌려 주세요　　　　　　　　• 029

투항한 일본군 내무반은 어떤 모습일까?　　　　　• 032

야수의 탈을 쓴 소련 홍군　　　　　　　　　　　• 036

한국 군인 장남과 북한 군인 차남 간에 벌인

전투의 결과는　　　　　　　　　　　　　　　　• 040

못 부친 편지　　　　　　　　　　　　　　　　　• 049

'라고'마을 사람들은 비적 떼를 어떻게 물리쳤나　• 052

8 ## 밀산시 김민호

세계 제2차 대전 최후의 격전지는 어디일까?　　　• 060

우수리 강가에서 외친 초혼　　　　　　　　　　　• 065

하마터면 제3차 세계대전이…　　　　　　　　　　• 071

독립운동의 요람 밀산 • 080

6.25 동란 중 김일성은 아들 정일을 어디에 숨겼나? • 082

십리와 그곳엔 어느 누구도 없었다 • 094

최초의 해외 독립운동 기지 한홍동 • 106

⑨ **목단강 김종해**

아! 그리운 목단강 • 116

물에 빠져 죽을지언정 포로는 될 수 없다 • 125

북간도에서 김좌진 장군에 대한 시각은? • 128

어떤 놈이 총을 쏴! • 136

농장이 독립운동 기지라니? • 140

큰 영숙 작은 영숙 • 148

⑩ **가목사 최계숙**

여중 2학년이 6.25 전쟁의 전사가 되다 • 162

모택동의 아들 모안영이 사망하다 • 168

엄마, 가지 않으면 안 돼? • 181

다시 가 본 북조선 • 185

11 성화향 박용수

중국 초등학교 교과서에 나오는 조선족 마을은?   • 188

성화향의 슬픔   • 192

어느 탈북자 이야기   • 195

아, 그래서 안상택 거리구나   • 199

북송된 딸을 만날 수 있다면 1억 엔을 주겠소   • 205

12 가목사 이흥화

의문의 황금 덩어리   • 210

조금 더 늦었다면 못 넘었을 38선   • 217

구들장 밑에 숨긴 달러   • 224

13 동녕 이수단

중국 동북의 마지막 종군 위안부   • 230

세계 제2차 대전의 마지막 격전지 동녕 요새   • 234

김일성의 자취가 남아 있는 동녕 요새군 유적 박물관 • 237

14 하얼빈 원옥선

내 골해를 송화강에 뿌려라 • 240

계모는 싫어요 • 244

독립 만세를 부르다 희생된 할아버지 • 247

이 길만이 필도를 살릴 수 있다 • 249

여우를 피하려다 호랑이를 만나다 • 262

울진 출신의 농부가 공산 당원이 되다 • 265

불효자는 웁니다 • 274

731부대 세균전에 희생당한 시댁 • 277

영석아, 보고 싶다 빨리 오너라 • 281

무슨 사연이길래! 묘 앞에서 일어나지 못할까 • 289

제발 총은 쏘지 마 • 292

광복 후 자녀교육 • 295

늑대 무리 속에서 잠든 소녀 • 297

그래서 공산당이 좋지 • 303

비무장 지대 안에 있는 조상 묘는 어떻게 참배하나? • 307

간바황디라쌰마! • 313

고모의 죽음과 고모부의 재혼 • 321

그리운 내 아버지 • 331

15 하얼빈 서명훈

세계인을 경악시킨 세 발의 총성 • 340

의사의 유해는 찾을 수 없는가! • 358

참고문헌 • 361

7

하얼빈 박봉주

아버지의 죽음을 부른 석회질 논

"전문샹 후문시아"라는 안내 방송이 정류장에 도착할 때마다 반복됐다. 옆자리에 앉은 50대 여인의 통화는 오늘따라 유별나게 크게 들렸다. 평소 같으면 하얼빈 남쪽에 있는 평방구에서 하얼빈역까지 1시간 정도면 도착할 수 있는데 출근 시간이라 교통체증이 보통이 아니었다. 체증이 거듭될수록 8시 40분발 목단강행 열차를 과연 탈 수 있을지 궁금해 안달이 났다. 박 노인도 계속해서 손목시계를 보면서 운전사에게 무어라 말했다. 다행스럽게도 화신삼도제(和信三道제)를 지나자 교통이 원활해 시간 내에 하얼빈역에 도착했다.

역사 왼쪽에 있는 안중근 기념관 위에 걸려 있는 시계는 오늘도 9시 30분을 가리키고 있었다. 9시 30분은 안중근 의사가 1909년 10월 26일 한반도 침탈의 괴수 이토 히로부미를 저격한 시각이다.

기념관 앞을 지날 때 중국인 안내원인 왕서 군이 "안녕하세요? 오늘은 어디로 가시지요?"라고 물었다. 그는 안중근 기념관에 근무하는 한족 공무원이며 필자가 월요일 오전에 중국 공무원을 대상으로 하는 한국 문화 강의 시 수강하는 제자이기도 하다.

평소 답사 때와는 달리 오늘은 조선족인 박봉주 어른이 동행해 마음이 한결 가벼웠다. 그는 금년에 86세의 고령에다 건강이 별로 좋지 못한 데도 불구하고 필자의 부탁으로 동참해 주어 고맙기도 하고 미안하기도 하다.

이번 답사의 목적은 1945년 8월 10일 해방을 전후해 목단강 일원에서 일어났던 목단강 전투 현장을 직접 가서 확인해 보기 위해서이다.

하얼빈 시내를 벗어나 1시간쯤 지나자 창밖에 펼쳐지는 풍경은 마치 노란 물감을 뿌려 놓은 듯 벼들이 영글어 가고 있었다. 한 달포 전 이 길을 지날 때만 해도 벼는 고개를 뻣뻣이 쳐든 채 하늘 높은 줄 모르고 기세를 자랑했는데 이제는 철이 들었는지 고개를 숙인 채 서 있다. 우리 인간도 젊어서는 세상 무서운 줄 모르고 날뛰다가 온갖 풍파를 겪고 나면 세상을 보는 안목이 넓어져 겸손하듯이 저 벼들도 비바람에 시달린 후에야 고개를 숙인 채 익어 있는 모습을 보니 인간이든 벼든 모든 만물은 모진 풍상을 극복한 후에야 비로소 철이 드는 듯하다.

하얼빈을 출발한 지 2시간 반쯤 지났을 때 노인은 의자에서 일어나 차창 밖을 응시하더니 북쪽 방향을 가리켰다.

"저쪽에 보이는 큰 건물 뒤로 계속가면 내가 65년 전에 다녔던 상지시 조선족 고중이야."

"아니, 고향이 목단강이고 그곳엔 우리 민족이 많이 살아 고중이 있을 텐데 이 먼 곳까지 오셔서 학교에 다녔다니 이해가 안 가네요."

"나중에 가 보면 알겠지만 우리 집은 목단강시에서 서쪽으로 10㎞쯤 떨어져 있어 학교까지 매일 왕복 20㎞를 걸어 다녀야 했으니 몹시 힘들었어. 주 교수도 알다시피 이곳 북만주는 10월 말이 되면 기온이 내려가기 시작해 12월에 접어들면 영하 40℃까지 내려가. 그런 혹한에 매일 20㎞ 걸을 수 있겠어?"

    그는 장거리 통학과 혹한으로 동상에 걸려 발가락 셋을 잘라야 했다. 그래서 어머니와 상의도 않고 목단강에서 300여 리나 떨어진 상지 고중으로 진학을 했다.
    옛 이야기를 듣다 보니 출발한 지 벌써 4시간이 넘었다. 대해와도 같은 넓은 벌판 가운데 야트막한 벌거숭이 구릉이 보였다.

    "저 산 밑에 있는 땅이 우리 논이었고, 저것이 우리 집안의 불행을 가져다준 불씨가 되었어."
    "무엇 때문에 불행의 단초가 되었단 말입니까?"

    경상북도 달성에서 먹을 것이 없어서 찾아온 만주는 주인이 없는 무연고의 땅이 지척에 있었다. 땅 한 평이 없어 어렵게 살아온 그의 부친은 주인 없는 황무지 땅을 개간했다. 먼저 이주해 온 이웃 사람들이 개간 중인 그 땅은 석회질이 많아서 농사가 안 된다는 말을 했지만 물도 풍부하고 옥토처럼 보여 일본인 하루키에게 6,000위엔을 빌려 5,000평의 황무지를 개간한 후 봄에 모를 심었다. 벼는 7월까지 별 탈 없이 잘 자랐다. 그런데 무럭무럭 잘 자란 벼는 9월이 되어도 패지를 않아 수확은커녕 빚만 잔뜩 짊어졌다. 하루키는 매일 사람을 보내 돈을 갚으라고 독촉을 했다. 좀 있다가 갚을 테니 잠시만 기다려 달라고 애원을 했지만 돈을 구할 방도가 없었다.

어느 날 그는 젊은 청년 4명을 보내 봉주의 아버지를 밖으로 끌고 나갔다. 저녁 무렵에 돌아온 아버지는 바로 서지를 못했고 이틀 후부터 배에 복수가 차기 시작했다. 닷새가 지날 무렵엔 눕지도 못했고 한 보름간 앉은 채로 고통에 시달리다가 눈을 감았다. 아버지가 사망 후에도 하루키 패거리는 계속해서 찾아와 형님을 괴롭혔다. 그들의 협박에 못 이겨 형님과 형수는 봉천으로 야반도주해 가족은 뿔뿔이 헤어졌다.

　형님 부부가 도망간 사실을 안 하루키는 봉주의 집을 빼앗았다. 오갈 데가 없었던 그들은 같은 조선족 동포의 도움으로 방 한 칸을 얻었다. 방이라고는 하지만 농작물을 보관해 두는 창고와 같아 겨울이 되자 혹한 때문에 세 살배기 막내 여동생이 1월 중순경엔 싸늘한 주검으로 변했다.

　"저 논 때문에 우리 가족이 겪은 고통을 생각하면 꼴도 보기 싫어 상지고중 재학 시 이곳을 지날 때는 고개를 반대 방향으로 돌렸어."

전통을 고수하는 조선족

"여기는 황무지였고 저 건너 쪽에 있는 다리는 디딤돌만 있어 뛰어 건넜는데 이렇게 많이 변해 시내 중심이 되다니."

박 노인은 목단강시의 변화된 모습을 보면서 놀라워했다.

"어르신, 10년이면 강산도 변한다는데 벌써 강산이 일곱 번이나 변했을

라고 조선족 마을

텐데 많이 변한 건 당연하죠."

"그래도 너무 변했어."

우리는 목단강시 중심부에서 서쪽 방향으로 10㎞ 정도 떨어져 있는 박
노인의 고향 '라고' 조선족 마을로 향했다. '라고' 조선족 마을은 목단강시
와 김좌진 장군 기념관이 있는 해림시 사이에 있는 마을로 북만주의 다른
지역과 달리 산으로 에워싸여 있었다. 야트막한 산길로 접어드니 동쪽으
로 목단강이 실타래를 풀어놓은 듯 꾸불거리며 흘렀고 남쪽으로는 발해
왕궁터가 나무숲에 가려 보일 듯 말 듯 했다.

"저 발해 왕궁터 앞의 들판이 백산 안희제 선생이 경영했던 발해 농장이
야. 서북쪽은 백야 김좌진 장군이 살던 산시진(진은 우리 면)이야. 여기선
산에 가려 보이지 않지만 자동차로 30분밖에 걸리지 않은 가까운 거리지."

"이 지역은 우리 역사뿐만 아니라 독립운동사에서 중요한 곳이군요."

"그렇지."

차는 목단강 시내를 벗어난 지 20분 후 박 노인의 고향 '라고'마을에 도
착했다.

"68년 만에 고향 마을을 찾으셨는데 어떤 생각이 드십니까?"

"소감이랄 게 뭐 있겠냐. 생전에 못 올 줄 알았는데 주 교수 덕분에 이렇
게 찾아오니 기쁨이 이루 말할 수 없지."

라고 조선족 마을 경로당

우리는 마을 어귀 왼쪽에 있는 2층 건물로 갔다. Police란 영어 단어가 있는 걸로 보아 파출소인 듯했다. 건물 입구에는 5명의 노인이 간이 의자에 앉아 담소를 즐기고 있어 필자가 사진을 좀 찍어도 되느냐고 묻자 아무런 대답도 없이 자리에서 일어나 다른 곳으로 갔다.

건물 안으로 들어가려고 할 때 70대 후반으로 보이는 할머니 몇 분이 우리 쪽으로 오고 있었다. 봉주 노인은 그들에게 물었다.

"내가 어릴 때 이 마을에 살았어. 68년 만에 왔는데 마을이 많이 변해 어디가 어딘지 분간이 되질 않네요. 혹시 박형식을 아요? 그 애가 내 조카이고 내가 떠날 당시 4살이었으니 금년이 72살이지요."

"아! 그 아바이 잘 알지요. 5년 전에 다녀갔수다."

"하모하모, 다녀갔지예. 형식이 삼촌 되신다고예? 68년 전에 떠났으니 우리가 어찌 알겠어예."

그들은 70이 훨씬 넘어 보이는 노인이지만 아직도 고향 사투리를 그대로 쓰고 있었다.

라고 조선족 노인들과 대담 중인 박 노인

어제가 노인절이라 잔치를 했는데 음식을 너무 많이 장만해다 남은 음식으로 오늘 다시 잔치를 한다면서 빨리 방 안으로 들어가 함께 식사를 하자고 했다.

우선 건물 뒤쪽에 있는 부엌으로 갔다. 3평 남짓한 부엌엔 김이 모락모락 나는 큰 가마솥이 3개나 있었다. 이렇게 큰 가마솥이 3개나 필요하느냐고 묻자, 50여 명이 넘는 대식구라 저 정도는 되어야 한다고 했다. 자식들이 대부분 돈을 벌기 위해서 한국에 갔기 때문에 밥을 해 줄 사람이 없어서 이곳 경로당에서 끼니를 해결한다고 했다. 부엌에는 장작더미가 수북이 쌓여 있었고 살강 위에는 놋그릇이 가지런히 놓였고 대나무 광주리에는 시루떡과 누룽지가 가득 담겨 있었다.

우리나라에서는 이런 모습의 부엌이 사라진 지 꽤 오래되었는데 이곳 조선족 마을에는 아직도 옛 모습을 그대로 간직하고 있어 더욱더 정감을 느끼게 했다.

부엌을 구경하고 방 안으로 들어가자 40여 명의 노인들이 푸짐하게 차려진 상 앞에 앉아 대화에 여념이 없었다.

"그래 한국에서 오셨다고요? 여기를 어떻게 알고 오셨습니꺼?"

조선족 마을 경로당 물품 관리실

조선족 마을 경로당 부엌(목단강 라고마을)

"함경도 경원 댁 옆집에 살았던 형식 씨가 이 어른 조카라고 해. 그리고 옆에 분은 한국 사람이고 현재 하얼빈에 살고 있다고 해."

"아이고 반갑수다. TV에서는 한국 사람을 많이 보았지만 직접 만나 보기는 처음이네. 어서 차린 음식 잡수셔."

정감어린 말을 들으니 마치 고향에 와 동네 어른들을 만나는 느낌이었다.

조선족 마을 경로당 식당

도래상 위에 차려진 돼지고기 수육과 순대, 단술, 조청, 막걸리, 시루떡, 찰떡, 경단, 잡채 등의 음식은 필자가 어렸을 때 동네에 결혼식이나 회갑연 등 잔치가 있을 때 나오는 음식과 똑같았다.

우리의 음식을 그대로 고수하는 라고 조선족

오늘날 우리의 식단은 패스트푸드가 주종을 이루지만 이곳 '라고' 조선족 마을 사람들은 우리의 전통 식단을 그대로 고수하고 있었다.

해방 전야 목단강에는 무슨 일이 있었을까

　1945년 중국의 동북부에 위치한 목단강시도 7월 중순이 지나자 더위가 기승을 부려 30℃를 넘는 무더운 날씨가 계속되었다. 이런 무더위에도 불구하고 봉주 집 앞에 있는 일본군 병영 내에는 움직임이 분주해졌다. 장교들이 탄 지프차와 병사들을 태운 군용 트럭이 자주 눈에 뜨이는 등 군 병영 주변이 평상시와는 달랐다. 주말이면 봉주의 집에 놀러 오던 조선족 군인들의 발걸음도 뜸해졌다. 무언가가 이상한 기미가 보여 어머니에게 묻자 이렇게 말했다.

　"글쎄 말이다. 뭔가 다르긴 한데. 그러고 보니 주말마다 오던 장 상병과 이 일병도 요즘은 통 오질 않구나. 장 상병은 우리와 같은 고향이고 군인답지 않게 곰살 맞고 부지런해 집안일도 도와주곤 했는데…."

　"무슨 사고라도 생겼을까요?"

　"사고는 무슨 사고?"

　"장 상병 아저씨에게 물어볼 산수 문제도 있고. 누나, 누나는 궁금 안 해? 그 아저씨가 오는 날이면 누나의 눈빛이 달라지던데."

　"야! 이 머슴아가 무슨 소리하고 있노?"

"누나! 난 다 알아. 누나가 그 아저씨 좋아하는 거."

"입 다물지 못해!"

"속으로 억수로 좋아하면서."

최근에는 동네 어른들도 삼삼오오 모여 귓속말로 주고받는 모습이 자주 목격되었다. 봉주는 자기보다 여섯 살 더 많은 김기석의 집으로 가서 말했다.

"형, 요즘 뭔가가 이상한데 형은 알아?"

말에게 여물을 주고 있던 그가 대답했다.

"그것도 몰랐어? 일본이 곧 패망한단다."

"뭐라고? 일본이 망한다고?"

그는 바로 집으로 달려가 이 사실을 엄마와 누나에게 알렸다.

"뭐라고? 누가 그러대?"

"옆집 기석이 형님이 그러던데요."

"걔가 무엇을 안다고 그래. 강철보다도 더 강한 관동군이 패망한다고? 그런 일은 없을 기다."

1945년 7월 26일 미국, 영국, 소련, 중국의 정상들은 독일 브란덴부르크의 주도 포츠담에서 회담을 갖고 일본 군국주의자들에게 항복을 권고하는 선언을 한다. 이 소식은 사람들에게 급속히 전파되어 오지 농촌인 라고마을 사람들도 알게 되었다.

8월 초순을 넘어가자 봉주집 주변 하늘엔 수십 대의 폭격기가 나타나 목단강 상공을 선회한 후 폭탄을 투하하자 '쾅쾅!' 하는 굉음과 함께 목단강시 주변이 불길에 싸였다. 연이어 수십 대의 전투기가 쫓고 쫓기는 공중전을 벌이자 '콰가쾅!' 하는 굉음과 함께 수십 대의 전투기가 격추되었다.

목단강 전투는 1945년 8월 12일부터 8월 16일까지 소련군과 일본군 사이에 벌어진 전투로 이 전투에서 일본군은 9,400여 명이 전사하고 소련군도 비슷한 사망자가 발생했지만 소련군의 승리로 끝났다.

전투가 끝난 지 얼마 되지 않아 라고마을에서 5리 정도 떨어진 해림역에 중무장한 거구의 병사들이 속속 도착했다.

그들은 일본군이 패망한 후 중국 동북의 치안을 위해서 목단강에서 70여㎞ 떨어져 있는 수분하를 통해서 들어온 소련의 홍군이었다.

아주머니 빨리 옷 좀 빌려 주세요

우리는 옛 일본군 병영과 봉주 노인이 살았던 마을이 내려다보이는 산 비탈에 앉아 마을을 내려다보면서 대화를 이어 갔다.

"어르신, 소련 홍군이 도착한 후의 상황은 어떠했는지요? 일본군과 충돌이 있었나요?"

"아니야. 이미 항복했으니 아무런 충돌이 없었어."

옛 관동군 군영 앞에서

"홍군은 어떤 활동을 했나요?"

"일부는 일본군 병영 내 요소요소에 배치되었고 또 다른 일부는 부대 모퉁이에 있는 망루에 올라가 탈영자를 감시했어. 간혹 탈영자가 있었는데 적발되면 바로 총살당했어. 8월 17일부터 20일까지 총소리가 자주 들렸는데 그 이후에는 잠잠해졌어."

"군부대 이외에도 홍군이 배치되었나요?"

"그렇지. 시내 중심부를 비롯해 역, 경찰서, 관공서 등 주요 건물 요소요소에 배치되어 분위기가 살벌해 바깥을 못 나갔어. 당시 소문에 의하면 수분하를 통해서 들어온 홍군은 소련의 범죄자들이고 여기서 공을 세우면 귀국 후 석방된다는 말이 나돌았어. 그들은 기세가 당당하고 위협적이라 마을 사람들은 외출도 하지 못했어."

하지만 마냥 집에만 있을 수 없어 며칠 후 집 밖으로 나갔더니 사람이 보였고 8월 20일경에 이르러 정상을 되찾았다고 한다.

"병영 내의 일본군이나 주말에 어르신 집에 들렀던 조선족 병사들은 어떻게 되었지요?"

"카, 참담했지. 8월 20일경 밤중에 여러 명의 조선 병사가 소련군의 감시가 소홀한 틈을 타 공포에 질린 채 달려와, '아주머니 옷, 옷, 옷 빨리 옷 좀.'이라고 다급하게 말했어. 하지만 당시에 봉주 집은 성인 남자가 없어 어머니가 이 집 저 집으로 뛰어다니며 몇 벌을 구해 주었지."

"그 후 그들은 어떻게 되었어요?"

"관동 군복을 벗은 후 우리 조선인복으로 바꿔 입은 후 쏜살같이 사라졌어. 우리는 해방이 되어 살판이 났는데 그들은 공포에 질려 어찌 할 바를 모르는 모습을 보니 같은 민족으로서 가슴이 아프더군."

8월 20일 전후에 목단강과 해림의 일본군 부대에 근무했던 우리나라 출신 군인들은 밤중에 군 막사 주변에 살고 있는 조선족 가정으로 피신하여 민간인 옷으로 바꿔 입고 사라졌다고 한다.

투항한 일본군 내무반은 어떤 모습일까?

"일본 군인들은 어떠했지요?"

"그놈들은 꼼짝달싹도 못했지. 간혹 쥐새끼처럼 도망쳐 도움을 구하는 경우도 있었지만 그 나쁜 종자들을 누가 위해 주겠노. 바로 '라고역'에 있는 홍군 지휘부로 달려가 탈영 사실을 알리곤 했지. 신고하면 놈들이 바로 총살당하는 것을 알지만 원체 그놈들이 나쁜 짓을 많이 했으니 보이는 대로 신고했어. 그리고 홍군의 감시가 시작되면서 일본군 병사에게 지급되는 배식의 양도 대폭 줄어서 굶어 죽는 병사가 속출했어."

"도대체 얼마나 줄였기에 아사자가 발생했단 말입니까?"

"내가 보기엔 평소의 1/10 정도밖에 안 되었어."

"왜 그렇게 대폭 줄였을까요?"

"바로 며칠 전에 피비린내 나는 전투를 벌여 무수히 많은 전우를 죽인 놈들인데 어디 배불리게 주겠어. 굶겨 죽이고 싶었겠지."

"식사량이 그렇게 많이 줄어들면 견딜 수 없을 텐데요?"

"물론이지. 한 2주쯤 지나자 아사자가 나오기 시작했어. 저 오른쪽 3층 집 자리가 아사자를 묻었던 매장 터야. 처음엔 두세 구에 불과했지만 날이 갈수록 숫자가 불어나자 주변에 있는 땅을 더 파내고 묻고 또 파내고

옛 관동군 병영 쪽을 가리키는 박봉주

묻고를 계속했어."

"어르신은 부대 안은 물론 내무반까지 하루에도 몇 번씩이나 들락거렸
다고 말씀하셨는데 민관인은 평시에도 막사 출입이 불가능한데 포고령이
내려진 후에는 더욱더 힘들 텐데 어떻게 출입이 가능했지요?"

"평소 병사들이 몰래 출입하는 속칭 개구멍이라는 구멍이 있어. 그 구
멍을 통해서 들어갔기 때문에 부대 내 출입은 식은 죽 먹기와도 같았어.
더구나 당시는 한여름이라 군 막사 주변에는 풀이 무성해 보초의 감시를
쉽게 피할 수 있었어."

"그렇지만 내무반 출입은 할 수 없잖아요?"

"그렇지. 그게 어려웠지."

* * * * *

당시 봉주 소년이 일본군 영내를 자주 들락거린 것은 떡을 팔기 위해서였다. 아버지가 일찍 돌아가고 형님 형수도 빚 독촉에 못 이겨 봉천으로 피신한 지 몇 해가 지나도 돌아오지 않아 먹고 살기가 힘들었다. 남의 일을 도와주면서 받는 품삯으로 근근이 살아갈 때 봉주의 어머니는 떡을 만들어 일본 군인에게 팔도록 했다.

"봉주야, 이 어미가 떡을 만들어 줄 테니, 네가 부대에 들어가 군인들한테 팔아라."

                              * * * * *

"떡을 만들려면 쌀이 있어야 하는데 쌀이 없잖아요?"
"하지만 내가 그저께 건너편 하 씨네 집에 가서 쌀 두 말을 빌려 왔어. 그 집도 넉넉한 편이 못 되지만 그래도 같은 고향 사람이라 사정을 듣고는 흔쾌히 빌려줬어."

봉주 소년은 어머니가 싸 준 떡을 메고 영내로 쉽게 들어갔지만 내무반 안으로 들어가는 것이 문제였다.

"그놈들이 떡을 다 빼앗아 먹고 돈을 안 줄 수도 있고 잘못하면 쥐도 새도 모르게 죽일 수도 있어 들어가지 못하고 내무반 밖에서 주저주저했어."

하지만 어머니가 애써서 만든 떡이고 하나도 팔지 못한 채 돌아가면 빚만 지게 되어 용기를 내어 내무반으로 들어가 반장에게 떡 몇 개를 공짜로 주고는 팔아도 되느냐고 묻자 "괜찮다."는 허락을 받는다. 떡판을 내려놓자 굶주림에 지친 병사들이 서로 사려고 해 준비해 간 떡은 순식간에 바닥이 났다.

그는 하루에도 몇 번이나 내무반으로 들어가 떡을 팔았다. 허기진 배를 채우기 위해 매일 떡을 사 먹자 돈이 바닥이 나, 나중에는 돈 대신 군화, 혁대, 야전 삽, 항구, 칼 등 그들이 가진 군용 관물을 주었다.

떡 장사는 잘되었지만 내무반 내의 상황은 나날이 악화되어 갔다. 한 2주일이 지나자 얼굴이 부은 병사가 자주 눈에 띄었다. 그다음 날 가면 그가 있던 자리는 비어 있었고, 한 3주 지날 무렵부터는 서로 간에 어깨를 기댄 모습이 눈에 띄었다. 먹지 못해 앉아 있을 힘도 없어 서로 기댄 자세로 있다가 쓰러지면 곧이어 담가를 든 병사가 들어와 시신을 운동장 구덩이에 묻었다.

"그런데 일본 놈들이 저지른 만행은 이루 말할 수 없이 많지만 막상 현장에서 매일 죽어 가는 모습을 보니 가슴이 좀 찡하더라고. 그들도 부모에겐 귀한 자식이 아니겠어? 몇몇 윗대가리들의 야욕이 그들을 그 지경으로 만들었지."

야수의 탈을 쓴 소련 홍군

"해방 전후의 일본군내의 내무반 상황을 말씀해 주셨는데 치안을 담당한 소련 홍군은 어땠어요?"

"일본군을 항복시키고 치안과 질서 유지를 위해서 온 전사들이라 처음에는 박수를 보냈지만 시간이 지날수록 분위기가 심상찮았고 이상한 소문도 들렸어."

* * * * *

동네 어른들은 모임을 가진 후 젊은 아주머니와 처녀는 특별한 일이 아니면 바깥출입을 삼가라는 결정을 내렸다.

봉주는 군부대에서 떡을 팔고 집으로 돌아오는 길에 동네 아주머니들이 군 병영 담벽 옆 우거진 풀밭 숲에서 뒷머리를 쓰다듬고 옷매무새를 어루만지며 나오는 모습을 몇 번 보았다.

"어. 봉주구나. 떡은 다 팔았니? 누구에게도 나를 여기서 보았다고 말하지 마. 절대 비밀이야."

봉주는 비슷한 말을 동네 다른 아주머니들한테서 열 번도 넘게 들었다. 김 씨 집 아주머니, 민철이 엄마, 경순이 엄마……. 소년은 마음속으로 몇 명인지 헤아려 봤다. 열셋 아니 열다섯, 나중에 봉주는 그 아주머니들이 왜 자기에게 그런 말을 했는지 짐작이 갔다.

* * * * *

"시간이 지나자 홍군은 낮에도 부녀자를 강제로 끌고 가 그들의 욕정을 채웠어. 그중에서도 가장 비극적인 사건은 희자 누나 사건이야. 그 누나의 고향은 경상남도 사천이고 그의 부친 김일영은 도박 중독자로 전 재산을 날리고 빈털터리가 되자 딸을 노름판의 판돈으로 내놓았다고 해."

"세상에 아버지가 딸을 판돈으로 내놓다니!"

"그러게 말이야. 계속 패해 무일푼이 되자 7살의 어린 딸을 판돈으로 걸었고, 역시 패하자 이웃 동네에 사는 노름꾼 집으로 끌려갔지. 낮에는 그 집에서 일을 하고 밤에는 집으로 찾아와 엄마 아버지와 함께 살고 싶다고 애원을 하자 도박 중독에 빠져 헤어나지 못했던 아버지도 마음을 돌려 가족을 데리고 야반도주해 이 마을로 왔어. 해방 당시 17살이던 누나는 중국인 지주 농장에서 옥수수 따는 일을 했는데 일을 마치고 아버지가 좋아하는 좁쌀 막걸리를 사가지고 집으로 돌아오는 도중에 그놈들에게 당했어. 불행은 그것으로 끝이 아니었어. 나중에 임신이 된 사실을 알고는 스스로 목숨까지 끊었어. 여기가 바로 희자 누나가 홍군에게 당한 곳이야. 그땐 풀숲이었고 군부대 옆이라 사람들의 왕래가 거의 없어 어느 누구의 도움도 받지 못했어. 저 붉은 벽돌집 앞에서 누나의 시신이 발견됐어. 무슨 놈의 팔자가 그런지 쥐구멍에도 볕 뜰 날이 있는데……."

노름판의 판돈 신세에 홍군의 군화에 짓밟혀 순결까지 잃었고, 거기다 혼전 임신까지 했으니 17세의 소녀로서는 감당할 수 없는 무게였을 것이다.

만신창이가 된 채 세상을 원망하면서 사라져 간 17세 소녀의 삶을 생각하니 학창시절에 읽었던 Hamlet 왕자의 독백 "It never rains but it pours."라는 구절이 생각났다. 덴마크의 왕이었던 아버지가 숙부에 의해 독살당하고 슬픈 눈물을 흘리며 아버지의 관을 따라가던 어머니. 그 어머니마저도 눈물이 채 마르기도 전에 관을 따르던 그 신발이 닳기도 전에 숙부의 품에 안긴 어머니를 보면서 고뇌와 번민을 하면서 죽어야 하느냐 살아야 하는 문제를 두고 갈등을 겪는 Hamlet 왕자나 홍군의 군화에 짓밟혀 죽음을 목전에 두고 세상을 한탄했을 17세 소녀의 운명은 보는 이로 하여금 안타까움과 통탄을 금할 길 없다.

"희자 누나 사건 이후 마을 어른들은 '라고역' 옆에 있는 홍군 지휘소를 찾아가 이런 불행이 재발되지 않도록 항의를 하자 군 병영 주변에서 일어나는 부녀자 겁탈 사건은 없어졌어. 대신에 그놈들은 젊은 부녀자나 처녀가 있는 집으로 찾아가 춤을 추자거나 함께 같이 놀자면서 접근해 와 불안감은 계속됐어. 우리 집도 누나가 있어 놈들이 눈독을 들였어. 놈들이 집으로 오는 날은 무섭고 싫지만 무슨 일을 저지를까 봐 올 때마다 소고기나 돼지고기를 구워 대접을 했어. 이런 호의에도 불구하고 그놈들은 바로 먹지 않고 우리 보고 먼저 먹으라고 해. 우리가 먹으면 그때서야 먹었어."

"그놈들은 자신들의 비행을 알기는 했는가 봐요?"

"홍군이 집에 닥치는 날이면 제일 힘든 사람은 누나였어. 놈들이 집 앞에 나타나면 누나는 곧바로 장독대로 달려가 빈 장독 안에 들어가 몸을 숨겼어. 그리고 어머니는 그 장독 위에다 소쿠리를 엎어서 위장을 했어."

홍군이 봉주네 마을에 끼친 비행은 이런 것만이 아니었다.

"우리 마을은 지대가 약간 높아 논이 마을에서 꽤 떨어져 있어. 논에 가기 위해서는 다리를 지나야 하는데 그 홍군 놈들이 발가벗은 채 다리 밑 강물에 진을 치고 있으니 그 길을 지나갈 수가 없었어. 그것도 하루 이틀이 아니고 8월 중순에서 9월 초까지 근 20일 정도로 그 짓을 하니 제대로 농사일을 할 수 있겠어? 농사를 다 망쳤지. 해방되던 그해에 우리 '라고'마을 사람들은 해방비용을 단단히 치른 셈이지."

한국 군인 장남과 북한 군인 차남 간에 벌인 전투의 결과는

"이쪽도 참 많이 변했군. 집들이 있는 이곳은 옛날에는 도로였어. 이 도로를 중심으로 양쪽에 우리 조선족 호구가 한 300호 됐지."

"조선족 집만 300호라고요? 꽤 큰 마을이었네요."

"호구 수는 많았지만 모두들 조선에서 찌들다 온 사람들이라 살림살이가 변변치 못했어. 그중에서 형편이 좀 괜찮은 집은 신 씨네 집이었어. 그집 부모님은 자식들 때문에 가슴 아픈 일을 많이 겪었어."

경상도 창녕 출신의 신 씨 가족은 박봉주 가족과 같은 해인 1937년에 이마을로 이주해 왔다. 그들이 이곳에 왔을 때 조선족 가구는 몇 가구도 되지 않았고 두 집 다 경상도 출신이라 서로 친하게 지냈다고 한다.

"신 씨네 집 어르신은 백발이 성성하고 성격이 강직한 분이었어. 한문에 능통해 중국어를 빨리 배울 수 있었지. 초창기에 중국말을 좀 할 줄 아는 사람은 그 어른뿐이었어. 말씨도 조리가 있고 목소리도 쩌렁쩌렁하셨지. 첫눈에 보아도 범상치 않은 사람이라는 걸 알 수 있어 정기를 타고난 사람이었지."

조선족이 사용했던 농기구가 그대로 남아 있다

"그런 인물이면 조선에서도 잘 살 수 있었을 텐데 왜 굳이 먼 이국까지 왔을까요?"

"신 씨 어른은 5남 1녀를 두었어. 장남과 차남이 이미 결혼을 해 가족이 열 두서넛쯤 되는 대가족이라 어지간한 농토로는 먹고살기가 힘들어 어쩔 수 없어 왔을 거야."

"그 정도의 대가족을 먹여 살리려면 보통 농사로는 힘들겠는데요?"

"그러니까 이리로 온 것 아니겠어? 가지 많은 나무에 바람 잘날 없듯이 그 집에도 액운이 많았지. 아버지를 닮아 아들, 딸들이 다 인물도 좋고 똑똑하고 영리했지만."

"어떤 일이 있었기에 그렇게 말씀하세요?"

"첫째 아들의 이름은 아마 은석일 거야. 몸집이 좀 호리호리하고 눈빛이 매서웠지. 1946년인가 47년에 이 지역을 공산당이 차지하고 토지개혁을 할 당시 투쟁을 엄청 맞았어."

"투쟁을 맞는다는 것이 무슨 뜻입니까?"

"그걸 어떻게 설명해야 하나, 가령 농지를 많이 소유한 부농이거나 아니면 일제 치하 시 일본 놈들에게 부역질을 했거나 그것도 아니면 그들과 한통속이 되어 민족을 이간질한 놈들 말하자면 일본 놈 앞잡이질한 놈들이지. 그 사람들을 동네 앞 공터나 학교 운동장에 모아 놓고 죄상을 밝히고 처벌하는 것을 말하지."

"그런데, 부농이나 친일 행위의 기준이 모호하잖아요. 그리고 일본 사람들 속에 살다 보면 접촉이 많지 않아요? 그때 평소에 사이가 좋지 못한 사람에게 악의를 품고 친일분자로 내세우면 속수무책으로 당하지 않겠어요. 모호할 때엔 귀에 걸면 귀걸이 코에 걸면 코걸이가 될 수 있지요."

"라고마을엔 일본 사람도 별로 없었고 친일 분자도 없었어. 그러나 신 씨네 집 큰아들처럼 한국에 살았을 때 일본 순사를 한 경우는 다르지. 특히나 그는 독립지사를 고문했다는 사실이 알려지면서 엄청난 투쟁을 맞았어."

"어떻게 맞았는데요?"

"마을 공회당 앞으로 끌고 와 팬티만 입힌 채 온몸에 피멍이 들 정도로 요대로 수없이 때렸어. 그것도 성에 차지 않아 대들보에 매단 채 또다시 매질을 했어. 사지가 축 늘어져 사경에 이르렀지만 이를 지켜본 그의 부친도 아무런 이의를 제기하지 못했어. 분위기가 살벌해 한마디라도 비호를 하면 싸잡아 족칠 상황이었지. 그러나 숨이 끊어질 지경에 이르자 그의 부친은 '우리 민족이 힘이 없어 생긴 일이니, 목숨만은 살려 달라.'라고 애원을 했어. 부친의 눈물 어린 간곡한 호소에 목숨은 붙일 수 있었지."

"신 씨 어른 덕분에 살아남았네요."

"그렇지. 그 어른 아니었으면 바로 총살당했을 거야. 해림과 목단강 등의 지역에서는 친일 분자들에 대한 처단은 대개가 총살이었어."

"그 후 마을 사람들과 함께 지내기가 껄끄러웠을 텐데요?"

"더 이상 이곳에서 살 수 있겠어? 못 살지. 한동안 소식이 없었는데, 그 후 들리는 소문에 의하면 한국으로 도망을 갔다고 해."

"그 양반은 확실히 부모님 덕을 많이 본 것 같군요. 재산이 많은 부자의 경우는 어떻게 되었지요?"

"재산 상황을 파악하기 위해 마을의 대표자들을 뽑았는데 주로 30~40대 남자들이었어. 그들은 집집마다 들러 농지 조사를 했어. 그 조사를 바탕으로 상농, 부농, 중농, 하농으로 분류를 한 후, 상농과 부농에 해당하는 지주들의 토지를 몰수해 못사는 하농에게 고루 나누어 주었지. 그 후 상농, 부농, 하농 등의 계층이 없어지고 모든 호구가 식구 수에 따라 토지를 균등하게 배분 받았어."

"지주들의 저항이 없었는가요?"

"저항할 수 있는 상황이 아니었지. 그것이 가능했다면 무장 경호단까지 갖고 있던 한족 지주들이 가만있었겠어? 아무도 이의를 제기할 수 없었어. 총칼 앞에 감히 누가 무어라고 할 수 있겠어."

"신 씨 집은 큰아들만 당했나요?"

"아니지. 둘째와 셋째는 친일을 한 적이 없어 투쟁은 받지 않았지만 부모의 가슴에 한을 남겼지."

"왜 그렇지요?"

"형이 처참하게 당하는 모습을 보자 둘 다 팔로군에 입대해 중국 해방전쟁은 물론 6.25 전쟁 때는 북조선으로가 조선 인민군 소속으로 참전을 했어."

"두 형제가 다 참전했어요?"

"그렇지. 그런데 불행하게도 둘 다 희생당했어. 들리는 소문에 의하면 둘째는 철원 전투에서 희생당했고, 셋째는 행방불명되어 어디서 전사했는지도 몰라. 참, 그런데 2003년도에 내가 한국에 갔을 때 신 씨 어른의 넷째 아들을 만났어. 그는 하얼빈 항공학교를 졸업하고 하얼빈 북창에 있는 241공장(비행기 만드는 공장)에 근무하다가 한국으로 가는 바람이 한창일 때 서울 구로구에 있는 어느 공장에서 경비로 근무했어. 우리는 대포집에 가 한잔하면서 이런저런 이야기를 나누다가 그의 형제에 관해서 알게 됐어."

1992년 11월 수원 시내 어느 아파트에서 두 남자가 술상을 앞에 두고 대화를 나누었다. 그들은 형제간으로 47년 만에 만나서 그동안 살아왔던 이야기를 하고 있는 중이었다.

"아버지, 어머니는 어떻게 되었노?"

"형님이 한국으로 간 지 15년 후에 아버님이 먼저 돌아가시고, 8년 후에 어머님도 돌아가셨지예. 두 분 다 형님이 어떻게 되었는지 늘 걱정하셨고 눈을 감기 전까지도 생사라도 알았으면 하고 입버릇처럼 말씀했어예."

"내가 장남 노릇도 제대로 못 하고, 눈을 감기 전에 무슨 말씀이라도 있었느냐?"

"예. 남북통일은 언젠가 될 테니, 통일이 되면 바로 한국에 가서 형을 찾으라고 했어예."

"돌아가실 때는 편하게 가셨어?"

"예. 형님은 그동안 어떻게 살았지예? 이곳에는 혈육도 없는데."

"그래. 부모 형제는 물론 땅 한 평도 없으니 살아갈 길이 막막했지. 그래서 택한 것이 군인의 길이었어. 군대에 가면 입에 풀칠은 할 수 있었으니."

"계속 군대에 근무하셨군요?"

"그렇지. 군 생활도 힘들었어. 6.25 전쟁이 일어나는 바람에 죽을 고비도 여러 번 넘겼어."

"그러면 형님이 직접 참전을 하셨다고예?"

"아이고 어째서 이런 일이…."

"왜 그러노 너."

"둘째와 셋째 형님도 6.25 전쟁에 참전해 둘째 형은 전사했고 셋째 형은 행방불명이 되었어예."

"뭐라고! 뭐라고 둘 다……?"

그 말을 듣자 형은 갑자기 일어나 장식장 속에 있던 훈장을 꺼내어 바닥에 내 팽개치면서 말했다.

"불쌍한 내 동생, 항미 원조로 우리 조선족 젊은 청년들이 참전한 것을 알고는 있었지만 내 동생 둘이 다 전사하다니……."

노인은 담배를 꺼내 물더니 한숨을 크게 쉬면서 말했다.

"세상에 이런 일이 있을 수 있어? 3형제가 적이 되어 서로를 죽이기 위해 피비린내 나는 골육상쟁을 벌였으니 그게 말이 되는 소리야! 소설 속에나 있을 법하지."

"신 씨는 딸도 있었다고 했잖아요?"

"여섯째가 딸인데, 그는 하얼빈 흑룡강 대학을 졸업한 후 어느 회사에서 공작(일)을 하다가 61년인가 62년도에 북조선으로 가, 거기서 결혼해 살고 있어."

"그러면 다섯째는?"

"그는 북경대를 나와 북경에서 큰 사업을 하고 있어. 대학 동창생이 공산당 고위직이라 많은 도움을 받아 돈을 많이 벌었다고 해."

"형제들이 중국, 한국, 북조선에 뿔뿔이 헤어져 사는군요."

노인은 벽돌담 사이에 꽃으로 둘러싸인 집 앞에서 "하이카이만나(문 열어 주세요)."라고 하면서 문을 두드렸다. 초로의 한족 여인이 나와 누구냐고 물었다. 노인이 한참 이야기를 하자 안으로 들어오라고 손짓을 했다.

"이 집엔 왜 들어가지요?"

"내가 어릴 적에 살았던 우리 집 아이가. 이쪽 큰방은 어머님과 누님 방이고, 왼쪽 작은방이 내 방 아이가."

"옛집에 왔으니 감회가 새롭겠네요?"

그는 마루에 앉아 생각에 잠기었다. 큰방에서 바느질하던 어머니의 모습, 장독 안에 숨었던 봉선 누님, 해방을 맞아 한국으로 귀국하는 친구들

박봉주 노인의 옛집

이 모여서 어머니가 만들어 준 좁쌀떡을 먹으며 훗날 다시 만나자고 했던 친구와의 약속, 항미 원조에 참전하기 위해 떠나기 전날 밤 8명의 친구들과 나누었던 "꼭 살아 돌아오라. 5년 전 한국으로 귀국한 친구들과 전선에서 마주 치면 총을 쏘지 마." 등의 말들이 머리를 스치는지 노인은 손수건을 꺼내 눈물을 닦았다.

우리는 그의 옛집을 나와 동네 가운데로 향했다. 마을은 조용하고 간혹 개 짖는 소리가 들릴 따름이었다. 노인은 허름한 집 앞에 서서 말했다.

"저 집에 살던 안 씨 아저씨와 그 아들 이름이 순일인데 나보다 4살이나더 먹었지. 이 집도 안타까운 사연이 있는 집이야. 안 씨 아저씨는 경상도함안 사람인데 우리 집보다도 한참 늦게 와 이 집에서 한 2~3년 살았을 때해방을 맞았어. 많은 사람들이 고국으로 돌아갈 무렵 이 집 식구들도 귀국하려고 '라고역'에 나갔는데 경성으로 가는 기차가 사람들로 꽉 차서 한 꺼번에 가족이 다 탈 수 없어서 안 씨 아저씨는 부인과 큰아들, 막내를 먼 저 보내고 그와 둘째는 다시 마을로 돌아왔어. 그날 이후에도 몇 번이나 역에 나갔지만 열차는 계속 만원이라 아예 더 기다렸다가 귀국하기로 마 음을 먹고 계속해 일을 했어. 1948년 가을 추수를 마치고 아들과 함께 한 국으로 떠났던 양반이 봇짐을 진 채 다시 마을로 돌아왔어. 동네 사람들 이 귀국한다고 잔치까지 열어 벌였는데 돌아오니 의아해했지.”

“왜 그랬어요?”

“기차를 타고 평양까지 갔지만 38선이 가로막혔으니 갈 수 있겠어? 강 대국들이 저거 마음대로 38선이라는 선을 그어 놓고 통행을 금지시켜 버 리니 어디 옴짝달싹이라도 하겠어. 어쩔 수 없이 돌아올 수밖에 없었지. 몇 번 더 내려갔지만 마찬가지라 가족이 생이별이 됐지. 영감과 둘째는 여기 살고 부인과 두 자식은 한국 가 살고.”

“그 후엔 어떻게 되었어요?”

“동네 어른들이 적당한 사람 만나 재혼을 하도록 수차례 권했지만 어디 말을 듣나? 언젠가 만날 수 있을 거라는 기대를 갖고서 살았지만, 현실은 그렇지 못했어. 가족이 헤어진 지 반세기가 가까울 무렵인 1980년대 중반 안 씨 아저씨는 둘째 아들과 며느리가 지켜보는 가운데 영면을 했어.”

“한 10년만 더 살았어도 부인과 아들을 만날 수 있었는데 그게 어디 인 력으로 되나……”

“둘째 아들 소식은 들었어요?”

“1992년 한중 수교 전에 KBS 방송을 통해서 가족들을 찾게 되었고 바로 한국으로 가 국적을 회복한 후 현재 한국에서 살고 있다고 들었어.”

못 부친 편지

"우리 조선족 라고마을에는 내 또래의 친구가 15명이 있었어. 그중에 7명은 고중에 진학했고 8명은 가정 형편이 어려워 진학을 포기했어. 그런데 내가 고중 1학년 때 6.25 전쟁이 일어났어. 다른 지역과 마찬가지로 우리 마을에도 항미원조 대상자가 할당되었는데 그때 학생은 대상자에서 제외됐어."

"아니 학생이 제외 되었다고요? 밀산이나 용정 등 다른 지역에서는 재학생이 참전을 많이 했던데요."

"지역마다 기준이 달랐어. 그곳은 예부터 독립운동을 한 항일 투사들이 많아. 아마 그 영향이 컸을 거야."

"지원자가 많았나요?"

"누가 지원하겠어. 마지못해 끌려간 셈이지. 징집 대상자 중에 오길영이라는 친구가 있었는데, 그 친구는 어떻게든 참전을 않으려고 백방으로 노력했어. 그렇지만 그 엄중한 시기에 피할 길이 있겠어? 어쩔 수 없이 개 끌려가듯이 끌려간 셈이지. 그가 참전을 위해 선양으로 가는 날 자기 어머니를 붙잡고 우는 모습을 보고 가슴이 메여 그대로 보낼 수 없어 목단강역까지 가 위로를 했어."

"17세의 어린 나이에 참전을 했군요."

"그 친구는 참전한 지 6개월이 채 지나지도 않아 북조선 정주에서 미군기의 폭격으로 희생당했어. 얼마 후 아들의 유품을 정리하던 중 그 친구가 자기의 누나에게 쓴 편지를 보게 되었어."

> 누나에게.
>
> 누나, 잘 있어? 자형도 잘 있겠지. 누나 나 이번에 항미 원조에 참전하게 되었어. 이 전쟁에 정말 가고 싶지 않아. 17살밖에 안 된 내가 왜 참전해야 해?
>
> 나는 조선족이지만 지금은 중국의 공민인데 내가 왜 남의 나라 전쟁에 나가 싸워야 한단 말인가? 그리고 내가 참전하더라도 불과 4년여 전에 한국으로 떠나간 친구 영열, 기수, 영민 춘태는 이승만 군의 편에 서게 될 것이고 나는 김일성 군을 위해서 싸워야 할 텐데 아무리 생각해도 이치에 맞지 않아. 그 친구들은 모두가 경상도 같은 고향 출신이라 우리 가족보다도 더 친하게 지낸 것을 누나도 알잖아. 전쟁터에서 그들과 조우라도 하면 나는 과연 어떻게 해야 돼? 누나 난 전쟁이 무섭고 두려워 지금 이 순간에도 떠나간 친구들과 나를 자식처럼 대해 준 그들의 부모님과 그 형제들의 모습이 선해 정말 미치겠어. 누나, 누나 집에서 전쟁이 끝날 때까지 숨어 지내면 안 돼?

"편지를 본 그의 어머니는 그 슬픔을 이기지 못해 양잿물을 마시고 자살을 시도했어. 동네 어른들이 녹두를 다려 먹이는 등 간호 덕분에 건강을 되찾았지만 한 1개월 후 남편이 잠들어 있는 마을 뒷산 조선족 묘지 앞에서 싸늘한 주검으로 있었어."

"그렇게도 살고 싶어 몸부림치던 자식을 지켜 주지 못했던 모정이 극한 적인 방법을 택한 것 같군요"

2003년에 박봉주 노인은 한국으로 가 해방 후 고향을 찾아 떠나갔던 친구들을 서울에서 만났다. 8명의 친구 중에서 7명이 6.25 전쟁에 참전해 4명이 전사했다는 말을 듣고는 가슴이 터질 듯한 아픔을 느꼈다고 한다.

"허참, 세상에 이런 경우가 있을 수가 있나. 같은 마을에서 형제처럼 친했던 친구들인데 서로 적이 되어 싸우다가 15명 중 12명이 희생된 것이 있을 수 있나! 다시는 이런 비극적인 일이 없어야 할 텐데."

'라고'마을 사람들은 비적 떼를 어떻게 물리쳤나

우리는 마을 가장 자리를 벗어나 차도로 접어들었다.

"이것 봐. 이 터에 자국이 있지? 이 자국은 저 위쪽으로 연결되어 있어. 비적들 때문에 팠던 구덩이 자국이야."

2m 폭의 자국 중 일부는 도로가 되었고 일부는 주택이 자리하고 있었지만 아직도 간간이 흔적이 남아 있었다.

"이 구덩이를 판다고 얼마나 많이 고생을 했는데."
"왜, 도로에다 구덩이를 팠지요?"
"일본 놈들이 물러가자 토비들이 창궐하기 시작했어. 산세가 좀 깊은 곳이 있으면 토비 놈들은 그 산속으로 들어가 진을 치고 살면서 쉴 새 없이 내려와 양민들을 괴롭혔지. 무리를 지어 살지만 농토도 없고 일할 의지도 없는 놈들이라 먹고살기 위해선 식량이 필요할 것 아냐? 어디서 그 식량을 충당하겠어. 당연히 진을 치고 있는 그 주변 일대가 아니겠어. 우리 주변 마을 특히 조선족 마을은 수도 없이 당했어. 그놈들은 우리 조선족을 봉으로 생각했어. 약탈하러 올 때는 마차가 한두 대도 아니고 10~20 대를 끌고 왔어. 해방이 될 무렵엔 그들이 가진 무기는 고작 총 한두 자루라 마을 청년들이 도끼나 삽, 괭이, 몽둥이를 들고 저항을 해 피해는 그렇게 많지는 않았어. 그러나 1945년 후가 되자 놈들은 어떻게 총을 구했는지 더 많은 무기로 무장을 해 도끼나 몽둥이로는 더 이상 대항할 수 없었어. 그래서 동네 안으로 들어오는 마을 어귀에 큰 구덩이를 파고 그 구덩이 위에다 두꺼운 나무판자나 통나무를 얹었어. 낮에는 주민들의 통행을 위해서 얹어 두었다가 오후 4시경 그놈들이 출몰할 시간이 가까워지면 걷어내 마차의 진입을 막았어."

"그것이 효과가 있었나요?"

"100% 효과를 봤지. 놈들은 마을에 진입할 수 없으니 총만 뻥뻥 쏘다가 물러갔어."

"다른 여러 지방도 다녀 보았지만 이 마을은 유독 피해가 더 많은 것 같은데요?"

"맞아. 더 많을 수밖에. 저 북쪽 뒷산이 위호산이야. 우리가 지금 살고 있는 하얼빈 북쪽은 대흥안령 산맥이고 남쪽인 목단강 지역은 소흥안령 산맥인데 둘 다 산세가 높고 가파른 지역이 많지. 바로 저 북쪽 뒤가 산이 깊어. 저 산속이 그놈들 소굴이었지."

"아, 저 뒷산이 그 유명한 위호산이군요."

"어떻게 위호산을 알아?"

"소설 《임해설원(林海 雪原)》에서 그 산 이름이 여러 번 나오지요."

"아, 《임해설원》을 보았구나. 중국인이라면 《임해설원》에 관한 영화나, 드라마를 안 본 사람이 없을 거야. 《임해설원》이 한국에서도 출판되었나?"

"그건 모르겠고 저는 하얼빈에 있는 흑룡강 출판사에서 펴낸 책을 보았습니다."

"그랬었군. 영화와 드라마를 통해 저 산이 널리 알려지자 많은 관광객이 몰려들어 이 주변에 사는 사람들이 그들을 상대로 돈벌이를 해 짭짤하게 재미를 본다고 하더군. 하여튼 한족은 돈 냄새도 잘 맡고 돈 버는 기술이 뛰어난 자들이야."

비포장도로에 접어들자 한 무리의 오리 떼가 대오를 지은 채 꽥꽥 소리를 내며 내려가고 있었다. 걷는 모양새가 70여 년 전에 일본군의 행진 모습을 연상케 했다. 우리도 68년 전 《임해설원》의 주인공이며 실존 인물이었던 양자영이 위호산골짜기에 진을 치고 있던 비적들을 소탕하기 위해 걸었을지도 모르는 그 길을 따라가다 보니 어느덧 서산에 해가 기울었고 하얼빈행 기차 시간도 가까이 다가오고 있었다.

박 노인 함께 목단강 일원 여행을 마치면서 중국의 장편소설 《임해설원》의 마지막 부분 중 당시의 이 마을 주변을 묘사한 부분을 새겨 본다.

> 겨울이 가고 봄이 왔다. 땅위의 만물이 소생하자 모든 것이 새로운 활기를 띠었다. 높디높은 위호산은 푸른 단장을 해가며 아름다운 경치를 자랑하고 있다. 그것은 만 가지 보물을 껴안은 반짝 반짝 눈부신 빛을 발하는 보물과도 흡사했다. 온 목단강시는 긴박하고도 유쾌한 노동의 선율 속에 잠기었다. 모든 공장의 굴뚝에서는 맑게 갠 하늘에 짙은 연기를 내뿜고 있다. 윙윙 모터 소리가 곳곳에서 울러 퍼졌다.

교외의 들판에서는 노래 소리가 흘러넘쳤다. 농민들과 아낙네들이 부지런히 농사일을 하고 있었다. 기차가 요란스럽게 기적 소리를 울리며 하얼빈-수분하 철길과 도문-가목사 간 철길을 따라 분주히 오가면서 질주한다.

젊은 비행사들이 연습기를 타고 하늘을 날며 치솟아 오르기도 하고 급강하를 하기도 하고 전투 대열을 짓기도 한다.

목단강 강물은 천군만마가 도달되듯 도도히 흐른다.

목단강시 남쪽 교외에 있는 해랑 비행장 옆 푸른 잔디밭 위에 대병력이 집결하고 있었다. 노래 소리가 천지를 진동하고 군비들이 사납게 울부짖는다. 위풍당당한 야전군들이 출발 명령을 기다리는 중이다.

중략

광장 주위에는 환송하러 나온 한족, 조선족, 몽골족, 오르죤족 등 여러 민족들과 군인들과 농민들, 노동자들과 상인 등 각계 인사들이 꽉 들어찼다. 그들은 생화를 안고서 붉은 기를 흔들면서 이곳 비적의 무리를 소탕할 군인들을 환송하고 있다.

정각 10시에 대열 한복판에서 우렁찬 진군 나팔소리가 울려 퍼졌다. 강력한 야전군의 위풍당당한 행렬이 서남쪽 사평 지역으로 내달았다.

출처:《곡파》, 흑룡강 조선민족 출판사, 1972

68년 전 팔로군이 사평을 향해 진군나팔을 울리며 떠났던 바로 그 자리에서 우리도 하얼빈행 기차에 올랐다. 우리는 그들이 갔던 사평보다도 북쪽으로 더 가야 한다. 밤 10시가 되자, 침대칸 쪽은 소등이 되었다.

이른 새벽 하얼빈역에 도착했다. 새벽인데도 역 앞은 인파로 붐볐다. 우리는 다시 평방으로 가는 차를 갈아타고 731 부대 기념관 옆 신장 지아루프 앞에서 내렸다. 박 노인은 함남 공업구에 있는 그의 집으로 향했다. 걸어가는 발걸음이 힘들어 보였다. 집에 가도 그를 반겨 줄 사람은 아무도 없다. 아들과 며느리는 한국으로 일하러 간 지 벌써 25년이 지났다. 손자도 한국에서 태어났다. 전에는 1년에 한 번 정도 왔지만 항공기 요금이 부담되어 몇 해 전부터는 3년에 한 번 온다고 한다. 그 자신도 한국에 살고 싶지만 여기서 반평생 동안 직장을 다녔기 때문에 정부에서 주는 연금도 있고 집도 있어서 선뜻 결정을 못 내리고 현재까지 25년간 홀로 살고 있다.

중국 동북에 살고 있는 조선족 독거노인은 박 노인뿐이 아니다. 1992년 한국과 중국이 수교한 이후 한국행 붐이 일자 동북 도처에서 사는 조선족 동포들은 한국으로 일자리를 찾아 떠났다. 이유는 한국에 가 몇 년만 일해도 여기서 수십 년 동안 일해서 벌이는 수익보다 더 낫기 때문이라. 심지어 성 정부의 고위직인 부시장이나 국장, 서기급의 직위에 있던 사람도 사직을 하고 한국으로 간 사람도 많다고 한다.

초창기에는 단기 비자로 체류 일수가 짧았는데 요즈음엔 3년~5년 정도의 장기 비자를 주기 때문에 오고 가는 것이 한결 수월해졌다고 한다. 게다가 호적이 한국에 남아 있는 사람은 2년 정도 지나면 국적 회복도 가능하다.

오늘날 중국 동북 조선족 마을을 찾아가 보면 집은 거의가 비어 있거나 독거노인만 몇 명 있을 따름이며 한족들이 그 빈자리를 메우고 있다. 이들은 일제 강점기에 만주로 와 조국의 언어와 전통을 고수하면서 서로 의

지하며 살아왔다. 그러나 한국 붐이 일자 조선족 사회에 변화가 일어난다. 2000년 초반까지만 해도 "우리 마을은 우리가 지키자!"란 간판을 세워 한족이 유입돼 오는 것을 막았다고 한다.

그러나 그런 간판도 사라진 지 오래다. 경제적으로 앞선 고국이 거대한 블랙홀이 되어 그들을 빨아들이고 있기 때문이다. 그나마 중국에 남아 있는 가정도 자녀들이 학업을 위해 도시로 나간 후 고향에 돌아오지 않고 그곳에서 직장을 잡고 살아간다. 연세가 든 조선족 노인들은 걱정이 태산이다. 앞으로 과연 우리 조선 민족이 한족 속에서 독자적으로 우리 민족의 전통을 고수하면서 생존해 갈 수 있을는지를…….

8

밀산시 김민호

세계 제2차 대전 최후의 격전지는 어디일까?

이번 답사지는 세계 제2차 대전의 최후의 격전지인 호두 요새와 서일과 홍범도 장군 등 우리의 독립군 3500명이 러시아의 알렉세이코프를 가기 위해 건넜던 우수리강 주변 지역이다.

기차는 하얼빈역을 출발한 지 14시간 만에 중국 동북의 최고 끝자락에 자리한 호림역에 새벽 6시에 도착했다. 답사지인 호두는 호림보다도 더 동북에 위치해 다시 호두행 버스를 타야 했다. 새벽이지만 마침 6시 30분

호두 요새 광장

발 호두행 버스가 있었다.

역시 삼강평원은 넓어 가도 가도 끝이 보이지 않았고 길목 곳곳엔 4층 집 높이의 원통형 탱크가 수백 개가 있었다. 이 탱크는 벼를 저장하는 우리의 곳간과도 같다. 탱크 하나에 수백 섬의 벼가 들어가도 남음이 있을 정도의 크기로 보아 이 들판에서 얼마나 많은 쌀이 생산되는지를 알 수 있다.

가을이 익어 가는 들판의 모습을 보면서 호림을 출발한 지 두 시간 만에 호두 요새에 도착했다. 러시아의 동쪽과 중국의 동북 사이를 흐르는 우수리강 옆에 자리한 요새는 나야트막한 산과 숲, 강이 어우러져 요새라기보다는 평화스러운 공원처럼 보였다. 이처럼 아름답고 평화스러운 곳이 70년 전에 소련군과 일본군 사이에 피비린내 나는 전투가 벌어졌던 제2차 세계대전의 마지막 격전지라니 놀라울 따름이다.

우수리강 연안의 야트막한 지대에 자리한 이 요새는 소련령 연해주의 거점인 하바로프스크와 블라디보스토크를 잇는 시베리아 횡단철도를 공격하기에 알맞은 곳이었다. 그래서 관동군은 주력 부대가 만주 동북 방향에서 시베리아를 공격하는 동안, 호두의 포대를 이용하여 시베리아 철도를 공격해 블라디보스토크를 고립시킨 뒤, 이곳을 점령한다는 계획을 가지고 만들어졌다고 한다.

이 요새를 만들 때 수많은 중국 양민과 전쟁포로들이 동원되었는데, 그 수가 약 1만 2천 명에 이르렀다고 한다. 건축 과정 중에 노동자들은 영하 40℃의 추위와 고된 강제노동, 부족한 식량 배급 등에 시달려 1만 2천 여 명의 인부 중 대다수가 사망했고 그중에 살아남은 노동자도 공사가 완료된 1943년에 한곳에 모은 뒤 기관총으로 학살하였다고 한다. 일본은 이처

호두 요새 내부

럼 온갖 사악한 방법을 동원하여 요새를 건설하고 이를 기반으로 만주에 일본의 영원한 식민지를 이룩하고자 하였다. 그러나 그들이 '동방의 마지노선'이라고 자랑했던 이 요새도 수만 명의 목숨을 앗아 가면서 건설한 지 채 2년여밖에 지나지 않은 1945년 8월 소련군에 의해 함락당하고 말았다.

1945년 8월 15일 일본 왕은 항복을 선언했지만 이곳에 주둔하던 관동군은 전파가 미치지 못하는 지하 요새에 있었기 때문에 항복 선언을 듣지 못해 전투는 이후에도 계속되었다. 항복 후 3일이 지난 8월 18일까지도 전투가 계속되자, 소련군은 일본군 진지에 다섯 명의 전령을 보내 항복을 권고하지만 이들을 맞은 일본 장교는 이들의 목을 날렸고 전투는 계속되었다. 4일간 계속된 전투에서 피해는 자그마치 일본 수비대 1천 800여 명과 그 가족 200여 명 등 2천 명이 사망했고 소련군도 1천여 명의 사상자를 냈다고 한다.

이런 비극의 현장이었던 사실을 아는지 모르는지 사람들은 담소를 즐기면서 주위를 돌아보고 있었다.

요새 광장에는 항일 열사 기념탑과 10명의 영웅들의 동상도 있었다. 이 중에서 왼쪽 어깨에 밧줄을 걸친 동상은 김일성의 모습과 너무 흡사해 가까이 가서 보니, 김일성의 동상이었다. 중국 동북의 최북단 끝자락에서도 그를 기리는 동상을 세운 것을 보니 그의 영향력이 상당했음을 알 수 있다.

호두 요새 광장에 있는 항일 영웅 명단

광장 서편에 있는 요새 박물관에 들어가자 70년 전 이 전투에서 사용했던 각종 무기와 병력 배치도 및 지휘관의 사진이 있었다. 그중에는 북한 제1 부주석을 지낸 최용건의 사진도 있었다. 그의 사진 옆으로 주보중, 조상지, 이조린 등 중국의 항일 영웅들의 사진도 있었지만 걸린 위치나 크기로 보아 그의 활약상이 다른 영웅에 비해 뛰어났던 모양이다. 전시관에는 이들 지휘관 이외에도 종군 위안부의 사진도 있었다. 중국의 최북단인 우수리 강가까지 끌려와 성의 노리개가 되어 고단한 삶을 살았던 그들을 생각하니 숙연해졌다.

1층과 2층의 전시실을 본 후 지하 요새로 들어갔다. 암반을 뚫어 만들어진 지하 요새는 그 길이가 수㎞도 넘었으며, 뚫는 데만 6년이 걸렸다고 한다. 미로처럼 이어진 요새는 통로 양쪽엔 지휘부, 의무실, 탄약고, 병사 및 장교 숙소, 발전실, 우물, 연료 저장고 등이 갖추어진 지하 군영이었다. 이런 시설을 갖추었기 때문에 항복 선언 후에도 계속 버틸 수 있었던 것이다.

두 시간 동안 관람을 마치고 우수리강으로 가기 위해 택시를 탔을 때 기사는 필자가 어느 나라 사람이냐고 물어봐 한국 사람이라고 하자 "하안국." 하면서 친근감을 보였다.

그에게 왜 국적을 묻는지 묻자 "일본 사람이면 태워 주지 않는다."라고 했다. 일본이 패망하고 물러간 지가 70여 년이 넘었지만 아직도 앙금이 남아 있었다.

우수리 강가에서 외친 초혼

　요새를 나와 동쪽으로 1㎞쯤 지나자 망망대해가 나타났다. 우수리강이다. 러시아 극동 지역과 중국 동북부 사이를 흐르는 이 강은 우리의 한강보다 비교가 안 될 정도로 더 큰 강이었다. 이 강은 필자가 지금까지 보아온 강과는 많은 차이가 났다.

　첫째는 강물의 유속이 너무나 빨랐다. 그 유속이 얼마나 빠른지를 알고 싶어 흐르는 강물을 따라 뛰어 보았지만 도저히 따라갈 수 없을 정도로

우수리강

속도가 빨랐다.

둘째는 강 한복판을 중심으로 강물의 색이 확연히 달랐다. 중국령인 서쪽은 탁한 황토색이고 푸른색 지역은 러시아령이다. 이렇게 큰 강을 황토색과 푸른색으로 반반씩 양분한다는 것은 신이 아닌 인간의 능력으로는 불가능해 보였다.

우수리강에서 낚시를 즐기는 태공

중국령의 강물이 황토색인 까닭은 중국의 최대 곡창 지대인 삼강평원을 거쳐 흘러 들어오기 때문이고, 러시아 쪽은 농업용수와 상관없이 발원지에서 농경지를 거치지 않고 바로 흘러오기 때문에 맑고 푸르다고 한다.

황톳빛의 탁한 물속에는 영양분이 풍부해서인지 물고기가 수없이 많았다. 그야말로 물 반 고기 반일 정도였다. 강가에는 강태공들이 세월 가는 줄도 모르고 낚시 삼매에 빠져 있었고 그 옆에는 아낙네들이 빨래를 하고 있었다. 건너편 러시아령을 보면서 강변을 따라 가자 진보도를 운행하는 유람선 선착장이 있었다. 여름 성수기가 지나서인지 관광객은 거의 보이지 않았다. 낚시를 하는 강태공 옆에서 건너편 러시아를 바라보니 가슴이 찢어질 것 같았다.

1919년 3.1 운동 후 홍범도 장군이 이끄는 독립군은 1920년 6월 봉오동 전투에서 독립군 최초로 대승을 거두었다. 이 전투에서 승리를 거둔 지 4달 후인 1920년 10월에 김좌진 장군이 이끄는 독립군부대와 홍범도 장군이 이끄는 연합부대는 청산리 일원에서 또다시 대승을 거두었다. 두 전투에서 대패한 일본제국주의자들은 청진에 인접한 나남에 주둔 중인 19나남 사단을 투입해 항일 독립군부대뿐만 아니라 일반 양민에게도 피비린내 나는 보복을 가해 노인과 부녀자는 물론 심지어는 어린이까지 도륙했다.

독립신문에 따르면 그때 훈춘, 화룡, 왕청, 연길 등 8개현에서 민간인 피살 3,693명, 체포 171명, 부녀강간 71명, 가옥 손실 3,288채, 학교 소실 41개교 교회 소실 16곳이었다고 한다.

이와 같은 위기에 처하자 독립군은 새로운 투쟁 공간을 찾아 중국과 러시아의 접경지인 밀산의 한흥동으로 전략적인 이동을 했다. 그러나 한흥동은 3500명이 넘는 독립군 부대가 활동하는데 필요한 조건을 갖추지 못해 다시 이동을 해야 했다. 그들은 300리 길을 이곳까지 걸어와 영하 40℃를 오르내리는 극한의 추위 속에서 꽁꽁 얼어붙은 이 강을 건너 새로운 전략지인 소련의 알렉셰프스크까지 400리 길을 행군했다.

그러나 독립군이 전열을 가다듬기 위해 찾아간 러시아는 황제파를 지지하는 백군파와 노동자 농민의 지원을 받는 혁명파 간의 내전으로 혼란한 상황이었다. 게다가 공산사회주의의 등장을 꺼리는 미국, 영국, 독일,

일본, 프랑스 등 8개국 열강의 군대도 들어와 황제파인 백군을 돕고 있었다. 이러한 와중에 러시아 적군파는 우리 독립군에게 함께 투쟁하도록 연합을 제의하지만 얼마 후 그들은 일본군과 타협을 하면서 엄청난 불행을 맞이했다. 일본군이 러시아에서 철군하면 우리의 독립군을 무장해제 시키겠다는 타협이 양측 간에 이루어졌다. 이에 따라 러시아 적군은 우리 독립군에게 무장을 해제하면 러시아 인민으로 받아 주겠다고 제의를 했다. 이 문제를 두고서 독립군 사이에 찬성파와 반대파로 나눠졌고 양측이 접점을 찾지 못하자 찬성파와 러시아 적군이 연합하여 반대파를 공격했다. 이 공격으로 독립군은 사망자 270여 명, 도망치다가 강물에 빠진 익사자가 30여 명, 행방불명 270여 명, 900여 명이 포로가 되면서 우리 독립운동사에서 최악의 참사인 자유시 참변을 당했다.

역사는 가정이 없다고 하지만 만약 자유시 참변을 당하지 않고 독립운동이 계속 이어졌다면 우리의 독립은 외세가 아닌 독자적으로 이루었을지도 모른다.

이런 슬픈 우리의 역사를 아는지 모르는지 우수리 강물은 그 때와 변함없이 유유히 흘러갔다. 이 강물 속에 그들의 넋이라도 있을까 봐 초혼을 불러 본다.

초혼
산산이 부서진 이름이여!
허공중에 헤어진 이름이여!
불러도 주인 없는 이름이여!
부르다가 내가 죽을 이름이여!

심중에 남아 있는 말 한마디는
끗끗내 마자하지 못하였구나
사랑하던 그 사람이여!
사랑하던 그 사람이여!

붉은 해는 서산마루에 걸리었다.
사슴의 무리도 슬피 운다.
떨어져 나가 앉은 산 위에서
나는 그대의 이름을 부르노라.

설움에 겹도록 부르노라
설움에 겹도록 부르노라.
부르는 소리는 비껴가지만
하늘과 땅 사이가 너무 넓구나.
선 채로 이 자리에 돌이 되어도
부르다가 내가 죽을 이름이여!
사랑하던 그 사람이여!
사랑하던 그 사람이여!

　아무리 소리 높여 불러 봐도 아무런 대답이 없다. 님들이 그토록 갈망했
던 조국의 독립은 이루어졌지만 나라는 두 동강 나고 말았으니 이 얼마나
비통하고 통탄스럽지 않은가!

독립군이 건넜던 우수리강

하마터면 제3차 세계대전이…

필자가 독립군을 생각하면서 넋을 읽고 강가를 걷다가 발을 헛디뎌 강물에 빠지자 제자가 말했다.

"교수님은 정말로 조국을 사랑하는군요. 이 강을 건넜던 독립군 못지않게."

"얘! 그거 당연한 거 아닌가! 나라를 되찾기 위해서 목숨까지 바치신 애국자들인데 어떻게 잊을 수 있겠어."

"통역을 위해서 교수님을 따라다니다 보니 저도 한국 독립운동사의 전문가가 된 듯합니다. 차제에 우리나라 역사도 좀 관심을 가지시죠."

"새삼스럽게 왜 그런 말을 하지?"

"저 건너 강 가운데 있는 진보도에서 과거에 무슨 일이 일어났는지 모르시죠?"

"우리나라 독립군이 강을 건너다 추워서 불을 피워 추위를 녹일 수도 있겠고."

"그런 농담하지 마세요. 자칫 잘못되었으면 한국도 피할 수 없는 엄청난 사건이 일어날 뻔했어요."

우수리강 중앙에 있는 진보도

"도대체 무슨 사건이기에 우리나라까지 영향을 미친단 말이니?"

진보도 사건

진보도 사건은 우수리강 안 작은 섬에서 중국군과 소련군 간에 벌어진 전투이다.

처음에는 양쪽 병사들끼리 서로 악수하고 담배도 교환할 정도로 별 문제가 아니었으나, 이윽고 곧 이 섬이 누구 땅이냐는 문제로 서로 다투기 시작된 말싸움은 갈고리 장대, 곰 사냥용 창, 못을 박은 몽둥이 등을 갖고 싸우는 무력충돌로 변했고 급기야 육탄전으로 번져 집단 패싸움을 벌였다. 이 난투극에서 승자는 대개 중국군보다도 체구가 큰 소련군이었다. 흠씬 두들겨 맞는 데도 불구하고 중국군은 다음 날에도 어김없이 소련군과 패싸움을 벌였다. 일련의 패싸움에서 중국군 병사가 사망까지 이르게 되자 체면이 구겨질 대로 구겨진 중국군은 새로운 반격을 시도한다. 일반 보병인 경비대원들을 최정예 특수부대원들로 모두 교체를 한다. 교체된 병력은 동북 지역을 관장하는 제49야전군에 배속된 특수부대원들이었다. 난투극을 촬영하기 위해 파견된 중국 측 기자 역시 특수부대 소속 교관요원들이었다. 이런 사실을 모르는 소련군은 마주친 중국 경비대원들을 놀려대기 시작하면서 양측 간에 다시 패싸움이 일어났다. 그러나 이번엔 전혀 달랐다. 체구만 믿고 주먹을 휘두른 소련군들은 민첩한 중국군 특수부대원들에게 일방적으로 당하기만 했다. 갑작스런 패배에 당혹한 소련군 경비대장은 퇴각한 부하들로부터 정황을 보고받았다. 격투술 솜씨 등을 검토해 본 결과 새로 교체된 중국군이 일반 보병이 아닌 특수부대원들이라는 결론을 내린다. 이 같은 사실을 상부에 보고하면서 소련군 경비대장은 자신의 휘하에도 특수부대원들을 배속시켜 줄 것을 요청한다. 경비대장의 이런 요청을 받아들여 소련군 지휘부는 곧바로 극동군 소속 특수부대원들을 경비대에 배속시킨다. 바야흐로 소련과 중국군 특수부대가 맞부딪히는 순간이었다. 그런데 소련군 특수부대를 지휘하는 지휘관은 겉보기엔 정상인이 아닌 다리를 저는 장애인이었다. 신체적 결함에도 불구하고 최정예특수부대에 근무할 수 있다는 사실 하나만으로 뭔가 비상함이 있는 것이 분명했다. 무엇보다 그는 복싱 실력이 출중했다. '절뚝발이 중위'의 등장은 전세를 역전시켜 놓았다. 그에게 달려든 중국군은 하나같이 온전히 코뼈를 유지하지 못했다. 시간이 흐르면서 중국군 사이에서 우스갯소리가 하나 유행했다. "절뚝발이 중위와 맞장을 뜰 수 없다면 아예 마누라 얼굴을 다시 볼 생각은 버리라."는 조크였다. 그러나 이런 조크는 결코 과장되지 않았다. 복싱에 천부적인 소질을 타고난 그는 무엇보다 상대방의 안면부에 대한 잽이 탁월했다. 왼팔은 공격에, 오른팔은 방어에 사용하라는 무술을 익혀 온 중국군으로서는 불시에 날아온 '절뚝발이'의 주먹공세에 당할 재간이 없었다. 이후 중국군 특수부대는 호신술 교육 내용 중에 복싱을 추가했다.

만만하게 본 상대방으로부터 묵사발이 된 중국군 특수부대는 자존심이 이만저만 상한 것이 아니었다. 상부로부터 불호령이 떨어졌다. 장애인이 지휘하는 오합지졸들에게 중국군 가운데서도 최정예로 소문난 제49집단군 소속 특수부대원들이 추풍낙엽처럼 쓰러질 줄을 예상치 못했던 지휘부로서는 노발대발한 것이 당연했다.

상부의 불호령을 받은 제49 집단군 지휘부는 서둘러 묘안 찾기에 나섰다. 묘안은 의외로 가까운데서 발견됐다. 산동성 출신으로 '산동꼬마'라는 병명을 가진 특수부대 소속 초급장교였다. 산동성은 예부터 무술의 본고장으로 정평이 난 곳이었다. 그런 출생지에 걸맞게 그 역시 무예가 출중했다. 적어도 공포의 대상인 '절뚝발이 중위'와는 일대일로 맞붙어도 상대가 된다는 판단을 내린 집단군 지휘부는 그를 전바오섬 경비대로 전출시켰다.

경비대로 전출된 그가 맨 먼저 착수한 작업은 경비대원들에게 목봉술 훈련이었다. 그의 생각을 간단했다. 패싸움에서 흉기를 사용했다는 빌미를 잡히지 않고 체구가 큰 상대방을 쉽게 제압하기 위한 방법 가운데서 가장 좋은 것이 목봉술이라는 생각에서였다. 목봉이 중국 기준으로는 "흉기로 취급되지 않는다."는 것도 또 다른 이유였다. 그는 경비대원들에게 집중적으로 목봉술 교육을 실시했다. 처음 이 훈련에 대해 시큰둥한 반응을 보이던 경비대원들도 점차 시간이 흐르면서 숙달되어 갔다.

양국군 간의 싸움은 3월 2일부터 3월 15일까지 계속 이어졌다.

- 3월 2일 싸움

'산동꼬마'의 등장으로 자신감을 얻은 수십 명의 중국군은 3월 2일, 얼어 붙은 우수리강을 건너 전바오섬을 점령했고 산동꼬마의 정체에 대해 몰랐던 소련군은 진바오섬으로 들어온 중국군에게 시비를 걸어왔다. 시비는 또 다른 패싸움을 불러왔다. 그러나 이번 경우엔 상황이 판이하게 전개됐다. 막상 패싸움이 시작되자 중국군 경비대원들은 약속이라도 한 듯 군복 소매 사이에서 뭔가를 꺼내 들었다. 바로 목봉이었다. 큰 체구와 주먹만을 믿고 중국군에게 달려든 소련군들은 이내 묵사발이 됐다. 그 광경을 지켜본 '절뚝발이 중위'는 바로 눈앞에 있는 자그마한 체구의 중국군 경비대원에게 주먹을 날렸다. 그러나 주먹이 미처 상대방의 안면에 닿기 전에 코 부위에서 엄청난 아픔이 느껴졌다. 동시에 옆구리에도 똑같은 충격이 가해졌다. 그는 순간 숨조차 제대로 쉴 수 없었다. 그래도 그는 바로 '산동꼬마'에게 주먹을 휘둘렀으나 허사였다. 어느새 상대방은 준비한 목봉과 민첩한 발길로 중위에게 집중타격을 가했기 때문이었다.

상황이 불리한 중위는 순간적으로 권총을 꺼내들고 '산동꼬마'를 향해 발사했다. '산동꼬마'가 총에 맞고 쓰러지자 강을 사이에 두고 결국 총격전이 벌어지기 시작했으며 전투가 여러 차례 벌어졌다. 중국군은 소련군 국경초소를 향해 총을 난사하기 시작했고 박격포가 가세하면서 싸움은 걷잡을 수 없이 확대되었다. 몇 시간 뒤에 소련 증원군이 도착해 역시 중화기로 맞서기 시작하고 나서야 교전은 중단되었는데 산동꼬마는 7발이나 총을 맞고도 당시 치고받던 사람들 중에 유일하게 살아남았다고 한다. 이후 중국 측은, 장갑차를 비롯하여 4대의 차량에 나눠 탄 소련군 70명이 선제공격을 해 왔다고 주장했고 소련 측은 중국군의 기습으로 소련군 30명이 전사하고 14명이 중경상을 입었다고 발표했다.

이렇게 된 데에는 상술했듯이 중국과 소련의 봉에 대한 인식 차이도 있었다. 당시 소련군의 격투술은 복싱이었고, 중국군의 격투술은 봉술이었다. 그래서 중국군은 몽둥이를 무기로 생각하지 않았지만 소련군은 무기로 생각했다.

- 3월 15일 싸움

양측의 충돌이 일어난 후 반응이 격렬했던 곳은 소련이었다. 인민해방군이 소련을 침공할 수 있을지도 모른다는 생각에 소련 지도부는 공황상태에 빠질 정도로 흥분했고 국방장관 안드레이 그리치코가 즉각 중국의 공업 중심지에 핵 공격을 감행하여 보복해야 한다고 주장했다. 다른 강경파들도 핵 기지를 상대로 한 정교한 핵 공격을 감행해야 한다고 주장했다. 극동의 소련군 장성들은 정말로 중국 측에서 비무장 민간인 수백만 명을 마구 국경에 밀어 넣는 식으로 소련 측 방비를 무력화하여 극동을 침공할지도 모른다는 생각에 어쩔 줄을 몰라 했다. 브레즈네프는 중국에 대한 핵 공격을 고려했었다고 1973년 5월에 회고했으나, 결국 핵 공격 대신에 다연장 로켓포를 동원한 포격을 허락하였다.

한편 마오쩌둥은 국경분쟁에서의 주도권을 쟁취하기 위해 소련을 공격할 것을 지시했다. 3월 12일, 전열을 가다듬은 수천 명의 중국군이 소련군을 기습했으나 이미 3월 2일 한바탕 당했던 소련군은 탱크, 장갑차 등을 동원하여 강경하게 맞섰고 기계화 부대와 보병부대의 격돌인지라 중국군은 큰 피해를 입었다. 게다가 3월 14일과 3월 15일 브레즈네프의 지시에 따라 다연장 로켓포가 중국 경내를 맹폭했고 소총병 부대와 전차 부대로 이뤄진 소련군의 반격에 의해 보병부대가 주력인 중국군의 인명피해가 더욱 일방적으로 늘어났다. 게다가 이때 중국은 전선에서 부대가 대

규모로 전진하는 구시대적인 전술을 구사했고 이에 대응하는 소련군의 전술을 바로 저런 전술을 격파하기 위해 만든 종심 전투 교리였다. 소련군은 병력은 적었으나 강력한 화력으로 계속 중국군을 포격했고, 중국군은 엄청난 피해를 입은 것으로 알려져 있다. 양측의 피해 규모는 양측의 주장이 엇갈린다. 중국 측의 주장에 따르면 중국군은 130여 명의 사상자가 발생했고 소련군은 27대의 장갑차량(전차 포함), 1대의 지휘차량. 다수의 트럭을 손실했다. 반면에 소련 측의 주장에 따르면 소련군은 150여 명의 사상자가 발생하고 중국군은 800여 명이 전사했으며 전차 1대를 손실했다. 현대 학자들의 연구에 따르면 중국 측의 피해는 최대 800명 규모에 달한다고 한다.

이미 1968년 10월부터 소련과의 국경 충돌을 상정하여 경계령을 내린 상태였던 중국 지도부는 경서 호텔에서 상황을 지휘했다. 3월 15일의 궤멸적인 패배가 있자 마오쩌둥은 더 이상 싸우지 말 것을 지시했다. 마오쩌둥의 입장에서 이미 얻을 것을 다 얻은 후였다. 하지만 2주 후에 있을 9차 전국대표대회를 위하여 중화인민공화국 선전부는 "전쟁을 대비하라!"라는 선전 문구를 걸고 호전적인 분위기를 조성하였으며 마오쩌둥은 대전투와 속전은 물론 핵전쟁에도 대비해야 한다고 전 국민에게 호소했지만 사실 중국 지도부는 진보도섬의 충돌을 별것 아닌 것이라고 생각하고 확전을 하지 않았다고 한다.

출처: 나무위키

호림역

　호두 요새와 독립군이 건넜던 우수리강을 답사한 후 독립운동의 요람인 밀산으로 가기 위해서는 호림역에서 기차를 타야해 택시를 타고 다시 호림으로 갔다. 중국 동북의 최북단에 자리한 작은 도시 호림시에서도 BMW, 벤츠, 닛산, 아우디, 폭스바겐 등 고급 외제차가 거리를 질주했고 질서, 민주, 문명 등 중국 정부가 지향하는 10대 사회운동의 캐치프레이즈가 적힌 깃발이 거리 곳곳에 휘날리고 있었다.

　택시 기사가 먼저 안내해 준 곳은 과거 일본군 사령관이 살았던 관사였다. 시내 중심에 자리한 2층 건물인 관사는 좌우 양측이 건물로 둘러싸여 있었고 지붕위에는 아직까지도 일장기를 꽂았던 국기 게양대가 그대로 있었으나 과거의 위풍당당했던 모습은 볼 수 없었다.

　이곳 호림은 중국 동북 최단에 자리한 도시라서 조선족은 살지 않을 거라고 생각했는데 의외로 우리말로 된 간판을 몇 개 볼 수 있었다. 그들은 과연 무슨 사연이 있어 이곳까지 와서 살고 있는지 궁금하기도 하고 식사도 할 겸 조선 냉면이라고 쓰인 식당에 들어갔지만 주인은 조선족이 아닌 한족이었다. 조선족도 아닌데 어떻게 조선 냉면 식당을 열었는지 물어보자 원래 이 식당의 주인은 조선족이었지만 오래전에 그만두고 한국으로 일하러 갔다고 했다.

이 먼 오지까지 한국행 바람이 부는 것을 보니 그 바람은 단순한 바람이 아니라 태풍이 아닐까라는 생각이 들었다.

호림에 있는 일본군 사령관 관사

독립운동의 요람 밀산

　해외 항일 독립운동을 논할 때 중국의 동북단에 위치한 밀산시는 용정, 상해, 연해주, 미국의 샌프란시스코와 더불어 우리의 항일 독립운동과 떼려야 뗄 수 없는 중요한 지역이다. 이곳이 독립운동의 메카가 될 수 있었던 것은 중국과 러시아와 접경지대라 독립 운동가에게 피신하기에 좋은 은신처를 제공할 뿐만 아니라 넓은 평원은 이들을 먹여 줄 식량 확보가 쉬웠기 때문이었다. 이런 자연적인 요건 때문에 미주 독립운동 지도자 안

밀산 조선민족문화예술관

창호, 네덜란드 헤이그 밀사 이상설, 대유학자 이승희, 대한독립군 총재 서일, 청산리 전투 영웅 김좌진, 홍범도 장군 등의 독립 운동가들이 이곳에 와서 활동을 했다.

호림을 출발한 지 한 시간 후에 밀산역에 하차한 후 약속한 밀산시 조선족 노인협회로 갔다. 100여 평 정도의 협회 강당에는 한복을 곱게 차려입은 50여 명의 아낙네들이 장고 춤과 부채춤을 연습하고 있었다. 다른 한쪽에서는 할머니들이 1위엔짜리 지폐를 두고서 화투치기에 여념이 없었다.

조선족이 살고 있는 지역을 답사하면 대다수의 마을은 우리의 전통 악기를 다 갖추고 있다. 이곳 밀산은 독립운동의 후예답게 다른 어느 지역보다도 더 많은 악기와 큰 연습장을 갖추었고 연습에도 여념이 없었다.

6.25 동란 중 김일성은
아들 정일을 어디에 숨겼나?

밀산 조선족 협회 사무실로 들어
가자 10여 명의 사람들이 필자를 기
다리고 있었다. 노인협회 김민호
회장님은 필자의 전화를 받고서 독
립운동사를 연구하는 관계자들에
게 연락을 해 다른 약속이 있는 데

밀산시 노인 협회 간부들

도 불구하고 많이 참석을 했다면서 이들을 소개했다. 이날 모임에 참석한
인사는 밀산시 부시장인 맹고분, 흑룡강 신문사 기자 최석림, 밀산시 민족
종교국 국장 채명균, 밀산시 전 민족종교국장 최준식, 89세의 노령에도 아
직까지 환자를 돌보는 노의사 김기덕 옹 등 여러 분이었다.

인사말이 끝나고 필자가 의자에 앉자마자 제일 연장자인 김기덕 옹이
말했다.

"남북이 제발 싸우지 말라고. 같은 동족이 어쩌다가 저리 원수가 되어
서로 으르렁거리는지 도저히 이해가 안 가."

말문을 열자 여기저기서 동시에 말했다.

"맞아. 한국이 잘살기도 하고 모든 점에서 우위에 있으니 북조선을 품으면 될 텐데 같이 싸우고 있으니 안타까워."

"조선이 더 문제지. 이 세상에서 3대까지 세습하는 나라가 어디 있어?"

"백두혈통이니 뭐니 하고 말도 되지도 않은 짓거리를 하는 것을 인정해 주더라도 주민들 배는 곯리지 않아야지."

"그래도 조선은 주권이라도 있지. 한국은 미국이 시키는 대로 하잖아."

그들은 필자를 보자 바로 남북을 싸잡아 공격했다. 한바탕 홍역을 치른 후 인근 식당으로 갔더니 이미 음식이 푸짐하게 차려져 있었다.

자리에 앉자마자, 김기덕 옹이 말했다.

밀산시 노인 협회 간부들

"함경도 경흥에 살 때 개고기를 자주 먹었는데 그땐 참 맛이 좋았어. 그런데 여기서는 그때 그 맛만 못해."

"당연하지요. 그때는 개를 버드나무 가지에 달아 놓고 죽을 때까지 몽둥이로 때려서 잡았지요. 그렇게 잡은 개가 부드럽고 제 맛이 나지요. 요즘은 그렇게 할 수 없으니 그때 맛이 나겠어요?"

"개고기 수육을 네 쟁반이나 시킨 걸 보니 모두들 개고기를 좋아하시는가 보죠?"

"한족들은 닭고기나 돼지고기에 온갖 양념을 조미해 맛있다고 하지만 개고기 맛과는 비교가 안 돼. 개고기는 보신에도 좋고 겨울에 날씨가 아무리 추워도 보신탕 한 그릇 먹고 나면 몸이 훈훈해져. 건강에 최고야."

"말씀들 들어 보니 함경도 출신 분이 많네요. 함경도는 여기서 아주 멀 텐데요. 어떻게 이 먼 곳까지 오셨죠?"

"주 교수는 북쪽 하얼빈에 살고 있으니 이쪽 지리를 잘 모르는구나. 여기서 함경북도까지는 그렇게 먼 거리가 아니야. 함경도 온성이나 종성까지 자동차로 가면 얼마 안 돼."

"그렇군요?"

"하얼빈은 남쪽 지방 사람들이 많지만 이곳은 함경도 출신이 많고 시기적으로도 훨씬 일찍 이주해 왔어."

"맞아요. 하얼빈이나 길림, 장춘 쪽은 대개 1930~1940년대에 이주했더군요."

"여기는 1870-1980년대에 이주 온 사람들도 있어. 하광촌의 박씨 일가는 북조선 경흥에 살 때 1860년대 말에 대흉년이 2년간이나 계속되자 굶주림에 못 이겨 그때 벌써 왔어."

"먹고살기가 힘들어 오셨군요?"

"그렇지도 않아. 나의 조부는 금을 캐려고 조선 팔도 이곳저곳 안 다닌 곳이 없었어. 마침내 두만강을 건너 연추까지 올라가 상당히 재미를 보고 돈도 많이 벌었어."

"금강에 손을 대 재미를 봤다면 이만저만한 돈이 아닐 텐데."

"그러게 말이다. 그런데 그 지역이 러시아 땅이라서 중간에 접어야 했어."

"왜 그랬는데?"

"러시아 놈들은 누가 금을 캤다는 소문을 들으면 그 집으로 찾아가 금을 강도질해 가는데 금만 빼앗으면 그래도 괜찮은데 사람을 죽이고 훔쳐갔대요."

"아이구 저런!"

"그래도 조금 더 벌려는 욕심 때문에 바로 접지는 않았어. 그런데 11월 혁명 후부터 러시아 건달들이 주변을 서성거리자 불안해서 바로 밤중에 도망을 왔어."

"그러면 운산에서도 사업을 했겠구나?"

"그 소리는 못 들었는데."

"동양 최대의 금광이 평북의 운산에 있었어. 당시 운산에는 조선 팔도에서 모여든 채굴업자뿐만 아니라 미국 채굴권자까지도 끼어들었으니 알 만하지. 그 시절에는 금광을 찾아 나선 사람들이 부지기수였어."

"미국 사람까지도?"

"운산에 금이 많다는 소문을 듣고 미국, 중국, 일본, 러시아 업자들까지도 채굴권을 따내기 위해서 각축전을 벌였어."

"어느 나라가 땄는데?"

"왕실의 어의였던 미국인 의사의 노비가 당시의 최고 실세였던 민비를 움직여 그 의사가 채굴권을 땄지."

"사실이가?"

"확인해 봐. 맞아."

"그 후 채굴권을 일본 업자에게 넘겼지만 하여튼 두 나라는 그로 인해 엄청난 이익을 챙겼잖아."

"항미 원조에 참전해 희생된 정익수 어른이 조선에 묻혀 있는 그곳도 금이 많이 난다고 하던데?"

"평안남도 회창 말이가?"

"맞아. 모 주석의 아들 모안영도 그곳에 잠들어 있지."

"맞아. 그곳도 금광으로 유명한 곳이지. 6.25 전쟁 시엔 중공군 사령부로 활용했고."

평안남도 회창 시내

이야기는 중구난방으로 계속되었다. 여태까지 별 말 없이 듣고만 있던 채명균 민족종교 국장은 6.25에 관한 이야기가 나오자 대화에 끼어들었셔.

"내가 어릴 때 우리 옆집에 장춘 소학교 교장으로 은퇴한 분이 살고 있었어. 그 교장 선생님이 어느 날 놀랄 만한 비밀을 말씀하셨어."

"무슨 비밀인데?"

"이건 말해서는 안 되는데."

"무슨 대단한 비밀이라고 뜸을 들이니."

"아따 내가 한잔 살 테니 어서 말해 봐."

"지금은 안 돼. 내년에 은퇴 후에 보자구."

"아따 이 아바이 뜸 되게 들이네."

"아! 어떻게 하지? 좋아. 두 분 다 돌아갔으니. 사실 김일성과 김정일에 관한 것이라 조금 조심스러워."

그가 들려준 이야기는 정말 놀라웠다.

* * * * *

6.25 동란이 한창일 때 채 국장이 말한 그 교장 선생님은 길림성 장춘에 있는 창의 소학교 교장으로 근무 중이었는데 그 때 사전에 아무런 연락도 없이 한 중년 남자가 어린이를 데리고 자기의 방으로 들어와 대뜸 말했다.

"교장 선생님. 지금부터 내가하는 말은 절대로 비밀로 하고 꼭 지키셔야 합니다."

"도대체 무슨 소리하십니까. 다짜고짜 비밀로 해 달라고 말씀하시니 이해가 되지 않네요."

"교장 선생님. 이 어린이는 김일성 장군의 아들입니다. 아시다시피 지금 조선 반도의 상황이 다급해 장군님 아들을 안전한 곳에서 보호해야 합니다."

"네, 그러지요. 더 이상 말 안 해도 알겠습니다. 학교 내에서는 내가 보호할 수 있지만 밖에서는 어떻게 하지요?"

"그건 우리가 알아서 합니다."

* * * * *

"와, 그런 일이 있었구나? 북조선판 왕조실록에 등재될 내용이군."

"교장 한 사람 말만 듣고 어떻게 그 사실을 믿을 수 있어. 그냥 꾸며 낸 말일 수도 있지."

채 국장은 이에 관해서 부연 설명을 했다.

"1953년 조선 전쟁이 끝난 후 이 사실이 조금씩 알려지자 김정일과 나이가 비슷한 창이 소학교 졸업생들이 모여 졸업 앨범을 본 후 김정일이 자기들의 동창생이라는 사실을 확인한 후 동창생 명부에 등재했다고 했어."

"그런 일이 있었구나. 우리 동북은 주변국 왕들의 활동 무대였구나."

"김일성 부자 말고 누가 또 있어?"

"한국의 박정희, 일본의 다나카 가꾸에이 수상."

"다나카가 여기서 활동했다고?"

"가목사에서 가까운 부금현에서 관동군으로 근무했잖아."

"와호천주로 유명한 곳 말이지?"

"맞아. 와호천주가 바로 다나카 때문에 유명해졌어."

"어째서 그렇지?"

1971년 4월 미국의 탁구팀이 북경 방문을 시작으로 중공은 그동안 굳게 닫혔던 빗장을 열고 서방세계에 그 모습을 드러냈다. 1972년 2월에 미국의 닉슨 대통령을 필두로 11월에는 다나카 가꾸에이 일본 수상이 북경을 방문했다. 그때 다나카는 남경대학살 등 자기들이 과거에 저지른 만행을 사죄하면서 양국 간에 수교의 물고를 텄다.

회담을 마친 후 화해의 만찬이 시작되면서 분위기가 무르익자 다나카는 주은래 수상에게 "사실 나는 관동군으로서 동북 흑룡강성 부금현에서 군 생활을 했소. 그곳에는 낮에도 호랑이가 나타나 놀았다는 와호천(臥虎泉)이 있어요. 그 와호천 물이 너무나 맑고 깨끗하고 맛 또한 좋았다."라고 하자 그 이튿날 중국의 모든 언론매체가 이 사실을 보도했다.

"돈 냄새를 잘 맡는 왕 서방이 그 기사를 보고서 그냥 넘어가겠어? 바로 거기에 주정 공장을 세워 톡톡히 재미를 봤지."

"허! 역시 왕 서방답군. 지금은 그 술이 시중에 안 보이던데."

"니가 하도 많이 퍼마셔 대니 그 왕 서방이라는 작자가 너 건강을 위해 공장 문을 닫았잖아."

"우리 흑룡강성에서 4명의 왕이 나오다니 놀랍군!"

"이스라엘 총리를 역임한 에후드 올메르트도 있잖아."

"사실대로 말하자면 그 양반은 자신은 반이 하얼빈 사람이라고 하지만 이곳에서 태어나지는 않았어."

"맞아. 러시아에 살았던 그의 조부가 러시아혁명 후 유대인 배척 정책에 때문에 피신을 와 20년간 하얼빈에서 살았고 묘소도 있지만 그가 직접 살지는 않았잖아."

"그의 부친도 하얼빈에 살았나?"

"부친은 하얼빈 공대를 졸업한 후 거기서 교수로 있다가 이스라엘로 갔어."

"와, 놀랍군!"

"놀랍긴 뭐가 놀라워. 당연하지."

"무슨 소리하니?"

"보면 모르나. 우리 흑룡강성에는 흑룡이 사는 강이 있잖아."

채 국장은 또 다른 놀라운 비밀을 털어놓았다. 그와 함께 근무했던 한규민이라는 한족 교통 경찰관이 밝힌 비사다.

"1930년대 중반에 동녕성에서 일본군과 항일 연군 간에 치열한 교전을 벌일 때 그의 선친은 교전이 있다는 사실도 모르고 부근을 지나갔는데 그때 한 전사가 가슴에 총을 맞고 피를 흘리며 신음을 하는 것을 보고 내의를 찢어 지혈을 해 주었는데 나중에 보니 그 자가 김일성이었다고 했어."

"그 양반의 선친이 김일성을 살린 생명의 은인이구나."

"그렇지. 총상을 당한 후 그대로 방치되었다면 심한 출혈로 사망에 이를 수도 있었는데……."

"김일성이 주석이 된 후 그를 초대했을까?"

"그런 말은 못 들었어."

"솔방울로 수류탄을 만들고 나뭇잎을 타고 두만강을 건널 정도로 초인간적인 능력을 가져 오랜 항일 활동에도 불구하고 총 한 방 안 맞았다고 하던데, 그것도 허구였구먼."

"신격화를 위해서 어쩔 수 없이 그랬을 터이니 이해해."

당뇨 때문에 여태껏 술을 마시지 않던 맹 부시장이 연거푸 몇 잔을 들이키고는 말했다.

"친구야 밀산 지역의 항일 운동사를 연구하기 위해서 이곳을 찾아오는 한국인 사학자가 간혹 있는데 술을 마시지 않으면 그들에게 정보를 준 적이 없어. 작년에도 이태복 전 복지부 장관일행이 왔을 때 이 장관은 전혀 술을 못했지만 바이주를 여섯 잔이나 했어. 친구 자네도 화끈하게 몇 잔 해. 이렇게 마시는 둥 마는 둥 하면 어떠한 정보도 주지 않을 거야."

맹고분은 계사생으로 필자와 동갑이며 조선족으로 밀산시 부시장까지 오른 고위 관료 이자 항일 운동사에 관한 여러 권의 책을 집필할 정도로 항일 운동사에 일가견이 있어 서울에서 항일 관계를 연구하는 역사학자들을 대상으로 열 번이나 강의도 했다고 한다.

"만주 지역의 독립운동사를 연구하는 한국 역사학자를 만나 보면 어떤 분야에는 연구가 잘되어 있지만 또 다른 분야에서는 오류도 상당히 있어. 특히 이해할 수 없는 것은 1940년대 동북에서의 독립운동사는 거의 백지 상태일 정도로 연구가 되지 않았더라고. 그 시기에 나라를 되찾겠다고 독립운동을 하다가 희생된 열사들이 수없이 많았는데 그 분야가 아직까지도 연구가 되지 않고 있으니 이해할 수 없어 이대로 계속 방치된다면 앞으로 국난이 일어나면 과연 누가 국가를 위해서 싸우겠어? 중국을 봐. 일본군이 1931년 9월 18일 장춘에서 9.18 사건을 일으켜 동북 3성을 점령하자, 많은 장령들이 1945년 8월까지 일본군과 맞서서 항일 투쟁을 해. 그 기간은 고작 14년에 불과하지만 중국 정부는 그동안에 희생된 열사들을 거의 다 찾아내 그들을 영웅화시키고 보상도 충분히 해 주었어. 멀리 볼 것 없이 갑장 자네가 살고 있는 하얼빈 중앙대가 옆에 있는 조린 공원 있잖아. 그 공원은 항일 투쟁 시 희생된 이조린 장군의 희생을 기려 붙여진 이름이야. 바로 그 옆에 있는 상지 대가도 마찬가지로 조상지 장군의 업적을 기려서 붙여진 이름이지. 한국이 모든 면에서 중국에 앞서 있지만 이 점만은 배워야 해."

대화를 나누다 보니 어느덧 밤 11시가 넘었다. 김민호 회장님은 자리에서 일어나 "오랜만에 한국에서 온 우리 동포를 만나 밤늦게까지 재미있는 시간을 가졌다. 비록 국적은 다르지만 우리는 같은 동포다. 국적을 바꿀 수 있어도 동포는 바꾸고 싶어도 바꿀 수 없는 영원한 형제다. 김기덕 형님이 노령에도 밤늦게 끝까지 함께 자리한 것도 내 동포 내 형제를 위해서가 아닌가! 자, 모두 자리에서 일어나 잔을 가득 채워라. 우리가 남이

가."라며 건배를 제의했다. 그러자 모두가 "아이다! 아이다! 아이다!"로 답했다.

조선족과 술자리를 가질 때 마지막 건배사는 언제나 '우리가 남이가?'라고 건배를 제의를 하면 '아이다!'로 답한다. 필자는 이 건배사를 들을 때마다 가슴이 뭉클함을 느낀다.

이들의 조부모 세대는 아무런 연고도 없는 이국땅에 맨손으로 와서 한족 지주에게 착취와 무시를 당하면서 노예처럼 힘들게 살 때 이웃에 사는 우리 동포는 서로를 위로 하면서 아픔을 안아 준 한 가족이었다. 그들이 이곳으로 이주한 지 벌써 100년이 넘었지만 이처럼 서로 뭉쳐 동포애를 나누는 모습을 보면 분명히 '피는 물보다 진하다.'라는 사실을 느낄 수 있었다.

십리와 그곳엔 어느 누구도 없었다

오늘은 십리와 항일 유적지와 한흥동을 둘러보는 일정이다.

십리와 유적지는 밀산시 중심에서 동북 방향으로 60리 떨어진 곳으로 여덕진과 홍계진 사이에 있는 마을로 100여 년 전 안창호, 이강, 김성무, 홍범도 장군 등 우리 독립운동사에서 기라성 같은 애국자들이 독립운동 기지를 건설했던 곳이다. 가목사역 앞을 지나날 때 최준식 옹은 잠시 차를 세우고는 역사 쪽을 가리키며 말했다.

"해방 무렵에 저기서 일본 놈들이 자기들의 동족을 수백 명이나 죽였고 이듬해엔 토비들이 우리 조선족을 수십 명을 죽이고 부녀자들을 강간했던 곳이야."

"예? 일본 놈들이 자기네 동족을 수 없이 죽이고 토비가 우리 조선족을 살해하고 부인들을 강간했다고요?"

밀산 조선족 100년사는 당시의 상황을 아래와 같이 기록했다.

1945년 8월 8일 영시에 소련정부는 정식으로 일본에 대한 선전포고를 하였다. 8일 아침에 동안시(지금의 밀산진)의 상공에서 소련홍군의 비행기가 선회하였다. 9일 아침에 밀산시는 전시준비상태로 들어갔다. 전신무장을 한 일본경찰과 괴뢰경찰, 헌병들이 시내를 메웠다. 10일 점심이 지나자 일본인 부녀자와 아동들을 기차역전에 집중시켜 먼저 밀산시를 떠나게 하였다. 저녁 9시 좌우에 일본군은 먼저 동쪽의 창고에 불을 질렀다. 뒤따라 시내안의 진보전화국과 일부 일본인들의 상점들에 불을 질렀다. 8월 11일 새벽에 일본관동군은 지뢰로 역전에 정거중인 차바곤 두 개를 폭발시켜 일본개척단의 부녀자와 아동 690명을 살상시켰다. 동시에 밀산 대교를 폭파하여 두 동강을 내었다.

8월 12일에 소련홍군이 밀산현성(지금의 지일진)으로 진군하여 밀산은 광복을 맞이하였다.

이듬해인 1946년에 토비들이 조선족에게 가했던 패악을 아래와 같이 기술했다.

5월 25일 저녁 일곱 시 좌우에 일부분의 토비들이 밀산 현성을 들이친 후 북문 밖에 있는 주희경의 팔간 집에 불을 질렀다. 이것이 〈5.26〉참안의 시작이다. 극악무도한 토비 두목들은 인민정권과 민주연군을 적극적으로 지지하는 조선인들을 증오하면서 동안과 밀산을 들이칠 때 '공산당을 죽이고 팔로군을 소멸하자.' '조선 사람을 죽이고 복수를 하자.'는 등 반동적 구호를 불렀다.

이 한 채의 집에서 네 호가 살림을 하고 있었다. 밤이어서 어른들이고 애들이고 모두 불길에 놀라 잠에서 깨어났다. 어떤 사람은 맨발로 뛰쳐나오고 어떤 사람은 맨몸뚱이로 뛰어나왔다. 당시에 노만경 가정의 여섯 식구는 불길에 의해 집안에 갇히었는데 어른들은 연기에 무릅쓰고 맨몸으로 문밖을 뛰쳐나왔다. 그때에야 애들이 아직도 타래치는 불길 속에 있다는 것을 발견하고 다시 뛰어 들어갔다. 손 더듬으로 애들을 찾았지만 업고 나올 시간이 없어 발로 창문을 박차고 애들을 하나씩 밖으로 던지어 한 가정의 생명을 보존하였지만 재산은 한 줌의 재로 되었다.

토비들이 현성을 들어오기 전에 조선인들의 대다수는 먼저 현성의 남산으로 이동하였다. 집집을 수색하던 토비들은 집울 안에서 어린애를 업고 서성거리는 여인을 발견하고 미친 듯이 달려가서 총창으로 여인을 찔러 넘어뜨리었다. 그리고도 성에차지 않아 총을 한 방 더 보태었다. 등에 업힌 어린애가 울음을 터뜨리자 다른 한 토비가 "씨알머리도 남기지 말어!"라고 씨불이며 총창으로 찌르고 발길질까지 했다. 계속 수색하던 토비들은 조선인 병원에서 한 할머니가 침상에서 신음하는 것을 발견하고 총을 쏘았다. 다시 수색하다가 다른 칸에서 두 눈이 실명한 임영감을 발견하였는데 "소경이야 탄알 값도 안 되니 개 목숨을 남겨두자."고 한 토비가 말하자 토비들은 조선인 병원을 떠났다.

토비 무리들이 밀산시로 들어와 건달들을 길잡이로 조선인들의 재물을 약탈하고 조선족들을 살해하였다.

5월 26일 아침에 토비들은 밀산시의 한 병원에 뛰어들었다. 방금 출근한 한 의사와 간호원과 입원한 병자들까지 병원의 울안에 집중을 시켜 놓고 조선인을 한쪽에 나서라고 하였다. 그리고 토비들은 기관 총 사격으로 당장에서 12명의 조선인들을 살해하였다.

토비들은 조선인들을 살해하기에 혈안이 되어 날뛰었다. 지금의 중 의원 문 앞에서 10여 명의 무고한 조선인 군중을 살해하였다. 역전 앞의 광장에서 또 20여 명의 조선인 군중을 살해하였다. 남죽촌의 리철 선생님은 학교 운동회의 준비로 동안시내에 상품을 사러 왔다 가 토비들에게 무고하게 피살되었다. 서안튠의 한 조선인은 토비들 이 밀산시를 쳐들어올 때 서쪽 철도어구의 저격전에서 사망하였다. 그의 아내는 영구를 지키며 장례준비로 집을 떠나지 못하고 있었다. 잔인무도한 토비들은 마을에 쳐 들어와 집안의 영구를 발견하고 집 앞뒤를 수색하여 부녀를 붙잡아서는 남편의 영구 앞에서 총창으로 찔러 죽이었다.

시내 안에 홍문섭 의사가 있었는데 한 무리의 토비가 시내에 주둔하 고 있을 때 지휘관과 전사들은 경상적으로 찾아가서 병을 보았다. 어 떤 전사들은 홍문섭네 집의 물건도 빌려 쓰면서 친밀하게 왕래를 하 였다. 이 모든 것이 토비들의 특무와 개다리들의 눈에 든 가시로 되 어 일찍부터 미워하고 있었다. 5월 26일에 토비들은 홍 씨의 집을 포 위하였다. 토비들은 날창을 꼬나들고 집안으로 뛰어 들어가 온 집 식 구들을 문밖으로 내몰았다. 그리고 총을 쏘아 홍문섭, 둘째 조카 홍 명철, 장자 홍철범, 외조카 권홍춘을 죽이었다. 홍문섭의 아내 조문 신은 만사를 불구하고 작은 손자 홍철수를 업고 군중들 속으로 뛰어 들어 도망을 하였다. 얼마 안 되어 토비들이 뒤쫓아 와서 총창으로 찔렀는데 등 뒤에 업히었던 세 살 되는 손자는 멀리 뿌리워 나갔다.

한 한족부녀가 생명의 위험을 무릅쓰고 어린애를 빼돌리었다. 토비들은 다가와서 땅바닥에 쓰러진 조문신 할머니의 몸에 십여 번이나 날창질을 하였다. 조문신은 피못에서 숨을 거두었다.

토비들은 붙잡아 온 모든 조선인 군중들을 기차역전 앞의 2층 건물에 남녀를 나누어 가두었다 그리고 부녀들에 대하여 폭행을 감행하였는데 그날 저녁에 강간을 당한 사람이 30여 명에 달하였다.

동성촌의 사람들은 토비들이 밀산시에 쳐들어온다는 소식을 듣고 온 동네 사람들은 기본상 부대를 따라 전이하고 길을 떠날 수 없는 다섯 호의 노약자, 병자와 불구자가 남았다. 마을에 쳐들어온 토비들은 자기 몸도 운신하기 어려운 6명의 노약자들도 놔두지 않고 모두 살해하였으며 또 시내와 삼합촌의 진상을 모르는 사람들을 선동하여 동선촌 촌민들의 재물을 약탈하게 하였다. 토비들은 동명촌에 쳐들어가 마을 사람들을 교회당의 울안에 집중시키고 몸을 수색하여 손목시계 같은 물품들을 빼앗았고 집에 들어가 물건들을 약탈하여 수레로 실어갔다. 그때 허종백은 세 살 먹은 딸애가 밥을 먹겠다고 칭얼거리어 애를 데리고 자리를 뜨려고 하니 토비들은 '공산당과 내통하러간다'고 당장에서 총살하였다.

부록

밀산현인민정부　　　　　　　　　(제2호밀법자1호)

중앙군 토비두목 곽청전을 극형에 처할 데 대한 보고(요지)

1946년 5월 26일 곽청전은 3번째로 밀산시로 쳐들어갈 때 '고려는 팔로군이 남겨둔 앞잡이다. 남녀노소를 불문하고 모두 죽여라'는 구호를 제출하고 그 토비 무리들은 조선인들을 보기만 하면 죽이었다. 지일, 영안, 비덕, 련주산, 흑태 등 지구에서 토비들의 피해가 가장 심하였다. 예를 들면 동안병원 뒤에서 한 번에 조선인을 12명이나 총살하였고 3가 맹밀로에서 조선인 부녀와 세 살도 안 되는 어린애를 총창으로 찔러 죽였다. 그리고 많은 부녀들과 어린애들을 돌로 때려 죽였는데 실로 잔인하기가 그지없다. 불완전한 통계에 의하면 전현적으로 토비들에게 살해된 자가 360명(그중에 조선인이 절대대부분임)이 된다. 시체를 찾아 구별할 수 있는 것이 80여 구 밖에 안 된다. 제 3차 동안을 쳐들어온 날 저녁에 토비들은 남아있는 조선인들을 남녀를 두 곳에 나누어 가두고 부녀들을 강간하였는데 피해자가 30여 명이 된다. 향양다리의 앞촌에서 토비들은 약탈한 후 불을 질러 마을을 태워 버리려 하였다. 다행히 제때에 불을 꺼서 두 집밖에 타지 않았다. 동안구에서 조선 주민들의 가옥을 한 번에 40여 채를 불을 질러 태워 버렸다. 약탈한 군중들의 의복, 성축, 양식 등 기타 물건들은 통계하기 어렵다. 더욱이 조선인들의 재산은 모조리 탕진되었다.

외곽도로에 이르니 길은 잘 정비되었고 도로 옆에 핀 코스모스와 누렇게 익어 가는 벼를 보니 만추가 다가옴을 실감케 했다.

십리와도 삼강평원에 속하지만 다른 곳과 달리 서쪽은 100~200m 높이의 야트막한 산으로 둘러싸여 있었다. 독립 운동가들이 이곳을 독립운동의 전진 기지로 택한 까닭은 일본군이 공격해 올 경우 저 산을 요새로 이용하기 하기 위해서가 아닐까라는 생각이 들었다.

최준식 옹은 비탈길을 지날 때 어렸을 때 자기 마을에서 일어났던 일화를 이야기했다.

"우리 옆집에는 함경도 갑산에서 온 김 씨 어른이 살았어. 그 어른이 저 산 밑에 있는 밭을 갈다가 잘못해 소가 죽었어. 지주는 이를 핑계 삼아 그 어른을 내쫓고 그의 부인을 아내로 삼았고 자식들을 노예처럼 일을 시켰어. 그렇지만 어느 누구도 아무런 이의를 제기하지도 못했어."

"그럴 때 같은 민족으로서 도와주는 것이 도리가 아닐까요?"

"당연히 그래야 되지만 지주의 횡포와 보복이 두려워 안타까움만 느낄 뿐 아무런 도움도 주지 못했어. 그 시절엔 그렇게 밖에 살 수 없는 것이 우리 민족의 숙명이었어. 힘이 없었으니, 불의를 보고도 눈을 감아야 했으니 가슴이 터질 지경이었지."

"지금의 사정은 어떠합니까?"

"소수민족 우대 정책으로 상당한 혜택을 누리고 있어."

"어떤 혜택이 있지요?"

"여러 가지가 있는데 교육 부분을 예로 들면 대학수학능력시험에서 우리 조선족 자녀들은 가산점을 받아 상당히 유리해."

"그래서 우리 동포 자녀들이 명문대학에 많이 합격하군요."

그는 자신이 한국에서 일했던 경험을 말할 때는 약간의 서운함도 토로했다.

"한중 수교 직전인 1990년대 초반까지도 이곳의 우리 조선족들은 대다수 가구가 형편이 어려웠어. 1년 내내 열심히 농사를 지어 봤자 생활비 등으로 쓰고 나면 수중에 남는 돈은 고작 인민폐 600위엔 정도였어. 그렇게 어려운 형편일 때 한국에 가면 떼돈을 벌 수 있다는 소문이 조선족 사회를 휩쓸자 누구나 할 것 없이 한국으로 가기를 원했어. 나도 일반 사람들이 부러워하는 밀산시 국장직을 그만두고, 한국행을 선택했으니 다른 사람은 말할 필요도 없지. 당시 3만 위엔의 브로커비를 주고 한국으로 가 노동을 했는데 힘들었지만, 수입은 중국보다 6~7배나 많아 돈 버는 재미에 힘든 줄도 모르고 그럭저럭 10년간 일했어. 조국이 잘사는 덕분에 집도 사고 논도 사 형편이 많이 나아졌지. 그런데 한국의 행정기관은 너무 힘이 없는 것 같아."

"왜 그렇게 생각하세요?"

"내가 근무한 회사가 부도가 났어. 당시 사장은 재산이 상당히 있었지만 그 재산을 몽땅 부인과 자식 앞으로 명의를 변경한 후 자신이 가진 재산은 한 푼도 없다면서 고의로 부도내고 잠적해 버렸어. 그해에 일했던 노임을 한 푼도 받지 못했어. 재산을 빼돌린 사실을 알고 노동부에 고발을 했으나 담당 공무원은 여러 가지를 검토한 후 서류상으로 그가 가진 것이 없으니 어쩔 수 없다는 대답만 하더라고. 중국 같으면 그런 일은 절대 있을 수 없어."

그는 역시 현장에서 일을 하면서 느낀 점에 대해 이렇게 말했다.

"한국은 노동자들이 천대를 받고 인격을 무시당하더라고. 중국에서는 하층 노동자이든 고위직이든 별로 차별이 없는데 한국은 정도가 좀 심하게 보였어. 나와 함께 일한 사람 중에 나보다 20살 어린 주 씨 청년이 있었어. 그는 하얼빈 농업대를 졸업한 후 하얼빈에서 공작(일)을 하다가 한국에 가서 노가다를 했어. 노가다 하는 사람들은 대개 성격이 거칠고 입에 담지 못할 욕을 많이 하잖아. 나 같은 나이 든 사람이야 대수롭잖게 여기며 지나가지만 젊은 사람들은 우리와 다르지. 거기다 인격 모독까지 당하면 오죽하겠어. 그 때문에 스트레스를 받고는 더 이상 견딜 수 없어 하얼빈으로 돌아갔어. 중국으로 돌아온 후 한국 사람만 보면 시비를 걸고 주먹질을 하다가, 나중에는 흉기까지 사용하면서 연일 사고를 쳤어. 그 때문에 하얼빈에서도 더 이상 살지 못하고 북경으로 가 일을 했는데 거기서도 한국인에 대한 분노는 그치지 않고 그 짓을 하다가 결국에는 공안에 잡혀 총살을 당했어."

"우리 조선족에게는 한국은 기회의 땅이기도 하고 다른 한편으로는 멸시와 모멸감을 당하면서 살아야 하는 양면성이 있는 곳이지만 그래도 많은 사람들이 꿀과 빵이 있는 한국으로 가서 일하고 귀국해서 또 다시 가는 것이 다반사라 조선족이 많이 살고 있는 중국 동북 지역은 자연스럽게 한국 문화에 물들어 있어. 나중에 시내 중심부나 시장에 한번 가 봐. 한국 화장품과 한국산 커피를 파는 가게가 수십 개가 있고 밥통 등 가전제품도 한국산이 주류를 이루고 있어. 각 가정에서도 한국 TV를 시청하지 않은 집이 없어. 금년 나이 100세인 나의 노모도 한국 드라마를 보지 않고는 하루도 지낼 수 없을 정도야."

"북한은 거리도 가깝고 상품도 괜찮은 것이 있을 텐데요?"

"전혀 없어. 시장에 나오는 제품도 거의 없을 뿐만 아니라 설사 있다 하더라도 질이 형편없으니 누가 사겠어?"

"그래도 같은 동포라 동정심이 들지 않아요?"

"과거에는 그랬지. 한국동란이 일어났을 때 우리 동포들은 북조선을 돕기 위해 많은 사람들이 참전해 목숨을 바쳐 가면서 도와줬어. 그런데 70년이 지난 작금의 사정은 어때? 눈에 핏발이 선 채 한 명이라도 더 죽여야 했던 한국 동포는 우리에게 은인이지만 북조선은 어때? 참으로 기가 차지. 같은 동포라고 품으려 해도 가슴에서 우러나는 정이 있어야지."

"그렇군요."

"그런데 주 교수, 내가 조금 더 일찍 한국에 갔으면 좋았을 텐데."

"왜 그렇게 생각하세요?"

"악덕 사업자에게 3,000만 원을 떼이고도 큰 집도 마련하고 땅도 많이 샀어. 그런데 사람의 욕심이라는 게 한이 없는가 봐. 나보다도 먼저 1990년대 초에 간 사람들은 우황청심환, 산삼, 웅담 등 한약재를 가지고 가 한몫 챙겨 그 돈으로 청도나 대련에 있는 점포에 투자해 부자가 됐어."

십리와 항일 투쟁 유적지

우리는 어느덧 낮은 구릉 위에 자리한 십리와 유적지에 도착했다. 주변은 온 사방이 논이고 구릉 위에 집 한 채와 십리와 항일 유적비만 있을 뿐 어떠한 흔적도 찾을 수 없었다.

100여 년 전 잃어버린 조국을 되찾기 위해서 독립 운동가들은 이곳에서 목숨을 걸고 활동했지만 그들이 살았던 마을도 유적도 모두가 역사의 뒤안길로 사라진 모습을 보니 안타까울 따름이다.

십리와 항일 투쟁 유적지 기념비

십리와는 밀산시 홍개진의 남쪽으로부터 비덕강 이북의 광범한 지역을 말하는데 당시 홍개진의 북쪽으로는 수림이 우거지고 남쪽으로는 무연한 습지로 사시장철 물이 고이고 교통이 불편하여 백성들이 불러 온 이름이다.

기원 1905년 일제는 조선황실을 강박하여 '을사조약'을 체결하고 외교권을 박탈한 후 조선에 식민통치를 실시하였다. 나라와 민족이 고난에 처한 생사존망의 관두에 무수한 애국지사들은 침략자를 공격하고 나라의 주권을 찾는 투쟁에 일어섰다. 1910년 해외에 항일 투쟁 기지를 개척하기 위하여 안창호 등 조선신민회 지도자들과 미주의 국민회는 리강, 김성무 등을 중국의 밀산 십리와 지역에 파견하였다. 그들은 극히 간고한 환경 속에서 땅을 사들이고 부락을 세웠으며 황무지를 일구고 농사를 지으며 신식학교를 꾸리고 진보 청년들을 조직하여 군사 훈련을 하면서 영용불굴의 정신으로 항일 투쟁을 전개하였다. 1911년 2월 안창호, 안정근 등 조선신민회 지도자들이 십리와에 와서 기지 건설을 시찰하였고 1913년 조선독립운동의 저명한 장령 홍범도도 부대를 거느리고 십리와에 와서 3년간 있으면서 기지건설에 불후의 공훈을 세웠다. 십리와 항일 투쟁 기지 건설은 조선의 근대사에 눈물겨운 빛나는 편장을 엮어 놓았을 뿐만 아니라 후에 전개된 중국의 항일무장 투쟁에도 커다란 영향을 주었다.

심리와 항일 투쟁 기지 창건 100주년에 즈음하여 선열들을 추모하고 항일 투쟁 정신을 길이 전하기 위하여 한국 5대 운동본부 상임대표 이태복 등이 모금하고 밀산시 인민정부에서 심리와 항일 투쟁 유적지 기념비를 세웠다.

최초의 해외 독립운동 기지 한흥동

　십리와 유적지를 답사한 후 한흥동으로 향했다. 한흥동은 우리나라 최초의 해외 무장 독립운동 기지이라 한흥동 안내는 밀산시 노인협회 김민호 회장님과 흑룡강 신문사의 최석림 기자가 맡았다. 시내를 벗어나 사방이 소나무가 빼곡히 들어선 꾸불꾸불한 산길을 지나자, 도로 오른쪽 야트막한 야산 기슭에 백포 서일 장군의 묘비가 외롭게 있었다. 차를 멈추고 비탈길을 따라 오르자 동쪽을 응시하고 있는 묘비는 죽어서도 일본군을 쳐부수고 말겠다는 의지를 읽을 수 있다.

　백포 서일은 과연 누구일까?

　그는 중광단을 조직하고 독립군 사관양성소를 세우는 등 우리 독립운동사에서 우뚝 솟은 거봉이다. 김좌진, 홍범도 최진동 장군 등 청산리 전투의 영웅들을 휘하에 둘 정도로 뛰어난 지휘관일 뿐만 아니라 명동학교를 세운 교육가이기도하고 대종교지도자로서 활동한 종교인이기도 하다. 그러나 그의 운명은 녹록지 않아 급기야 자살이라는 극단적인 선택을 했는데 왜 그가 그런 선택을 했는지에 관해서 아는 사람은 많지 않을 것이다.

　청산리 전투와 봉오동 전투에서 독립군이 대승을 거두자 일본군은 훈춘 사건을 고의로 일으켜 이를 빌미로 나남에 주둔 중이던 일본군 19사단

을 투입하여 무자비한 살육을 자행하자 사정이 여의치 못해 독립군은 새
로운 근거지를 찾아간 곳이 이곳 밀산 한흥동이다.

한흥동마을

　그러나 한흥동은 3,500여 명의 우리 독립군이 활동하기에는 충분한 조
건을 갖추지 못해 이곳에서 700리나 떨어진 러시아의 알럭세이코프까지
영하 40℃의 혹한에도 불구하고 꽁꽁 언 우수리강을 건너 목적지에 도착
했지만 우리 독립군의 개편 문제를 두고서 의견 차이를 좁히지 못해 자유
시 참변을 당했다.
　3,500여 명의 독립군 중에서 100여 명만 돌아와 한흥동에서 재기를 모색
하지만 돌아온 지 얼마 되지 않아 불행하게도 마적단의 습격을 받아 이들
마저도 전멸했다. 그는 총책임자로서 무거운 중압감과 인간적인 한계를
느낀 나머지 "일제와 독립전쟁을 벌여 국권을 회복하라."라는 유언을 남기
고 1921년 8월 26일 귀천을 하는데 그때 그의 나이는 41세에 불과했다.

장군이 소천한 후 이 자리에 모셨지만 애국지사들이 떠나가고 묘를 돌봐줄 사람이 없자 모신지 6년이 지난 후 대종교 관계자가 와서 화장한 후 여기서 수백 리 떨어진 길림성 화룡현 청파호 뒷산으로 이장을 했다고 한다. 하지만 처음에 안장되었던 이 역사적인 현장에 표지석 하나 없이 방치되어 있는 것을 알게 된 한중 기업가 협회 정인호 회장님과 박재철 사장, 말산 출신으로 베이징에서 무역업으로 성공한 사업가 채광호 사장 등 뜻있는 분들의 성금과 이곳 밀산 조선족들의 노력으로 늦게나마 비석을 세웠다고 한다.

서일 장군 유적지

서일 장군의 묘비를 참배한 후 한흥동으로 행했다. 가는 길목은 러시아와 변경 지역이라 국경 수비대가 출입자들을 검문을 하고 있었다. 검문소를 지나 고갯마루를 넘으니 앞이 탁 트인 공간이 나타났다. 이곳이 바로 우리 독립운동사의 요람인 한흥동 해외 무장기지였다.

한흥동이 최초의 기지가 된 계기는 애국지사들이 국내에서의 독립운동이 한계에 부딪치자 해외로 나가 활동을 하면서 기지의 필요성을 느꼈기 때문이었다. 이에 따라 신민회 간부인 안창호, 신채호, 이강 등은 중국 청도에서 회의를 갖고 러시아 변경인 이곳을 적임지로 결정한 후 토지를 사들이고 황무지를 개간했다.

한흥동마을, 최초의 해외 항일기지

한편으로 러시아 블라디보스토크에서 독립 활동을 하던 이상설과 대유학자인 이승희도 같은 시기에 700리 길을 걸어서 이곳으로와 합류함으로써 한흥동은 명실공히 우리 독립운동사에서 첫 번째 무장 해외 독립운동 기지가 되었다.

한흥동마을로 내려가기 전에 독립 운동가들이 러시아로 갔던 길을 따라 서쪽으로 걷자, 러시아로 통하는 관문인 해관(출입국 관리소)이 앞을 가로막았다. 해관 옆 사잇길을 따라 300m쯤 걸어 직원들의 출입을 위해 만든 작은 문으로 갔다. 회장님은 그 문 앞에서 "하이 카이 만나, 하이 카이 만나."라고 계속 소리를 질렀다. 필자는 그 말이 무슨 뜻인지는 몰랐지만 그를 따라 하이 카이 만나를 여러 차례 외쳤다.

밀산 출입국 관리소 앞에서

'하이 카이 만나'는 우리말로 '문 좀 열어라'라는 뜻이다. 여권이 준비되지 않은 우리 일행은 정문 출입이 불가능해 옆문으로 가 "문 열어!"라고 소리를 질렀지만 그날은 일요일이라 근무자가 없어 하이 카이 만나는 수포로 돌아가 러시아 땅을 밟을 수 없었다. 일요일이 아니었다면 해관을 지나 100m만 더 가면 세계에서 가장 짧은 1.5m 다리를 건너 러시아령에 한 발쯤은 내디딜 수 있었는데 못내 아쉬웠다.

해관을 나와 한흥동마을 안으로 들어가자 70대로 보이는 노부부가 밭일을 하고 있었다. 100여 평 남짓한 밭에는 가지와 오이, 고추가 주렁주렁 달려 있었다. 100여 년 전 우리 동포들도 저 밭에서 채소를 재배해 독립군들에게 반찬을 제공했을 것이다.

밭을 지나 이곳저곳을 살피면서 골목길을 걸었지만 옛집은 사라지고 현대식 가옥이 그 자리를 대신하고 있었다. 아무리 그래도 이주민들과 3,500여 명의 독립군이 생활했던 곳이라 뭔가 흔적이라도 있을까 이 집 저 집을 기웃거려 봤지만 어떠한 흔적도 찾을 수 없었다.

그들의 혼이라도 느끼고 싶어 마을길을 따라 걷자, 독립운동사에 빛나는 많은 별들이 떠올랐다. 이상설과 안창호는 이 부근 어느 방에선가 구국을 위해 머리를 맞대고 숙의를 했을 것이고 유학자 이승희는 망국의 한을 그리면서 시를 썼을 것이다.

정처 없이 떠도는 나의 발걸음이여
고향산 돌아가는 것 쉽지 않으리.
빠진 이빨 머리털 함께 싸서 보내노니
선영 옆에 묻어 주는 것이 무방하리라.

홍범도 부대는 구슬땀을 흘리며 복수의 칼을 갈았을 것이고 자유시 참변을 당하고 돌아왔던 서일 장군도 통한의 한숨을 쉬며 재기를 노렸을 것이다.

마을을 한 바퀴 돌아본 후 앞마당과도 같은 홍개호 호수로 향했다. 용으로 조각된 큰 관문을 지나니 끝이 보이지 않은 망망한 대해가 눈앞에 펼쳐졌다. 호수가 너무나 크고 파도까지 세차게 쳐 검푸른 물속에서 용이 금방이라도 나타날 듯했다.

회장님은 "홍개호는 2/3가 소련령이고, 1/3은 중국령으로 우리나라의 충청남도 면적의 절반이 될 정도의 크기이며 주 교수가 살고 있는 부산 해운대가 피서 철에 피서객으로 붐비듯이 이곳도 여름철이면 수많은 피서객이 몰려와 발 디딜 틈이 없으며 한 보름 전까지도 하루에 수천 명이 넘게 와서 피서를 즐겼어."라고 했다. 한여름의 피서 철은 지났지만 그래도 많은 사람들이 모래사장 위를 산책하면서 망중한을 즐기고 있었다.

100여 년 전 독립지사들은 이들과 달리 이 호수를 바라보면서 잃어버린 조국을 그리며 통한의 눈물을 흘렸을 것이고 홍범도 부대원들은 땀투성이가 된 채 이 호수에 뛰어들어 더위를 식혔을 것이다.

호숫가에는 여러 개의 식당이 있었다. 이들 식당은 이 홍개호에서 잡은 물고기를 전문으로 하는 식당이라고 한다. 무더위 속에서 한참을 걸으니 온몸이 땀으로 범벅이 되어 시원한 맥주 생각이 절로 나 인근 식당으로가 홍개호 맥주부터 먼저 찾았다. 홍개호 물로 빚은 홍개호 맥주는 보통 맥주에 비해서 톡 쏘는 맛이 더 강했다. 회장님은 필자에게 지갑은 두툼한지 물으며 홍개호에 오면 홍개호에서만 잡히는 대백어(大白魚)를 먹어야 한다면서 대백어를 시켰다.

홍개호 특산인 대백어는 전설을 갖고 있었다.

대백어 전설

홍개호 뒤쪽 봉밀산 주변으로 큰 강이 흘렀는데 그 강에는 백룡 한 마리가 살았다. 그 백룡은 사람들을 괴롭히지 않고 그들과 친하게 살았다. 그런데 어느 해 서쪽에서 흑룡 한 마리가 백룡이 사는 강으로 왔다. 그날 이후 흑룡과 백룡은 치열하게 싸웠다. 싸움은 언제나 흑룡의 승리였다. 사람들은 몸집이 더 크고 힘이 센 흑룡을 혼내 주기로 했다. 며칠 후 흑룡과 백룡이 뒤엉켜 싸우고 있을 때 돌을 던지고 몽둥이로 때려서 흑룡을 피투성이로 만들었다. 흑룡은 이곳에서는 더 이상 살 수 없어서 북쪽 방향으로 날아가 버렸다. 흑룡이 떠나간 후 사람들을 이 강을 흑룡강이라고 불렀다. 흑룡이 날아가 버리자 강이 마르기 시작했다. 강 속에 사는 백룡이 기진맥진하자 사람들은 기우제를 지내고 옥황상제에게 기도를 올렸다. 황제는 천궁에서 애지중지하게 키운 셋째 딸을 그곳에 내려보내고 큰비까지 내려 준다. 그들은 백년가약을 맺어 아들, 딸을 낳아 잘살게 되었고 그들의 아들딸이 바로 대백어라고 했다.

대백어는 잉어와 같은 생김새에 색깔은 흰색이었다. 호박과 무를 썰어 넣은 후 부추에 고추장이 가미된 대백어탕은 그 이름과 전설만큼 맛도 일품이었다.

식사를 마친 후 한흥동 주택가 골목길을 벗어나니 따가운 햇살에도 불구하고 학교 운동장에서 땀을 뻘뻘 흘리며 축구를 하는 사람들이 있었다. 이 모습을 보니 100여 년 전에 나라를 구하기 위해서 바로 이곳에서 땀을 흘리며 훈련을 받았을 홍범도 부대의 독립군이 연상되었다.

목단강 김종해

아! 그리운 목단강

2014년 5월 1일 아침 하얼빈역 역사 앞은 국경절 연휴를 맞아 여행을 떠나는 사람들로 붐볐다. 필자는 제자가 알려 준 노란색 깃발을 든 사람을 찾고 있을 때 마침 한 남자가 안중근 기념관 앞에서 깃발을 높이 들고서 있었다. 그는 중국의 국경절인 5.1절을 맞아 목단강으로 가는 여행객에게 예매표를 나눠 주기 위해서 여행사에서 나온 직원이다.

기차표를 받았지만 이제 중국에 온 지 2주밖에 안 되는 햇병아리가 생소한 곳으로 가려니 막막했다. 지나가는 청년에게 "익스큐즈미." 하고 도움을 청했지만 눈길도 주지 않았다. 안타까워하는 필자의 모습을 본 50대 부부는 자기들도 목단강으로 간다면서 2층 대합실로 안내했다.

국경절 연휴를 맞아 하얼빈 역사 2층 대합실은 여행객들로 인산인해를 이루어 발 디딜 틈이 없었다.

기차는 하얼빈역을 출발한 지 4시간 30분이 지난 오후 2시에 목단강역에 도착했다. 흑룡강성의 4번째 도시이자 120만의 인구를 가진 목단강시 역사 앞도 수많은 사람들로 붐볐고 수십 대의 관광버스도 대기하고 있었다.

필자는 병아리가 어미닭을 따르듯 그들 부부 뒤를 따라갔지만 무심하게도 아무런 말도 없이 관광버스를 타고 홀연히 떠나갔다. 관광버스를 타야 하는지 아닌지를 알 수가 없어 주변에서 서성거리고 있을 때 누군가가 "주처수, 주처수!"라고 외쳤다. 혹시 필자를 찾는가 봐 그에게 표를 보여 줬더니 탑승하라고 했다.

승객들은 모두가 목단강의 관광 명승지인 경박호로 가는 관광객이었다. 그때서야 비로소 여행사와 제자가 생각했던 목단강과 필자가 생각했던 목단강이 달랐다는 사실을 알게 되었다.

필자가 목단강으로 온 목적은 일제의 강점으로 먹고살기가 힘들어 살 길을 찾아 북간도로 가기 위해 피곤한 몸을 이끌고 건넜던 역사의 슬픔을 간직한 현장을 둘러보는 것인 데 반해 여행사와 제자가 생각한 목단강은 경박호의 아름다운 풍광을 감상하는 관광 여행이었다. 생각지도 않던 경박호 유람을 하게 되자 마음은 내키지 않았지만 옆자리에 앉은 젊은 청년이 영어가 가능해 그와 필자는 친해져 그나마 다행이었다.

목단강 시가지

유람선을 타고 호반을 지날 때 중국 동북 중에서도 서쪽 지방에 살고 있는 사람들이 이곳을 찾는 이유를 알 수 있었다. 하얼빈을 비롯해 대경, 지지하얼, 장춘 등 목단강 서쪽 지역은 차를 타고 몇 시간을 지나가도 산하나 보이지 않은 망망대해와 같은 평원지대라 그곳에 사는 사람들은 차가 없었던 시절엔 산이 어떻게 생겼을지도 몰랐을 것이다. 그러나 산과 호반으로 둘러싸인 경박호는 그들의 갈증을 해소해 줄 수 있는 멋진 관광지일 것이다.

　4시간에 걸친 경박호 관광을 마치고 숙소에 도착했다. 숙소를 예약할 때 1인실로 했지만 경박호 관광 중에 친절하게 대해 주는 젊은이가 믿음직스러워 그와 함께 방을 사용했다.

　숙소에서 휴식을 취하고 있을 때 제자에게서 여행 중에 불편한 점이 없는지를 묻는 안부 전화가 와서 룸메이트가 도와줘 잘 있다고 했다. 잠시 후 노크도 없이 방문을 연 사람이 있었다. 가이드였다. 그는 불만스럽게 뭔가를 말했지만 알 수가 없었다. 그러는 사이 옆방과 건너편 방 투숙객들이 문을 열고 지켜보았으며 내 옆에 있는 젊은이는 "돈트 워리(걱정마)."라고 했다. 이로 미루어 보아 필자에게 불평을 하고 있다는 사실을 알고서 하얼빈에 있는 제자에게 전화를 했다.

　사단의 발단은 그 제자의 전화 때문이었다. 필자가 1인실이 아닌 2인실에 있는 것을 알고는 밤인데도 관광회사 사장에게 전화를 해 왜 계약대로 하지 않고 1인실이 아닌 2인실에 배정했느냐 계약 위반이라고 항의했던 것이다. 가슴속에 간직해 온 목단강 답사는 한바탕 소동으로 끝났다.

　경박호 관광을 마치고 이튿날 목단강 시내로 돌아가는 도중에 휴게소에 들렀다. 놀랍게도 발해 휴게소란 간판이 눈길을 사로잡았다.

목단강 공원

'발해!'

이곳이 바로 우리의 옛 영토인 발해 왕국이란 말인가? 학창시절 역사를 배울 때 발해는 멀고 먼 감히 발을 디딜 수 없는 머나먼 곳에 있는 상상의 왕국과도 같았는데 막상 그 땅에 발을 내딛으니 도무지 믿을 수가 없어서 계속 셔터를 눌렀다. 경박호에서 목단강 시내로 가는 길가엔 빈관이나 식당 등 상당수가 발해라는 간판을 쓰고 있었다. 만약 발해 왕국이 멸망치 않고 그대로 존속되었다면 오늘날 우리나라는 어떤 모습일까? 생각할 때 관광버스는 목단강시 역사 앞에 도착했다.

시계를 보니 2시 30분, 4시발 하얼빈행 열차 출발 시간은 한 시간 반밖에 남지 않았지만 이곳에 온 목적이 목단강을 보는 것이었기에 바로 택시를 타고 목단강으로 행했다. 30분쯤 지나자 마음속에 그리던 목단강이 시내를 동서로 가로지르며 흐르고 있었다.

아! 그리운 목단강. 100년 전 우리 동포들은 지친 몸을 이끌고 이 강을 건 넜을 때의 심정은 나라 잃은 서러움과 고국에 대한 그리움이었을 것이다.

목단강과 필자의 첫 만남은 별 수확 없이 끝났지만 예기치 않게 발해를 보고 그 땅을 밟게 된 것은 크나마 큰 수확이었다. 여태까지 나의 가슴속 에 자리했던 목단강을 넘어서란 화두는 사라지고 발해가 그 자리를 대신 했다.

중국의 대학은 한국 대학과는 달리 1학기는 9월 초에 시작해 12월 초에 끝난다. 2학기는 3월 초에서 6월 말까지이며 17주간의 수업이 끝나면 6월 말에 기말고사를 친다. 기말고사 앞서 기동기간이라는 1주일간의 시험 준비 기간이 있다. 교수들은 이 기간을 이용해 연구를 하거나 여행을 하 는 등 사적인 시간을 갖는다. 필자는 이 기간을 이용해 대개 항일 유적지 를 답사하는데, 이번에는 지난번에 목단강을 여행하면서 알게 된 발해 유 적지로 답사 계획을 잡았다.

발해 유적지는 목단강시에서 60여㎞ 남쪽에 있어 혼자 가기에는 힘들 었다. 그때 마침 목단강 사범대에서 연수 중인 김영석 선생님과 연락이 되었다. 그분은 인천의 모 고등학교에서 중국어를 가르치는 교사인데 목 단강 대학에서 1년 동안 연수 중이라 그곳 주변 지리를 잘 알고 있어 함께 가기로 했다.

목적지인 발해 왕궁터가 있는 동경성에 가기 위해 영안행 기차에 승차 했다. 필자의 옆자리에는 젊은 남녀 4명이 즐겁게 대화를 하고 있었다. 그들은 중국의 명문 하얼빈 공대에서 박사 학위 과정을 밟는 엘리트로 방학을 맞이해 여행 중이었다. 필자는 그들에게 발해 왕국에 관해서 아느냐고 묻자 잘 알고 있었다. 그 왕국이 옛날에는 한국의 영토였다고 하자 의아한 눈길로 쳐다보았다. 그들이 왜 의아한 눈길로 바라보았는지를 한두 시간이 지난 후 알게 되었다.

영안현역에서 하차한 후 버스를 갈아타고 발해 유적지 입구에서 내렸다. 유적지로 향하는 거리 양쪽엔 양철 지붕 집이 이어져 있었다. 집 담장에는 채송화와 접시꽃이 만발했고 아낙네들이 둘러앉아 잡담을 하면서 소일하는 모습이 여기저기서 보였다. 만약 필자가 70년 정도만 더 일찍 왔다면 백산 안희제 선생님 댁이 어디지요?"라고 물었을 것이다. 왜냐하면 백산 안희제 선생은 바로 이 부근에 100만 평에 달하는 발해 농장을 만들어 우리 이주민에게 삶의 터전을 마련해 준 곳이라 이 마을 어디엔가 우리 민족이 살았을 것이기 때문이다.

발해 농장 마을

왕궁터로 들어가는 입구에 경비 요원이 근무 중이었다. 몇 해 전 국내의 발해사 연구 학자들이 이곳을 찾았을 때 궁터를 복원하는 작업 때문에 출입이 불가능해 들어가지 못했다는 기사를 본 적

발해 궁성터

이 있는데 다행스럽게도 그 공사는 2달 전에 끝나 출입이 가능했다.

발해지 궁터라는 표지석을 지나 궁성 안으로 들어섰다. 발해왕국의 영토는 오늘날의 북한과 중국의 요령성, 길림성, 흑룡강성과 러시아 연해주까지 이르는 현재 한반도의 몇 배나 되는 광활한 영토를 가진 대왕국이었다. 왕궁은 대왕국의 왕궁답게 동서남북에 놓여 있는 주춧돌의 넓이로 보아 상상 이상으로 크다는 것을 알 수 있었다.

필자는 궁터를 둘러보면서 한반도의 몇 배나 되는 광활한 영토를 가진 대왕국이 흔적도 없이 불과 2주 만에 사라진 원인을 생각해 보았다.

발해 궁성터

발해 궁성터 비

　발해 왕국의 멸망의 원인을 두고서 역사학자들은 백두산 화산 폭발설과 왕권 내부 투쟁설을 제시하지만 이곳을 둘러본 필자는 다른 각도에서 그 답을 생각해 보았다. 필자의 견해로는 발해 멸망의 원인은 궁터의 위치였다. 허허벌판에 자리한 궁터는 동쪽에는 산이 이어져 있었다. 그 산 위에서 왕궁을 내려 보면 궁내의 모든 움직임을 다 볼 수 있어 적진에 바로 노출될 수 있었다. 상대는 왕궁 내의 모든 움직임을 내려 볼 수 있지만 궁내에서는 산속에 숨어 있는 적의 모습을 볼 수 없으므로 싸움의 결과는 뻔하지 않는가?

발해 왕궁터를 둘러본 후 옆에 있는 발해 박물관으로 갔다. 대다수의 유물이 불상이거나 불교와 관련된 것이라 발해 왕국은 불교가 융성했음을 알 수 있었다. 박물관 내 좌측 벽면엔 당서가 붙어 있었다. 그 당서에 따르면 발해는 당나라의 속국이며 조공을 받쳤다고 한다. 이곳에 올 때 기차에서 만났던 대학원생이 왜 놀라며 의아해했는지 그 이유를 알 것 같았다.

발해 흥륭사 석등

물에 빠져 죽을지언정 포로는 될 수 없다

　발해 박물관을 둘러본 후 목단강시 동쪽에 자리한 팔녀열사 투강탑이 있는 공원으로 갔다. 중국인에게 목단강은 시보다도 오히려 팔녀열사 투강탑으로 더 잘 알려져 있다.

　일제는 1931년 9월 18일 장춘에서 고의로 철도 폭파 사건을 일으킨 후 그 폭파 사건을 구실로 중국의 3성인 요령성, 길림성, 흑룡강성을 빼앗고 일본의 위성국가인 만주국을 세워 중국 동북을 지배했다.

　우리가 독립을 위해서 투쟁한 것과 마찬가지로 중국도 잃어버린 영토를 되찾기 위해 수많은 열사들이 항일 투쟁을 함으로써 일본 제국주의는 한국과 중국의 공동의 적이 되었다. 이후 우리의 항일 독립투사들과 중국의 항일 투사들은 항일 연합군을 조직해 공동의 적인 일본군과 맞서 항일 투쟁에 나섰다.

　1938년 10월 초 100여 명의 항일 연합군 전사들이 이동하는 도중 목단강 상류인 우스훈하 강가에서 야영을 했다.

　중국의 동북은 10월은 한국과 달리 이때부터 벌써 눈이 내리고 매서운 추위가 시작되었다. 항일연군들은 추위를 견디다 못해 강가에 모닥불을 피우고 몸을 녹일 때 인근에 사는 통비 분자가 이 광경을 만주군에 신고

하자 곧바로 1,400명의 병력이 출동해 야영지를 에워싸자 그들은 독안에
든 쥐의 신세가 됐다. 이들 중 강 상류에 야영 중이던 남자 전사들은 인근
의 산속으로 피신했지만 하류에 있던 여전사 8명은 대피할 시간이 없어
고립무원의 신세가 됐다. 1,400여 명의 대군과 8명의 여성 전사의 싸움은
괴물 골리앗과 소년 다비드의 싸움보다도 더 열세일 수밖에 없었다. 더구
나 그들이 가진 무기는 수류탄 3발이 전부였다. 만주군은 이들에게 투항
을 하면 살려 주겠다고 회유했지만 그들은 "물에 빠져 죽을지언정 포로가
될 수 없다. 조국 해방을 위해 싸우다 죽으면 우리에겐 최대의 영광이다."
라고 절규하면서 총탄이 빗발처럼 쏟아지는 가운데서도 수류탄을 투척하
면서 차가운 우스운하강 속으로 투신했다.

중국 정부는 이들의 투쟁 정신을 기려 목단강이 내려다보이는 공원에
탑을 세워 그들을 기념하고 있다. 이 열사 탑에는 8명의 여전사가 조각되
어 있으며 그중에는 치마저고리를 입은 채 총을 들고 전진하는 조선족인

팔녀 열사 동상(목단강 공원)

안순복과 이봉선도 있다. 이들의 모습은 프랑스를 구했던 잔다르크를 연상시킨다.

중국 정부는 목단강 공원에 팔녀열사 투강탑을 세웠을 뿐만 아니라 영화도 제작했다. 이외에도 중화인민공화국 건국에 혁혁한 공을 세운 인물 100명을 선정했는데 그중에는 안순복과 이봉선도 포함되어 있다. 유관순 열사는 한국에서 안순복과 이봉선은 만주에서 조국의 독립을 위해서 목숨까지 바친 여걸이었다. 우리 정부도 이제는 이 두 여걸에게 관심을 가져야 할 때가 아닐까?

북간도에서 김좌진 장군에 대한 시각은?

　중국의 동북 지방은 지형이 많이 다르다. 교통의 요충지인 하얼빈에서 서남쪽은 평야지대이고 남동쪽은 지세가 한국과 비슷하다. 필자가 오늘 세 번째 찾아가는 목단강은 남동쪽에 위치하기 때문에 우리나라처럼 산과 들이 조화롭게 자리하고 있는 곳이다. 차창 밖으로 보이는 산과 들은 피어나는 생명들로 야단이다. 들판에는 농부들이 트랙터와 파종기를 이용해 파종하는 모습을 보니 중국의 농촌도 많이 발전되었음을 알 수 있다.

　이번 여행의 목적은 우리 항일 독립운동사에서 거봉인 백야 김좌진 장군과 백산 안희제 선생의 발자취를 찾아가는 여정이다. 백야 김좌진 장군의 기념관이 있는 한중우의 공원으로 가

김좌진 장군 기념관 해림시

기 위해서는 목단강역까지 갈 필요가 없어 목단강에서 한 역 떨어져 있는 해림역에서 내렸다.

　역사 앞에서 필자를 기다리고 있던 조선족 가이드와 함께 한중우의 공

원으로 가 김종해 관장님을 만났다.

관장님은 육사 교수를 퇴임한 후 다른 대학에서 교수직을 제의받았지만 그걸 뿌리치고 백야 김좌진 장군의 정신을 후대들에게 전하고 싶어 자진해 이곳에 오셨다고 했다. 백야도 불세출의 영웅이지만 김종해 관장님처럼 백야의 숭고한 조국 사랑 정신을 계승하는 데 이바지하는 숨은 애국자도 만날 수 있어서 이번 답사 여행은 더 의미가 있다고 느껴졌다.

우의공원에서 차 한 잔을 하고 백야 장군이 최후를 맞이한 산시진(진은 한국의 면 단위)으로 향했다. 출발한 지 30여 분이 지나자 관장님은 한 마을 앞에서 차를 세우고는 마을 안으로 들어가 "이곳은 조선족이 사는 마을이지만 현재는 다 떠나가고 한족이 들어와 살고 있다."고 했다. 그래도 혹시나 조선족이 사는지 확인차 마을 앞쪽에 있는 집에 들어가 보니 예상했던 대로 문은 굳게 닫혀 있었고 부엌에는 반질거리는 가마솥과 장작이 가지런히 쌓여 있었다. 다른 집에 들러도 마찬가지로 문은 잠겨 있었다.

발해 농장 주변 마을

소추풍마을

　한중우의 공원을 떠나온 지 40여 분 후에 산시진에 도착했다. 중국의 동북에 있는 다른 마을과 달리 산시진마을은 뒤쪽은 산으로 에워싸였고 산골 사이로 동정 철도가 있었다. 그리고 마을 앞산을 넘으면 우리 민족이 많이 살고 있는 신한촌마을이 있다고 한다. 김좌진 장군이 이곳에 자리 잡은 이유는 적의 움직임이나 동태를 살필 수 있는 천연 요새와도 같은 산이 있고 마을 뒤로는 동정 철도가 지나는 길목이어서 장군이 설립한 목릉 소추풍에 있는 성동 사관학교까지 2시간 이내로 갈 수 있는 지리적 이점 때문이었다고 한다.

　산시진마을 입구에 이르자 관장님은 장군의 나라 사랑 정신과 업적에 관해서 설명하면서, 행동 하나하나가 조국애와 관계되지 않은 것이 없다고 했으나 답사에 동행한 목단강 여행사의 유종일 사장은 의견을 달리했다.

　그는 바로 이 마을에서 태어나 20년간 살았으며 어렸을 때 할아버지로부터 김좌진 장군에 관해서 많은 이야기를 들었다고 한다. 그에 따르면 팔척장신의 김좌진 장군이 말을 타고 집 앞에 와 공출 형식으로 곡식을 거두어 갔기 때문에 동네 사람들은 장군을 무척 싫어했으며 그가 올 때쯤 되면 집을 비우곤 했다고 한다. 그러자 관장님은 장군이 동네 사람들에게 인기가 없는 것은 당연하다고 했다. 무장 독립 투쟁을 하기 위해서는 무기를 구입하고 장정들을 먹여 살리기 위해서는 많은 자금이 필요하지만 돈을 마련하는 것이 여의치 못해 동포들에게 손을 내밀 수밖에 없었다고 했다. 1920년대 후반에 이르러 협동조합을 설립해 상점을 꾸리고 정미소를 운영한 것도 이런 경제적 이유 때문이라고 한다.

이와 관련해 백야 김좌진 장군 기념사업회가 펴낸《만주벌 호랑이》"김좌진 장군 편"에는 다음과 같이 당시의 상황을 그리고 있다.

> 김좌진은 당시 총사령관으로서 군자금 모집. 독립군 징모 등에 상당히 고심하였을 것으로 추정된다. 1919년 3.1 운동 이후에는 대중적인 지지 속에서 군자금을 모금할 수 있었지만, 1920년 일본군의 만주 출병 이후부터는 상황이 크게 달라졌다. 경신참변을 겪으면서 일본군에 대한 두려움으로 인해 재만 한인사회가 크게 위축됐기 때문이다. 이에 김좌진은 재만 동포들에게 회유와 더불어 강력한 경고를 함으로써 이 문제를 해결하고자 하였다. 이 점은 대한독립군단 총사령관 김좌진의 명의로 1924년 3월에 발표된 부령 제11호에 잘 나타나 있다.
>
> 〈부령 제11호〉
> 제1조 각 지역에서 나라 일에 진력하다가 순직한 씨명을 조사해서 역사책에 기입한다.
> 제2조 나라 일을 위해서 부상 또는 환자에 대해서는 상당한 구휼을 한다.

제3조 적의 우롱을 받아서 귀순한 자와 생활을 위해서 일시적 수종 동화한 자에 대해서는 정상을 작량해서 벌하는 것을 논의하고, 개정의 정이 확실한 자는 사면한다.

제4조 본 군단의 정모대 또는 모연대를 적 또는 외국 관헌에 고발한 자는 극형에 처한다.

제5조 본 군단에 있어서 징모한 병사로서 병역의 복무를 기피하는 자는 중벌에 처한다.

제6조 본 군단에서 청연한 군자금의 납부를 거절한 자는 중벌에 처한다.

대한민국 5년 3월

대한독립군단 총사령관 김좌진

김좌진은 부령 11호에 근거하여 군자금 모집을 적극적으로 추진하였는데 이는 부령 제12호를 보면 잘 알 수 있다.

〈부령 제12호〉

일금 5천 원정

위 금액은 본년 음력 4월 말까지 본 사령부 경리부에 직접 납입해야 한다. 만약에 기일을 어길 경우에는 부령 제11호 제6호에 의거 처벌한다.

김좌진은 주민들에게 이와 같이 군자금을 요청하면서 대한민국의 국민으로서, 배달민족으로서 자각하여 그 의무와 천직을 대해 줄 것을 청하였다. 그리고 그는 이러한 군자금 모집을 그 본부가 있던 동녕현 일대뿐만 아니라 여러 지역에서 한 것으로 보이는데, 영안 지역에서도 군자금 모금이 이루어졌다는 것을 일본 첩보기록을 통해 알 수 있다. 이 첩보기록에는 그가 1923년 영안에 살고 있는 김서기에게 군자금 5천 원을 요구하였다고 기록되어 있다.

이와 같이 김좌진은 군자금을 모으기 위해 많은 노력을 기울였는데, 이러한 그의 노력에도 불구하고 군자금 모금활동은 주민들로부터 원성을 사게 된다. 당시 주민들은 일본군으로부터 생명의 위협을, 경제적인 면에서는 생계의 곤란을 겪고 있었기 때문에 군자금 모금에 큰 부담을 느꼈던 것이다. 이 사실에서 보듯 장군은 부족한 독립 활동자금을 마련하느라 주변의 재만 한인들에게 손을 벌였기에, 유종일 사장의 조부 말이 사실임을 알 수 있다.

금성 정미소가 있는 한중우의 광장은 상당히 넓었다. 이 광장을 넓게 만

김좌진 장군 동상(해림시 김좌진 장군 기념관)

든 이유는 마을 주민들에게는 쉼터가 되고 어린이들에겐 놀이터가 되어 김좌진 장군에 대한 인식은 물론 한국에 대한 이미지도 높이기 위해서였다고 한다.

우의광장 정면에 있는 김좌진 장군의 흉상을 지나 집 안으로 들어서자 마당 왼쪽에 연자방아가 있었다. 이 연자방아는 김좌진 장군이 하얼빈에 가서 발동기를 사 오기 전까지는 이 방아로 도정을 했다고 한다. 그런데 주거지를 복원할 당시 이 연자방아가 사라졌다고 한다. 이를 알게 된 관장님은 동네 사람들에게 연자방아를 찾아 주는 사람에게는 많은 포상금을 주겠다고 약속을 한 후 동태를 살폈다고 한다. 이튿날 이 마을에 사는 젊은이가 곧바로 연자방아를 가지고 왔다고 한다. 그 젊은이에게 훔쳐 간 이유를 알아봤더니 이 집을 복원할 때 한국에서 온 인사들의 면면이 보통 사람들이 아닌 듯했고 그들이 연자방아를 세세히 살피면서 신기해하는 모습을 보고는 이것이 돈이 되겠다고 생각해 뒷산으로 가져가 묻어 두었다고 한다. 돈에 눈이 먼 한 청년 때문에 묻혔을지도 모를 귀중한 유물을 관장님의 기지 덕분에 찾을 수 있어 다행이었다.

다음 글은 연자방아에 관련된 안내 글이다

이 연자방아는 1927년 말 백야가 항일 운동의 새로운 국면을 조성코자 이곳 산시로 이전해 온 후 재만 한인들의 경제 활동 향상을 위해 세운 '금성 정미소'에서 사용했던 진품 유물이다. 1998년까지 현 위치에 놓여 있어서 구전으로 전해 오던 '금성 정미소'의 정확한 위치를 확인해 준 증거가 되었으나 한동안 잃어 버렸다가 3년간의 추적 끝에 2013년 가을에 되찾았다.

　연자방아를 중심으로 오른편에 있는 사랑채 건물이 바로 금성 정미소였다. 백야가 금성 정미소를 운영하게 된 계기는 독립군 군자금을 모으기 위해서였다. 이 정미소가 있기 전까지는 일본인이나 장작림이 이끄는 만주의 군벌들이 정미소를 운영했다고 한다. 정미소에서 나오는 수익은 결국 일본군이나 장작림의 만주군 수중에 들어가 우리 독립군들을 잡는 데 사용될 것이기 때문에 장군은 이곳에 정미소를 세웠다고 한다. 정미소 안에는 목탄 발동기와 왕겨를 날리는 풍로가 가지런히 있었다. 정미소 좌측 본채 건물 방안에는 갈대 자리와 말안장이 있었고 부엌에는 가마솥이 옛 모습 그대로 있었다. 장군의 옆방은 팔로 회의실이었다. 이 방에서 여덟 명의 노인들은 자주 회합을 갖고 장군에게 독립운동에 관한 조언을 해 주었다고 한다.

어떤 놈이 총을 쏴!

1930년 1월 24일 설을 닷새 앞두고 정미소 앞에는 떡가래를 뽑기 위해 많은 사람들이 줄을 서서 기다리고 있었다. 그때 발동기가 고장이 나자 장군이 정미소 안으로 들어서는 순간 오랫동안 함께 독립운동을 한 박상실의 총에 맞아 그 자리에서 절명한다. 박상실은 원래는 민족진영 계열에서 독립운동을 하면서 장군을 도왔지만 후에 극좌 공산주의자로 변신한 인물이라고 한다. 일본 제국주의자들이 그토록 제거하기를 바랐던 영웅이 일본군이 아닌 동족에 의해 살해당하는 어처구니없는 비극이 일어났던 것이다.

언론은 당시의 상황을 다음과 같이 그렸다.

〈신민부 수령 김좌진 피살설 해림에서 청년에게 사격돼〉
북만주에 근거를 둔 신민부 수령 김좌진 씨는 지난 1월 14일 해림이라는 곳에서 김일성이라는 청년에게 사살을 당하였다는 말이 있다는데, 김좌진 씨는 지금으로부터 20년 전에 일한 합병에 불평을 품고 만주로 건너가서 다수의 청년 동지를 규합한 사람으로서 근자에는 정책의 차이로 반대파가 있게 되어. 이번에 사살하였다는 청년은 반대파의 청년이라고 전한다.

출처: 〈동아일보〉 1930년 2월 9일

흉보를 확전하는 백야 김좌진 부음 북만 독립운동자의 거두 42세를 일기로, 신민부 수령으로, 남북만주에서 여러 가지 활동을 하고 있던 백야 김좌진 씨가 지난 1월 24일 오후 2시에 중동산선 산시역 부근 산중에서 김일성이라는 자에게 총살되었다는 풍설이 있다 함은 기보한 바이어니와, 금 12일에 이르러 시내 각처에 김좌진 씨의 서거가 확실한 것을 증명하는 부고가 배달되었다. 부고의 내용에 김좌진 씨가 서거한 원인에 대하여는 일언반구가 없으므로, 일시 일본 신문이 선전한 바와 같이 과연 그 반대편에 사살이 되었는지, 혹은 그 이외의 복잡한 관계로 해를 입었는지는 아직 확실히 판명되지 아니하였으나, 김좌진 씨가 전후 20년 동안이나 남북만주로 돌아다니며, 혹은 독립군을 양성하기 위하여 다수한 조선 청년들을 모아 실제 훈련을 하고, 혹은 2,000여 명의 부하를 거느리고, 북간도 방면에 넘나들며, 혹은 신민부를 조직하여 10년을 하루같이 활동하여 온 것은 세상이 다 아는 바이어니와 만부부당지용(萬夫不當之勇: 수많은 장부로도 당할 수 없는 용맹)과 발산의 힘을 가지고, 조선 사람에게 "조선이 가진 만주의 장사"라는 느낌을 주던 김좌진 씨도 42세의 파란 많은 역사를 세상에 남기고, 눈 쌓인 만주벌판에 최후에 피를 흘리고 말았다.

출처: 〈동아일보〉 1930년 2월 13일

〈김좌진 피살 당시의 광경〉

하수자는 김일성

북방에 근거를 둔 신민부 수령 백야 김좌진 씨는 지난 달 24일 오후 2시경에 중동선 산시참 자기가 경영하는 정미소에서 기계고장이 난 것을 보다가 돌연 등 뒤에서 어떤 청년 한 명이 권총을 발사하여 탄환이 배부에서 흉부로 관통되어 현장에서 즉사하였다는데, 청년은 권총을 발사하고 곧 도망하는 것을 추적하였으나 종적이 묘연하고, 금번에 김좌진 씨를 사살한 데 대하여 일반의 추측이 각기 달라 그 정곡을 포착하기 어렵게 되었다.

어떤 이는 반대파의 소행이라고도 하는 등 만주 일대는 백야의 죽음에 대한 풍설이 분분한데, 하수자의 성명은 김일성이라더라.

출처: 〈조선일보〉 1930년 2월 16일

"어떤 놈이 총을 쏘아?" 김좌진이 최후에 한 말이다.

현장을 목도한 안이근 씨의 담

김좌진 씨가 1월 24일 오후 2시에 참사를 당한바, 그 현장을 목도한 안이근 씨를 방문한 즉 안이근 씨는 기자에게 다음과 같이 말하더라. "백야가 그날 정미소에 놀러오셨다가 오후 2시경 정미소에서 쓰는 풍차를 구경하며 정미소 문밖에 나와서 풍차 옆에 서서 손덕창에게 말하는 중에, 뒤에서 총소리가 나자 선생은 돌아서면서, '어떤 놈이 총을 쏘아?' 하고 몇 발자국을 걸어 가다가 돌아서면서 그만 땅에 넘어졌는데, 총을 쏜 범인은 나이 이십오육 세 되어 보였다. 남쪽으로 달아나는 것을 손덕창 씨와 중국 군인 5~6명이 추격을 하였으나 마침 날이 황혼이 되어 못 잡았다고 하더라."

출처: 〈조선일보〉 1930년 2월 18일

이런 경천동지할 충격적인 사건이 일어나자 평소에 영웅을 달갑지 않게 보았던 유 사장의 할아버지를 비롯해 동네 사람들은 영웅의 주검을 보고선 충격에 빠졌고 설을 앞둔 명절의 분위기는 일순간 사라지고 차가운 폭풍우가 휘몰아쳤다고 한다. 모두가 어찌할 바를 몰라 우왕좌왕하다가 서거한 지 5일이 지난 후에야 비로소 가매장을 하고 3달이 지난 한식날 수많은 동포들이 모여 사회장으로 장례를 치른 후 우리 동포가 많이 살고 있던 가까운 신흥동마을 뒷산에 안장했다.

그 후 생전에 영웅을 가까이서 모셨던 팔로들은 영웅의 안치 문제에 관해서 토론한 결과 돌봐 줄 가족도 없는 이역만리 타국 땅에서 외로이 있는 것보다 태어난 고향에 안장하는 것이 더 나을 것이라는 결론을 내린 후 부인 오은숙 여사에게 연락해 모셔 가게 되는데 한 줌의 재와 다름없는 유해도 돌아가는 것이 순탄치 못했다.

일경은 영웅의 유해가 한국 어디엔가 안장된다면 그곳이 성역화 되어 독립운동의 성지가 될 것을 우려해 계속 감시했기 때문에 여사께서는 보따리장수로 가장해 유골을 광주리에 담고 그 위에 다른 물건을 얹어 위장을 했다니 나라 잃은 설움은 이토록 비참했던 것이다.

농장이 독립운동 기지라니?

한중 우의 공원을 둘러보고 다음 목적지인 백산 농장으로 향했다. 산시진에서 출발해 동남으로 난 농로를 따라 10㎞쯤 달려가자, 목단강이 시야에 들어왔다.

목단강은 만주어로 꼬불꼬불한 강이란 뜻이란다. 그 이름값이라도 하듯 강은 넓은 평원 사이로 거대한 용이 지나가듯이 구불구불했다. 멀리서 목단강시가 보였지만 우리는 시내 방향으로 가지 않고 남쪽인 발해 궁터 옆

발해 농장

으로 가야 했다. 우의 공원을 출발한 지 40여 분 후 백산 농장에 이르렀다.

발해 백산 농장 주변 마을

  백산은 일경의 탄압과 감시로 국내에서 활동이 어렵게 되고 독립활동 자금 조달이 여의치 못하자, 1933년에 중국으로 망명해 그간 구상해 왔던 국외독립운동 기지를 개척했다. 이를 위해 그는 옛 발해 왕국의 고도인 영안현 동경성에 토지를 구입하고 수로를 만들어 광활한 농장을 만들고 300여 호의 주민들을 이주시켜 농사를 짓게 하고 생활이 안정되도록 도움을 주었다.

  이주 초기에는 영남에서 온 이주민이 대수였으나 후에는 전라도, 함경도, 평안도, 강원도 등 각지의 농민들이 모여들었다. 이외에도 이주 농민과 2세들에게 민족정신과 독립 사상을 고취하기 위해 발해 학교를 세웠고 대종교 총본사를 발해 농장 주변 동경성으로 옮기게 하고 교주 윤세복과 그의 아들을 독립운동 단체인 대동청년단에 가입시켰다. 그즈음 뿔뿔이 흩어져 있는 독립 운동가들도 발해 농장 주변으로 모여들기 시작했다.

조선 이주민들의 대량 유입과 대종교 신자들의 증가, 독립 운동가들의 정착 등은 일제에게 큰 부담이 되었을 것이다. 이대로 방치해 두었다가는 큰 불행의 단초가 될 수 있다고 판단한 일제는 엉뚱한 트집을 잡아 1942년 임오교변을 일으켜 조선어학회 간부와 대종교 간부 25명을 치안 유지법 위반으로 체포했다.

백산은 당시 건강이 좋지 못해 고향 의령에서 요양 중이었지만 1942년 11월 19일 목단강성 경무청에서 파견된 형사대에 체포돼 목단강으로 압송된 후 8개월간 모진 고문의 후유증으로 병세가 악화되자 병보석으로 출감됐지만 다음 날인 1943년 8월 3일 친척 동생이 운영하는 영제의원에서 치료를 받던 중 59세로 순국했다.

만약 그가 희생되지 않았다면 독립운동은 더욱 활기를 띠었을 것이다. 백산은 이승을 떠났지만 끝이 보이지 않은 광활한 발해 농장 터는 그대로 남아 있었다. 그러나 이곳이 발해 농장 터라는 그 어떤 표지석도 남아 있지 낳아 몹시 아쉬웠다.

농장을 뒤로하고 돌아오는 길에 백산이 남긴 발자취를 다시 한번 되돌아보았다. 선생은 경남 의령에서 태어나, 부산 구포에 구명학교를, 경남 의령에 의신학교와 창남학교를 설립한 교육자이자 중앙일보 사장을 지낸 언론인이며 부산 중앙동에 백산 무역 주식회사를 설립해 상해 임시 정부의 독립 자금을 조달한 독립 운동가였다.

광복 후 상해 임시 정부 주석 김구 선생은 조국에 첫발을 내딛는 순간 백산 안희제 선생의 고향을 향해서 절을 올리고 그를 추모했다고 한다.

영안에 있는 발해 학교

상해 임시 정부에 거금의 독립 자금을 지원해 주었던 경주 최 부자 집의
주인 최준도 김구 선생을 만나 그가 낸 독립자금을 대조한 후 한 푼도 빠
짐없이 전달된 것을 알고서는 백산에게 의심의 눈초리를 보냈던 자신을
자책하면서 그가 누워 있는 의령을 향해 대성통곡을 했다고 한다.

임오교변
- 만주에서 일본경찰이 대종교 간부를 박해한 사건

1942년 11월 19일 만주 영안현 동경성에서 일본 경찰이 대종교를 탄압
하기 위해서 사건을 날조하여 교주간부들을 검거한 사건이다. 대종교는
1934년 총본사를 동경성으로 옮기고, 특히 1937년부터 발해고궁유지에
천진전의 건립을 추진하는 한편 대종학원을 설립하는 등 교세확장에 큰

진전을 보였다. 조선어학회 이극로가 천진전 건립관계로 교주인 단애종 사에게 보낸 편지 속에 '널리 펴는 말'이라는 원고가 있었다.

일본경찰은 이를 압수하여 제목을 '조선독립선언서'라고 바꾸고, 그 내용 중에 '일어나라, 움직이라'를 '봉기하자, 폭등하자'로 일역했다. 일본경찰 은 "대종교는 조선 고유의 신도를 중심으로 단군문화를 다시 발전시킨다 는 기치 아래, 조선민중에게 조선정신을 배양하고 민족자결의식을 선전 하는 교화단체이니만큼 조선독립이 그 최후목적이다."라는 죄목으로 조 선어학회 간부 검거와 때를 같이하여 교주, 단애종사 이하 25명을 검거하 였다.

이때 투옥된 간부 중 권상익, 이정, 안희제, 나정련, 김서종, 강철구, 오근 태, 나정문, 이창언, 이재유 등 10명이 고문으로 옥사했다. 그 밖의 간부 는 15년에서 7년까지의 형을 선고받았다.

출처: 두산백과

필자는 거인의 죽음이 너무나 안타깝게 생각해 목단강 경무소와 그가 마지막으로 숨을 거뒀던 영제의원을 보고 싶어 목단강을 다녀온 지 2주일 후에 다시 목단강으로 가 유 사장을 만났다.

"교수님 몇 해 전에도 경무소를 찾는 분이 있어 안내를 한 적이 있어요. 그분은 한국 KBS 방송국 PD인데 부친이 돌아가기 전에 어릴 때 살았던 곳을 보고 싶어 해 모시고 오셨더군요."

"참 효자이네요. 그런데 목단강 경무소엔 왜 갔지요?"

"경무소 옆에 그 어른이 살았던 옛집이 있어서 찾았던 것이지요. 그런데 경무소를 찾느라고 혼이 났어요."

"왜요?"

"경무소의 위치를 아는 사람이 아무도 없었어요. 어떻게 하면 찾을 수 있을까 고민 중일 때 마침 목단강시 부시장을 역임하신 김영우 옹에게 연락해 겨우 찾았어요."

우리는 백산과 대종교 지도자 외에도 무수히 많은 애국지사를 고문하고 죽음으로 내몬 목단강 구시가지 동쪽에 있는 목단강 경무소로 찾아갔다.

100여 평 남짓해 보이는 빨간 벽돌 건물은 회색 철제문으로 꼭 닫혀 있어 계속해 노크했지만 개짓는 소리만 요란할 뿐 아무런 반응이 없어 백산이 순국한 영제의원으로 향했다. 영제의원은 목단강시 조선족 민족거리 근처에 있었으나 병원 건물은 오래전에 없어지고 새 건물이 세워져 정확한 위치를 찾을 수 없었다.

필자는 목단강 경무소도 보지 못하고 병원도 찾지 못해 아쉬웠지만 선생의 동생이 당시를 회고한 글로 갈음한다.

* * * * *

1943년 계미년 4월, 병에 걸렸기 때문에 고향으로 돌아와 반년 동안 치료하고 거의 완전히 낫게 되었다. 10월에 조선어학회사건 소식을 듣고서는 스스로를 돌아보고 불안하게 여겨, 전에 날마다 기록한 『만몽일기』와 몇 편의 시 그리고 기타 주고받은 서류를 하나하나 찾아내 모두 불태우며 동생에게 말했다.

"모조리 찾아내라. 차후에 이것들이 발각되면 우리 집안이 망할 뿐만 아니라, 사회동지들에게도 재앙이 미쳐 몸을 망치게 될 것이다."

11월 만주에 대종교 사변이 돌발하여 간부가 모두 검거되었다. 그리고 목단강성 경무서의 관원 3명이 15일 아침에 집으로 와서 공을 연행하여 곧장 만주로 갔는데, 감옥에 갇혀 고문을 당한 일은 길게 말하고 싶지 않다.

계미년(1943)년 8월 3일(양력 9월 2일) 공의 병세가 위독해지자, 장남 상록이 항상 감옥 밖에서 대기하며 기회를 틈타 공을 뵈려고 멀리 떨어져 있지 않았다. 이날 창틈으로 고통소리가 흘러나와, 급히 면회를 청하여 방으로 들어가 공을 구출하여 족제 안영제 의원으로 모셔와 응급치료를 하니 정신이 깨어났다. 공이 고개를 돌려 장남 상록에게 집안일을 말하고, 책상 위의 신문을 보고서는 전쟁이 어떻게 되었는지를 물었다. 이에 '이탈리아가 전쟁에서 패했다'고 하니, 이 말을 듣고 유쾌하게 웃으며 다음과 같이 말했다.

"일본의 패망이 박두했는데, 내가 눈으로 직접 보지 못하는 것이 한스럽다."

이 말을 두세 번 반복하는데 목소리가 맑아 완연히 평소와 같았다. 잠시 있다가 자리를 바르게 하고 누운 때는 감옥에서 나온 지 3시간 남짓 지난 술시였고, 조용히 세상을 떠난 시각은 감옥에서 나온 지 한나절이 되었을 때이다.

"일본의 패망이 박두했는데, 내가 눈으로 직접 보지 못하는 것이 한스럽다."는 말로 미루어 보아 그가 임종을 눈앞에 둔 순간까지도 조국의 독립을 얼마나 갈망했는지를 알 수 있다.

큰 영숙 작은 영숙

목단강 답사 시 자주 가는 식당은 고향집이다. 이 식당을 자주 찾는 까닭은 구수한 된장찌개 때문이다. 주인아주머니가 손수 콩을 띄워서 만든 메주로 끓인 된장찌개는 어릴 때 시골 고향집에서 어머니가 해 주던 맛과 같다.

이 식당 주인은 목단강시 정부의 공무원이었지만 많은 조선족이 그랬듯 한국 바람이 한창 불었을 때 그도 25년간의 공무원 생활을 마감하고 한국으로가 식당에서 일을 했다고 한다.

"과천에 있는 공무원 식당에서 일을 했어요."
"오랫동안 사무만 보다가 식당의 허드렛일을 하려면 힘들었을 텐데요."
"그렇지요. 너무 힘들어 석 달만 하고 그만두었어요."

그 후 그녀는 목단강으로 돌아와 식당을 열었는데, 한국에서 보고 배운 대로 요리를 했더니 맛있다고 입소문이나 재미를 톡톡히 본다고 했다.

"이번에는 어떻게 오셨어요?"

"목단강 액하 감옥을 찾아가 보려고 왔어요. 혹시 그곳을 아시나요?"

"나 같은 장사치가 어떻게 그런 곳을 알겠어요. 지난번에 왔을 때 발해 궁터를 답사했잖아요. 그 궁터를 보기 위해 한국에서 오는 사람은 간혹 있었지만 옛 액하 감옥을 찾는 분은 없었어요. 그런데 우리 집에 오는 손님 중에 목단강 고중에서 교장으로 퇴임한 분이 있어요. 그 교장 선생님은 역사에 관심이 많고 해박하니 아마 알 거예요. 전화를 해 알아볼 테니, 잠시만 기다려 보세요."

그러나 그 교장은 해남도에 있으며 내년 4월에 올 것이라고 했다.

하얼빈을 비롯한 흑룡강성 지역은 겨울에 영하 30℃를 오르내리는 혹한의 추위 때문에 경제적으로 여유가 있는 사람들은 겨울에는 그 섬에서 지내다가 봄이 되면 돌아오는데 그분도 역시 거기서 겨울나기를 하고 있었다.

"교수님, 오늘 답사는 안 될 것 같으니 이참에 재미있는 고향 이야기 하나 해 줄게요."

"오늘은 운수 좋은 날인가 봐요. 미인으로부터 재미있는 이야기도 듣고."

"내 고향 가목사 조선족향에는 80여 호의 조선족 가구가 있어요. 이국 땅에 와서 외롭게 살다 보니 모두가 가족처럼 지내는 사이라 옆집 사정을 훤히 알지요. 우리 집 옆에 경남 사천이 고향인 장 씨 어른이 살았어요. 교수님 아시다시피 나 역시 삼천포가 고향이라 우리 집과는 네 것, 내 것을 가리지 않을 정도로 잘 지내는 사이였지요."

장 씨는 집안의 장남으로서 대식구를 책임져야 할 위치에 있었지만 이렇다 할 땅도 다른 재산도 없어서 돈 벌이를 위해 가목사로 와 일을 했다.

그가 만주로 온 지 2년 후에 해방을 맞이했다. 하지만 한 푼이라도 더 벌기 위해서 귀국을 미루고 계속해서 일을 했다. 그런데 1947년에 이르자 38선이 가로막혀 남북 왕래가 금지되었다는 소문을 듣고는 고향으로 가기 위해 사리원까지 갔다. 그러나 통행이 금지되어 더 이상 남쪽으로 갈 수가 없어 가목사로 다시 돌아왔지만 일이 손에 잡힐 리가 없었다. 1년 후인 1948년 9월에도 다시 사리원으로 갔지만 결과는 마찬가지였다. 그는 고향으로 가는 꿈을 접고 이웃 마을에 사는 경기도 김포가 고향인 한 씨 집안의 처녀와 결혼한다.

한 씨 부인은 얼굴이 곱상하고 성격도 유순할 뿐 아니라 남편을 잘 섬겨 동네서 효부로 소문난 여인이었다. 이들 부부는 결혼 2년 후에 딸을 가졌고, 장 씨는 딸의 이름을 영숙이라고 지었다. 영숙이 태어난 후부터는 부부는 금슬이 더 좋아져 집안은 언제나 웃음꽃이 피고 행복하게 잘 살았다.

그런데 1992년도에 한국과 중국이 수교가 되자 문제가 생겼다.

"무슨 일이 있었는데요?"

"수교의 길이 열리자마자 이곳 조선족은 누구 할 것 없이 고향을 방문해 친인척 찾기를 원했지요. 게다가 4년 전에 서울에서 개최된 올림픽을 보면서 한국의 발전상에 놀라워했고 고국을 방문하고자 하는 마음이 더 간절했지요."

* * * * *

　1992년 한중 간에 수교가 이루어지자 영숙의 아버지는 누구보다도 먼저 고국 방문길에 올랐다.

　서울에서 고속버스를 타고 사천 고향 집에 갔지만 그를 맞이한 사람은 가족이 아니라 낯선 이방인이었다. 같은 마을에 살고 있는 당숙 댁으로 가도 낯선 사람이 나와서 누구냐고 물으며 그런 사람은 없다는 대답을 들었다. 마을 어귀에서 옛 친구를 만나면서 조부모와 부모님 모두가 돌아가셨고 자기의 부인은 딸을 따라 서울로 이사를 갔다는 사실을 알게 되고 그 친구를 통해서 딸과 통화를 한 후 이튿날 서울에서 47년 만에 부인과 딸을 만난다.

　영숙의 아버지는 한국에서 3개월을 지낸 후 출국했다.

　가목사 집에 도착한 영숙의 아버지는 어떻게 하면 좋을지 두고 망설이다가 어차피 닥친 일이라 그간의 말 못 했던 과거사를 실토했다.

　"여보, 미안해. 내가 여태껏 당신께 말 못 한 것이 있어. 하루에도 몇 번이나 말하고 싶었지만 차마 입 밖에 낼 수가 없었어. 내가 큰 죄를 지었으니 용서해 다오."

　"당신 무슨 말씀을 하시는 거예요? 한국에 가서 다른 여자라도 생겼나 보지요? 평소에 안 하던 농담도 다 하고."

　"그게 아니야. 사실은….."

　"무슨 일인데? 왜 그리 뜸을 들여요?"

"사실은, 내가 당신과 결혼하기 전에 나는 이미 결혼한 몸이었어."
"아니 뭐라고요? 설마 사실은 아니겠죠. 농담하지 말아요. 농담이죠?"

이미 엎질러진 물이라 딸 영숙의 이름에 관한 사실도 밝혔다.

"뭐라구요? 당신 미쳤어? 이 사기꾼. 둘도 없는 내 딸 영숙이가 어떤 아이인데 무슨 죄가 있다고 그년과의 사이에 난 애와 같은 이름을 지었다고? 미친 인간, 당신이 인간이야? 이 미친 인간아!"

그녀는 의식을 잃고 쓰러졌다. 엄마와 아버지의 싸움을 지켜본 딸은 아버지가 말한 것이 사실일 리 없다고 믿었다.

"아버지, 나 서울 가서 진짜인지 확인하고 싶어요."

영숙의 등쌀에 못 이겨 부녀는 같이 서울로 행했다.

"아니, 너가 영숙이야? 지난번에 너희 아버지에게서 너에 관한 이야기를 다 들었어. 만나서 반갑네. 빨리 들어와."
"아주머니, 아주머니가 정말로 나의 아버지와 결혼한 것 맞아요?"

그녀의 당돌한 질문에 서울의 영숙 엄마는 한동안 말이 없었다.

"그래. 영숙아, 너나 나나 우리 둘 다 믿고 싶지 않은 일이 우리 눈앞에 일어났어. 너가 말하고자 하는 의도가 무엇인지 나는 다 알아. 나도 너에게 하고 싶은 말이 많지만 그런 말을 해 본들 이제 무슨 소용이 있겠느냐? 빨리 들어와."

가목사의 친어머니 못지않게 서울 어머니는 더한 삶을 살아왔다는 사실을 알고는 그동안에 느꼈던 분노가 가라앉았다.

가목사로 돌아간 영숙은 서울 생활에 필요한 최소한의 물품만 준비한 채 김포행 비행기에 올랐다. 그녀가 서울로 가게 된 것은 이복 언니가 그녀를 위해서 마련해 준 직장 때문이었다. 영숙은 서울로 온 이후 모든 것에 만족했고 꿈만 같았다. 그러는 사이 그녀는 가목사에 있는 엄마에게 몇 번씩이나 장문의 편지도 쓰고 전화도 했다.

"엄마, 아버지만 믿고 살아온 엄마가 이번 일을 두고 얼마나 가슴 아프고 상심하셨는지를 이 딸은 알고 있어요. 아버지가 죽이고 싶을 정도로 미울 거예요. 엄마, 이제 냉정을 되찾고 아버지가 처했던 과거를 조금이라도 이해한다면 가슴의 응어리가 풀어질 거예요. 엄마, 미안해요. 3달 후에 여름휴가가 7일간 있어요. 그때 엄마 뵈올게요."

딸의 편지와 전화를 수차례 받으면서 그녀의 어머니는 남편의 마음을 조금이나마 이해하게 된다. 딸이 서울로 간 지 두 달 만에 딸한테서 다급한 목소리의 전화를 받았다.

"엄마, 큰일 났어. 아버지가 엄마한테 가려고 김포 공항으로 가는 도중에 교통사고를 당해 의식 불명이 된 상태야. 엄마, 어쩌면 좋아."

 딸로부터 전화를 받은 그녀는 서울행을 두고 심한 혼돈에 빠졌다. 고민 끝에 김포행 비행기에 오르지만 혼란스러웠다.

 서울의 한 병원의 병실에서 70대의 두 여인이 마주쳤다. 서먹한 분위기를 깨기 위해 서울의 영숙이 엄마가 먼저 "영숙이 엄마, 마음속으로 얼마나 상심하고 속상했겠어요? 이 현실이 우리가 감당해야 할 몫인가 봐요." 라고 했다.

 그녀가 한국에 온 후 2주일쯤 지났을 때 남편은 어느 정도 건강을 회복했다. 작은 영숙의 엄마는 가목사로 돌아가 모든 가산을 정리하고 서울로 와 큰 영숙이 마련한 집에 둥지를 틀었다. 그 둥지는 바로 큰 영숙의 집과 담 하나를 사이에 두고 있었다. 영숙의 아버지는 매일 두 집을 오고 가면서 생활을 하다가 2010년에 영면했다.

 영숙의 엄마는 절에 사십구재를 올리고 일요일마다 함께 참석해 천도재를 지내냈으며 지금까지도 두 사람은 네 손자, 내 손자 가리질 않고 서로 돌봐 주면서 매일 만나서 즐거운 여생을 보내고 있다고 한다.

* * * * *

 "분단의 비극이 만든 상황은 여러 가지가 있지만 이러한 일도 있었군요? 그래도 그 상황에서 지혜롭게 대처했군요."

 이 이야기를 듣고 난 후 필자는 평소에 궁금하게 여겼던 탈북자에 관해서 물어보았다.

"한국 TV 프로에 〈모란봉클럽〉과 〈이만갑〉이라는 프로가 있어요. 이 프로는 북조선을 탈출해 한국에 온 탈북 민들이 탈북 과정에 겪었던 이야기를 하는 내용인데 그중 상당수의 탈북자들이 중국에 가서 우리 조선족들의 도움을 받더라고요. 그중에서도 식당에서 일했던 분들이 상당수 있던데 아주머니 식당에도 탈북자들이 온 적이 있어요?"

"많지요. 연길이나 도문은 북조선과 가까워 탈북자들이 많아요. 여기는 연길보다도 더 북쪽에 있으니 그곳보다 많지는 않지요. 이곳까지 오는 탈북자는 대개 친인척을 만나려고 왔다가 이사를 갔거나 일자리를 찾아 한국으로 가 오갈 데가 없어서 오는 경우가 많아요."

"그러면 어떻게 하지요?"

"같은 동포인데 당연히 도와줘야지요. 배고프고 힘들어 찾아왔는데 어떻게 외면하겠어요. 별 필요가 없더라도 일을 시키지요. 어떤 땐 2~3명이 함께 오는 경우도 있지요. 그래도 어떡해요. 도와줘야지요. 여름에 장사가 안 될 때는 다른 가게에 부탁해서라도 도움을 주지요."

"탈북자란 신분을 숨기고 오는 경우도 있나요?"

"반반 정도이지요. 숨기더라도 시간이 지나면 절로 알게 되지요."

"그들과 관련된 에피소드 같은 건 없어요?"

"더러 있지요. 김일성의 사망이 언제지요? 아마 1994년일 거예요. 그때 탈북한 여성이 우리 식당에서 일하고 있었지요. 그가 사망했을 때, 여기 중국 TV에서도 연일 그 뉴스를 내보낼 뿐만 아니라, 하얼빈시 정부는 동북열사 기념관에 빈소까지 마련해 조문객을 받았지요. 그 당시 종업원들이 다 퇴근하고 난 후 그녀가 임시로 거처하는 2층 방으로 올라갔더니 엉엉 우는 울음소리가 들려 깜짝 놀라 무슨 일이 있었는지 물어봤지요. 위대한 수령님이 돌아가시어 너무 슬퍼서 그렇다고 했어요. 달래고 위로해 진정시켰지만 믿기지가 않았지요."

"누구의 눈치도 볼 필요가 없는데도 울었다니 정말, 믿기지 않네요."

"맞아요. 조선은 도무지 이해할 수 없는 나라라니까요."

"주체주의와 김일성 사상으로 물들다 보면 자연스런 현상일지도 몰라요."

"아무리 그래도 자기 애비, 에미도 아닌데… 부모가 죽으면 과연 어떨는지, 통 이해가 되질 않았어요."

"다른 일은 없었나요?"

"있지요. 김일성이 죽고 난 후 1~2년이 지날 즈음, 북조선이 고난의 행군이라 하여 많은 사람이 굶어 죽었지요. 그 무렵 우리 식당에 일했던 탈북자가 보름 정도 휴가를 달라고 했어요. 당시 조선의 사정이 좋지 않은 것을 알고 많은 물건을 사 주었어요. 한 달포 후에 얼굴이 사색이 된 채 돌아왔어요. 무슨 일이 있었는지 물었더니 놀라운 대답을 했어요."

"무슨 일 때문에 그렇게 놀랐지요?"

"두만강을 건넌 후 산길을 넘어가는데 사람이 나무에 기댄 채 앉아 있어서 왜 그렇게 있는가 싶어 가까이 가 보니 앉은 채 그대로 주검이 되어 있었다고 했어요. 무서워서 산 아래로 내려와 걷고 있을 때, 가마니와 마대가 도로 옆에 놓여 있어서 안에 무엇이 있는지 보았더니 시신이 있었다고 해요. 회령에 있는 고향 집에 도착했지만, 어머니는 반기지도 않고, 부엌에서 고개를 숙인 채 부지깽이를 치면서 대성통곡을 했다고 해요."

"왜요?"

"이유인 즉 평양에 유학 간 동생이 아사를 했는데 시신을 수습하러 갈 수 없는 형편이라 서럽고 원통해서 그랬다고 했어요."

"참으로 안타깝군요."

"2009년도에도 젊은 처녀가 찾아와 일을 하겠다고 해 주방 일을 시켰지요. 며칠간 일하는 모습을 지켜보았더니. 아무래도 식당 주방에서 일할 아이가 아니라고 생각돼 신상에 관해 물었더니 주저주저하면서 대답하기가 싫어하는 눈치여서 첫날은 그렇게 지나갔어요. 그다음 날 아무도 없을 때 사실 자신은 탈북자라고 말했어요. 그때 나도 이미 눈치 챘다고 했더니 놀라워하더라고."

"어떤 사람이었나요?"

"그 애는 함흥에서 대학을 다녔는데 공무원인 아버지가 뇌물을 받았는가 봐요. 그것이 문제가 되어 아버지가 교화소에 가게 되자 탈북을 했다고 했어요."

"그 후에 어떻게 됐지요?"

"우리 집에서 일한 지 몇 개월 지난 후부터 일요일에 교회에 다녔어요."

"여기도 교회가 있나요?"

"그럼요. 한족이 목사님인 교회도 있고 우리 조선족이 운영하는 교회도 있지요. 그 애는 조선족 교회에 다녔는데, 어느 날 한국으로 간다면서 떠났어요."

"누가 도와주지 않으면 한국행이 불가능할 텐데요."

"아마 선교사님이나 목사님이 도와주었겠지요."

"중국에서는 외국인의 포교 활동 금지되는 걸로 알고 있는데요."

"그렇지만 손님들이 이야기하는 것을 들어 보면 선교사는 회사원으로 신분을 속이고 선교 활동을 하는 분들이 더러 있다고 해요."

그녀는 한국의 노총각과 중국 처녀의 결혼에 얽힌 이야기도 했다.

2002년 전후에 한국의 농촌 총각과 중국 조선족 처녀 간에 결혼이 성행할 때 목단강시는 예전과 다른 모습이었다. 목단강 공원 8녀 투강탑 앞에는 사진을 찍는 커플들이 자주 눈에 띄었고 조선족 약방 골목에는 한국 청년들로 붐볐으며 숙박업소와 식당, 술집은 언제나 손님으로 북적대 예전에 없던 호황을 누렸다. 특히 늦가을부터는 그 수가 늘어나 이들 업소는 포화상태에 이르러 식당에서도 단체로 선을 보았다.

"그때 우리 식당이 인기가 좋았어요. 음식이 그들 입맛에 맞고 서로 말도 통해 중매 특수를 누렸지요."
"당시 분위기는 어땠어요?"
"총각이라고 했지만 내가 보기엔 대부분이 마흔이 넘은 사람들처럼 보였어요. 생김새나 옷 입은 차림으로 보아 농사일을 하는 농사꾼 같았어요. 반면에 처녀들은 갓 스물을 넘긴 정도였고 교육도 상당히 받은 듯했으며 얼굴도 예쁜 여자들이 많았어요. 외모로 볼 때 일방적일 정도로 여자들이 나았지요. 그런데 당시에 한국에 대한 이미지가 워낙 좋아 조선족은 말할 것도 없고 한족 처녀들조차도 한국 총각과 결혼하기를 원했어요. 사정이 그러했기에 의외로 결혼이 많이 성사되더라고요."
"성혼되는 모습을 보면 흐뭇하기도 하고 돈도 벌 수 있어서 좋았겠군요."
"그렇지요. 중매 보러 오는 총각 중에는 내 아버지의 고향 사천과 삼천포 사람도 더러 있었어요. 그럴 땐 처녀한테 '너가 본 그 청년의 고향은 살기가 좋고 사람들도 의리가 있고 예의가 바르다'며 좋은 점을 말해 주지요. 그래서 그쪽에서 온 사람들은 거의 다 성사되었지요."

"그 외에도 기억에 남는 일이 있나요?"

"왜 없어요. 2005년 겨울에 우리 식당에서 단체 선을 봤지요. 선을 보고 커플끼리 데이트를 하고 난 후 처녀는 각자 자기 숙소로 가고 총각은 우리 식당 2층에서 잠을 잤지요. 이튿날 아침에 방에 들어가 보니 고약한 냄새가 나 주변을 살펴보니 한 청년이 이불에 오줌을 쌌더라고요. 오줌 싼 총각에게 어린 아이도 아닌데 왜 그런 짓을 했느냐고 물었더니 자기 파트너가 너무 예쁘고 마음에 들어 같이 온 일행에게 한턱 쐈더니 그들이 축하한다고 한 잔씩 주는 잔을 다 받다 보니 너무 취해서 이런 실수를 했다면서 미안해하더라고요. 새로 산 양단 이불이라 아까웠지만 그래도 어떡하겠어요."

"성혼이 되었어요?"

"그럼요. 그 총각이 참 의리가 있더라고요. 1년에 이맘때면 가목사에 있는 처가에 들리는데 그때마다 우리 식당으로 와 인사를 하고 가지요. 바로 어제 저녁에도 가목사 처가로 가는 길에 식사를 하고 갔어요."

이튿날 아침 필자는 세계 제2차 대전의 마지막 격전지인 동녕 요새로 가기 위해 호텔 방을 나오면서 친구와 전화를 할 때 미모의 여자가 "한국 사람이에요?" 하고 물었다. 여기서 한국 사람을 만나니 무척 반가워 한국인이냐고 되묻자 한족이라고 했다. 잠시 후 50대의 중년 남성이 옆방에서 나오자 "오빠. 이리와."라고 했다. 필자는 그도 한족이라 생각하고 "니 하오."라고 인사를 하자 우리말로 유창하게 인사를 했다. 목단강엔 조선족이 많이 살고 있어 조선족이냐고 묻자, 한국 사람이라고 했다. 반갑게 인사를 한 후 어떻게 이곳에 왔는지 묻자, 가목사에 있는 처가에 가기 위해서 어제 이곳에 도착했다고 했다. 어제 저녁때 고향집 아주머니가 들려준 그 커플이 아닌가 싶어 혹시 고향집을 아느냐고 묻자, 처가에 갈 때마다 들른다고 했다. 나도 고향집 단골이며 주인아주머니가 재미있는 이야기를 하더라고 웃으며 말하자, 그도 알 듯 모를 듯한 미소를 지었다. 우리는 부처님과 가섭존자처럼 서로 말을 안 해도 안다.

"이 사람을 처음 만난 집이 그 집이고 첫눈에 반해서 너무 기분이 좋아서 과음을 하다 보니 실수를 했다."면서 계면쩍어했다. 슬하에 1남 2녀를 두고 있다는 그 부부가 행복하기를 빈다.

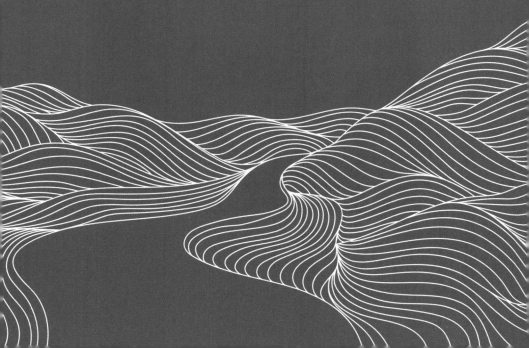

10

가
목
사
최
계
숙

여중 2학년이 6.25 전쟁의 전사가 되다

용정중 2학년 때 항미 원조 지원자 선발이 있던 날 수업을 마치는 종이 울리자마자 집으로 달려가 "나도 오빠처럼 항미 원조 지원군에 참전해 미국 놈들을 조국에서 몰아내겠다고."고 하자 어머니는 "다시 한번 생각해 봐라. 너의 오빠가 지원군에 간 지 얼마 되지도 않았는데 너마저 가게 된다면 어떻게 되겠니? 전쟁터란 항시 위험이 따르게 마련이야."라면서 어이없는 표정을 지으셨다.

최계숙(왼쪽), 용정중 2학년 때 통역병으로 6.25 전쟁에 참여함

그녀의 오빠 최경수는 목단강에서 서점을 하다가 항미 원조 지원군을 모집한다는 소식을 듣고는 가업인 서점을 정리하고 바로 입대해 전선에 나간 지 3개월밖에 지나지 않았다.

"그런데 엄마, 지금 오빠가 조선의 어느 전쟁터에 있는지 모르잖아. 이번 기회에 내가 나가면 미국 놈들도 물리치고 오빠도 찾아서 엄마를 기쁘게 해 줄 수 있어. 그리고 오빠는 일찍부터 항일을 해 전투기술이 뛰어나 아무 일 없을 테니, 걱정 마."

"그래. 꼭 가고 싶으면 가거라."

용정 중 2년생인 최계숙은 다른 지원자와 함께 부모님과 친구들의 배웅을 받으며 중국 동북 군부 사령부가 있는 선양 신병 훈련소로 갔다.

* * * * *

"장도에 오를 때 심정은 어떠셨어요?"

"지금 생각해 보면 가당찮은 짓이었지. 언제 희생당할지도 모르는 전쟁터로 가는데도 두려움이나 공포감은 전혀 들지 않고, 빨리 전선으로 가 조국을 침략한 미국 놈들을 한 명이라도 더 죽이고 싶은 마음뿐이었어."

"선양에서 3개월의 훈련을 받았다는데 훈련 과정은 어땠습니까?"

"아침 6시에 기상나팔이 울리면 15kg짜리 배낭을 메고 구보를 해. 나같이 몸집이 작은 소녀에게는 감당하기 힘든 무게였지만 조국을 위해서라면 이 정도의 고통은 감수해야 된다는 생각 때문에 힘들었지만 참고 견뎠어."

"구보 후의 일과는 어떠했는지요?"

"아침 식사 후 언어 훈련을 받았고 저녁 식사 후에도 구보를 했어. 구보가 끝나면 바로 침투 훈련이지."

그녀는 선양에서 3개월간의 기본 군사 훈련을 받은 후 단동에서 중국 인민 지원군 20병단 사령부 38군에 배속되었고 맡은 임무는 통역원이었다.

"같이 간 친구들도 통역원으로 배치받았나요?"

"아니야. 대다수가 호사(간호원)였어."

"압록강 다리만 건너면 바로 조선 신의주가 아닙니까? 당시는 압록강교가 폭파됐을 텐데 어떻게 건너셨지요?"

"압록강교는 이미 파괴되어 건널

최계숙의 인민해방군 군인증

수가 없어 공병대가 만든 부목 위로 두 사람씩 짝을 지어 어깨동무를 하고 건넜는데 중간쯤 갔을 때 부목이 흔들려 그만 강물에 빠졌어. 마침 뒤따라오던 남자 전우가 재빨리 손을 잡아 줘 위기를 모면했지만 잘못됐으면 항미 원조는커녕 압록강 물귀신이 되었을 거야."

"당시의 신의주의 분위기는 어떠했는지요?"

"주민들이 산속으로 대피해 개미 새끼 한 마리도 없는 마치 유령의 도시와도 같았어."

그녀가 맡은 첫 업무는 신의주에서 원산의 신고산까지 가는 길을 안내하는 것이라, 주변의 지형에 익숙한 현지 안내인을 찾는 것이었다.

신의주에서 원산까지는 천리도 넘는 먼 길이라 안내해 줄 사

최계숙의 인민해방군 군인증

람만도 수십 명이 필요했다. 만약 그중에서 어느 한 사람이라도 통비분자가 있어 적에게 알려지면 몰살을 당할 수 있기 때문에 믿을 수 있는 사람을 찾아야 했다.

"피아가 뒤바뀌는 전시에 적임자를 찾기가 어려웠을 텐데요?"
"절대적으로 안전을 보장해 주겠다고 약속을 하지."

안내를 맡은 사람이 자기가 담당한 지역을 벗어나면 또 다른 사람을 연결해 주었기 때문에 그의 부대는 별다른 어려움 없이 최종 목적지인 원산 신고산 사령부에 도착했다.

"산길로만 행군을 했다고 했는데 왜 산악 행군을 했지요?"
"미군 폭격기의 공습 때문이야."
"하루에 얼마 정도 행군을 했지요?"
"보통 120리였어."
"산길을 하루에 120리나 걷다니 놀랍네요."

"행군 중 잠시 쉴 때도 나는 통역원이라 안내자와 함께 지도를 보면서 안전한 코스를 찾기 위해서 상의하고 통역하느라 잠시라도 쉴 시간이 없었어."

"행군 중 숙식은 어떻게 해결했지요?"

"압록강을 건너기 전 단동에서 좁쌀, 쌀, 두부 등 전투 식량을 10kg씩 배급 받았어. 그것을 물에 불려서 먹기도 하고 사정이 괜찮으면 취사병들이 직접 취사를 했어."

"취사 시 연기가 나면 공습의 타깃이 되어 위험에 노출될 수 있을 텐데요?"

"그래서 숲이 많이 우거진 수림이 있을 때만 했어."

"식수는 어떻게 확보하셨나요?"

"행군 중 산 밑으로 흐르는 개울가를 지나는 경우엔 수통에 담아 마시기도 하고 손바닥으로 퍼 마시기도 했지. 며칠을 걸어도 개울을 찾지 못하는 날엔 소 발자국으로 패인 구멍에 고인 빗물로 갈증을 해소했어. 그 물맛이 꿀맛이었어."

"가는 도중에 위치가 탄로 나 공습을 받은 적은 없었습니까?"

"작은 공습은 몇 차례 받았지. 그건 우리의 위치가 탄로나 그런 것이 아니고 그저 무작위로 폭탄을 투하하는 것 같았어. 그런데 행군 열흘째 되는 날 우리의 움직임이 포착되었어. 그때 십여 대의 B-52 폭격기 편대가 연속적으로 폭탄을 투하했어. 다행히도 정찰병들이 미리 적기의 출현을 알리고는 호루라기를 불었어. 그 소리를 듣고서 훈련받은 대로 몸을 땅에 바짝 붙이고 죽은 척했지. 약 1시간의 공습이 끝난 후 폭탄이 집중적으로 투하된 지점을 보니 직경 400~500m쯤 되는 큰 분화구가 생겼더라고. 나중에 비가와 물이 차면 아름다운 산중호수가 될 것 같았어."

"1시간이나 집중적으로 폭탄이 투하되었으면 굉장히 많은 피해가 있었을 텐데요?"

"주변이 온통 불바다가 되고 소리가 천지를 진동해 무간 지옥과도 같았고 이렇게 해서 죽는구나 생각했지. 울창한 나무숲이 아니었다면 몰살당할 수도 있었지. 나무숲 덕분에 살았어."

"그랬군요! 나무가 파편도 막아 주었을 것이고."

"맞아!"

그의 부대는 엄청난 폭격에도 한 명의 부상자도 없었다고 한다. 그때의 폭격으로 너무도 놀란 나머지 불치병에 걸려 70년이 지난 지금까지도 비행기 소리를 들으면 자신도 모르게 오줌이 저절로 나온다고 한다.

"단동에서 원산까지는 강도 몇 개 건너야 할 텐데 야간에는 힘들지 않았어요?"

"압록강은 부목이 있어 괜찮았고 그다음이 청천강이었는데 청천강도 다리가 끊겼지만 북조선의 주민들이 임시 다리를 만들어 별 문제는 없었어."

그녀의 부대는 신의주를 출발한 지 28일 만에 한 사람의 부상자나 낙오자도 없이 목적지인 원산의 신고산에 도착했다. 신고산 자락 지하 굴 깊숙한 곳에 자리 잡은 20병단 사령부는 항상 북적였다. 작전, 군수 병참, 수송 의료 등 여러 개의 부서가 있어서 상주 인원만도 수천 명이 넘었다. 각종 회의에서 통역은 물론 사령원이 외부에 나갈 때도 함께 참석해 통역을 해야 하기 때문에 여기서도 그녀는 쉴 새 없이 바빴다.

모택동의 아들 모안영이 사망하다

"근무 중 특이한 일은 없었나요?"

"많이 있었지. 그중 내가 임지에 온 지 얼마 안 되어 모 주석의 아들 모안영의 희생 소식을 들었는데 사령원 등 모든 지휘부 수뇌들이 충격에 휩싸여 넋을 잃었어. 모 주석은 당시 살아 있는 신과 같은 존재였고 그의 아들이 사망했으니 충격이 클 수밖에 없었지. 오늘날 북조선에서 김일성이 신격화되어 있는 건 우상화 작업을 통해서 인위적으로 만들어진 반면 모 주석은 그렇지 않았어.

중국 인민을 위해 그가 이루어 낸 업적은 이루 말할 수가 없을 정도여서 중국인들은 그를 진정으로 사랑하고 존경했었어. 만약 그가 없었다면 중국 역사는 2천 년 전으로 되돌아가 20세기 판 춘추전국시대가 되었을 거야. 청나라가 망하고 19세기 말 제국주의가 발호해 서양의 열강에 먹히고 각 지역마다 군벌이 난립해 나라가 산산 조각이 나기 일보직전에 그는 거대한 용광로와 같이 조각난 나라를 하나로 묶어 통일을 이룩했으며 정책 하나하나가 다 백성을 위한 것이었어. 그런 신의 아들이 조선 전쟁에 참전한 것도 그렇거니와 그가 참전한 지 얼마 안 있어 전사를 했으니 그 슬픔이 오죽했겠어?"

"신의 아들과도 같은 존재였다면 철저하게 보호를 받았을 텐데요? 어떻게 해서 희생되었지요?"

"살다 보면 운 때가 있어. 행운과 불운이 겹쳐 오는데 그 파동을 잘 타야 하는데 안타깝게도 모안영은 불운을 피하지 못했어."

"그런 피상적인 말씀은 다음에 하시고 구체적인 상황이 어떠했는지요?"

"평안남도 회창군 대유동에 있는 중공인민군 지원 사령부에서 팽덕회 총

모택동 아들 모안영

사령관의 통역관으로 근무 중 미군 폭격기가 쏜 네이팜탄을 맞고서 전사했어."

필자는 최계숙 할머니의 설명이 모호해 더 구체적으로 알고 싶어 나인문이 쓴 《모안영의 희생》이란 책을 보고서야 그가 어떻게 희생되었는가를 알 수 있었다

다음은 모안영이 한국전에서 희생된 당시의 상황이다.

당시 지원군 사령부는 평양에서 가까운 평난남도 회창군 대유동에 있었다. 1950년 11월 24일 저녁 무렵 팽덕회 지원군 사령관과 등화 장군 홍학지 홍학지 장군이 산보를 할 때 미군의 P-61 black windows 정찰기 두 대가 상공을 한 시간 정도 맴돌고 있음을 보았다. 그들은 지원군 사령부

의 위치가 미군에게 탐지된 것 같다는 결론을 내리고 그날 밤 9시경에 긴급회의를 열고 대책의 명령을 내렸다.

1. 공병으로 하여금 새로운 방공호를 만들 것.
2. 새벽 3시에 일어나 아침 식사를 마친 후 당직자 외에는 4시 전에 모두 새로 지정한 방공호로 이동할 것.
3. 4시 후부터는 모든 거처지에서 연기를 내는 일이 없도록 할 것 등이다.

이런 명령에도 모안영은 3시에 일어나 식사를 한 후 새 방공호로 피신하지 않고 책상에 엎드려 5시간이나 잤다. 9시가 넘어서야 일어나 전날 저녁 북한 인민군 차수 박일우 장군이 맹 장군에게 보내준 계란을 볶아 먹었다.

아침에 양적 장군이 맹 사령관의 사무실 옆을 지날 때 연통에서 연기가 나와 들어가 보니 방 안에서는 세 사람이 계란에 밥을 볶아 먹고 있었다. 모안영과 당직 참모 고서흔 그리고 맹장군 사무실 주임 성보였다.

"박장군이 맹 사령관에게 선물한 계란을 어떻게 먹을 수 있나? 빨리 난로 불을 끄고 자리를 옮겨."라고 하자 성보는 "우리가 어찌 계란을 먹겠습니까? 러시아어 통역관인 이분이 볶은 겁니다."라고 했다. 당시 팽덕회 사령관 등 몇몇 장군을 제외하고는 모안영이 모택동의 아들임을 전혀 모르고 통역관으로만 알았다.

그 후 시간이 얼마간 지난 후인 정오에 미군 전투기가 네이팜탄을 투하했다. 4발의 네이팜탄 중 1개가 맹 사령관의 사무실에 명중하자 사무실은 화재에 휩싸였고 성보는 재빨리 뛰쳐나와 타고 있던 솜옷을 벗고 땅에서 뒹굴러 불을 껐지만 모안영과 고서흔은 침대 밑으로 들어갔다. 성보는 고체 휘발유로 만든 네이팜탄은 물로 불을 끌 수 없는 것을 알았지만 모안영과 고서혼은 몰랐던 것이다. 불을 끄고 보니 두 사람은 이미 타서 숯이 되어 시체를 구분할 수 없었지만 모안영이 찬 소련제 손목시계로 구별했다고 한다. 모안영은 조선 전쟁에 참전한 지 34일 만인 11월 25일에 이렇게 희생되었다.

"그 사건 이후에 우리 사령부의 경비는 더 강화되었고 척병의 수도 늘렸어."

"그건 무슨 뜻인데요?"

"적기의 출현에 대비해 신고산 정상에 관측소를 두었어. 적기가 나타나면 관측병들이 공중으로 신호탄을 쏘아 올려. 그것을 신호로 해서 모든 대원들이 요새 안으로 재빨리 대피를 하기 때문에 사령부가 폭격을 당한 적은 한 번도 없었어."

"신의주에서 원산까지 올 때 전투를 한 번도 하지 않았다고 하셨는데 그러면 전투는 언제 하셨는지요?"

"본격적 전투는 1951년 7월부터 1953년 7월까지 휴전 협정 기간 중에 일어났어."

"한쪽에서는 휴전 회담을 하고 다른 쪽에서는 치열하게 전투를 했다니. 어째서 그런 일이 가능해요?"

"6.25 동란은 개전 초부터 종전 회담이 끝날 때까지 정상적인 관점에서 보면 이해가 되지 않은 점이 한두 가지가 아니야."

"어떤 점에서 그렇지요?"

"한쪽에서는 휴전한다고 근엄하게 앉아 평화를 위해서 그럴듯하게 소리를 내지만 그 뒤에서는 더 치열하게 전투를 벌여 수많은 희생자가 속출했잖아. 그건 휴전 회담이 아니고 사기 놀음이었어."

"통역원도 직접 전투에 참전하셨나요?"

"직접 참전은 하진 않았지만 전투가 끝나면 사령원님을 비롯해 지휘부가 매번 현장을 가서 확인을 해."

"그중에서 가장 치열한 전투는 어느 전투였지요?"

"삼강령 전투였어."

"그 전투 현장도 직접 확인하셨나요?"

"그럼. 아비규환 그 자체였지. 담가 부대가 시신을 처리하기 전에는 한 발자국도 앞으로 나가기가 힘들 정도로 온 사방에 주검뿐이었어. 온몸이 온통 피투성이가 된 채 사지가 떨어져 나간 모습을 보면 가슴이 쓰라렸지. 미군이나 한국군 역시 부지기수로 쓰러져 있어. 우리 군과 미군이 서로 안고 있는 경우도 있고."

"전투 상대는 어느 부대였죠?"

"미군 7사단과 한국군 2사단이었는데 미군의 전력이 예상외로 대단했어. 당시 사령부 내 소문으로는 미군들 상당수가 교도소에서 복역을 했던 죄수들이라고 했어. 그중에는 흑인들이 많았는데 이들이 메고 있는 배낭을 열어 보면 누구 할 것 없이 놋그릇과 수저가 몇 벌씩 있어. 아마 놋그릇을 금으로 알고 죽는 순간까지도 끝까지 가지고 있는 것을 보면 적이라도 가슴이 찡했어."

"삼강령 전투는 한 번이 아니고 여러 번 맞붙었다고 했는데 그중에서도 제일 치열했던 전투는요?"

"제3차 전투였지. 전투가 끝나고 현장에 갔더니 시신이 인산인해를 이루었어. 차마 눈 뜨고는 볼 수 없는 처참한 모습이었어. 1개 여단 중에서 우리 쪽에서 살아남은 병사는 고작 1패였어."

"1패는 몇 명인가요?"

"30명 정도지."

"1개 여단에서 30명 정도만 살았다니요!"

삼강령 전투에 관한 중국 측 자료에 의하면 1952년 10월 14일에서 11월 15일까지 43일간 벌어진 전투에서 한국군과 유엔군은 6만 명의 병력이 참전해 190만 발의 폭탄을 투하했고 중국은 4만 명의 병력이 참전해 40만 발을 발사했으며 그 결과 미군과 한국군은 2만 5천여 명이 살상되거나 포로로 잡혔고 중국군은 1만 1500여 명이었다고 한다. 그러다 보니 고지의 주인이 12번이나 바뀌었고 한 고지를 두고 벌인 이 전투는 포탄의 밀집도에서 세계 2차 대전을 능가했다.

중국은 이 전투에서 그들이 승리했다고 주장했고, 이 전투에서 승리가 한국전에서 최후의 승리자라며 그 의미를 부여한다고 한다. 그래서 1956년에는 삼강령 전투를 주제로 한 영화가 나왔으며 나이 든 중국인 치고 삼강령 전투를 모르는 사람이 없다고 한다.

"그 정도로 희생이 많았군요?"

6.25 전쟁사에서 우리는 휴전 기간 중에 있었던 주요한 전투로는 백마고지, 금화. 저격능선 화살머리 전투 등인데 최계숙 할머니가 말하는 삼강령 전투가 어떤 전투인지 이해가 되지 않아 관련 자료를 찾아보았지만

아무런 자료도 없었다. 그러던 중 2012년도 〈국방일보〉의 기사를 보고서야 삼강령 전투는 바로 삼각고지 전투인 것을 알게 되었다.

"전투 현장에서 제일 힘든 점은 무엇이었는지요?"

"갈증이었어. 강원도 오성산 정상 부근에 포진하고 있을 때, 산 아래에는 미군과 한국군이 진지를 치고 있었기 때문에 식수를 확보할 수 없어 며칠 동안 물 한 방울도 마시지 못했어."

"병탄 사령부이기 때문에 찾아오는 주요한 인사도 있을 텐데요?"

"수많은 별들이 찾아왔지. 그중에는 모 주석의 심복이자 중공군의 최고 실세인 허용 원수도 왔어. 그다음으로 기억에 남는 인사로는 북한의 최용건 장군이야."

"혹시 그와 대화할 기회가 있었나요?"

"그럼, 사령원님과의 면담이 끝난 후 그는 나의 어깨를 감싸 안으며 말했어."

'조선말을 잘하구나. 동북에서 왔느냐?'

'예.'

'동북 어디서 왔느냐?'

'길림성 용정입니다.'

'부모님의 고향은 어디지?'

'함경북도 명천입니다.'

'조선 인민군으로 편입되고 싶지 않느냐? 원하면 사령원께 말씀드려. 너가 원하는 곳으로 보내 줄 테니 그렇게 하지 않겠니?'

'고맙습니다만 미국 놈들을 물리친 후에는 부모님이 살고 계시는 용정

으로 돌아갈 것입니다.'

"최용건 이외도 다른 장군들도 왔겠군요?"

"조선의 실세 장군들은 거의 다 왔어."

"그런 대단한 장군들과 함께 자리를 했으니 가문의 영광이군요?"

"맞아. 최용건 장군과 허룡 장군 그리고 내가 모시는 사령원은 모두 다역사적인 인물인데 통역병이 아니면 감히 어떻게 내가 그분들 가까이에 갈 수 있겠어?"

"최용건 장군이 직접 챙겨 줄 정도였으니 대단하셨네요. 그때 북조선에 남았다면 고위직 반열에 오를 수도 있었을 텐데요."

"모르지. 아무튼 최용건 장군은 내가 사는 중국 동북에서 항일 활동을 오랫동안 해서 옛 생각이 났겠지."

"통역은 어디에서 주로 어느 때 하셨어요?"

"특정하게 어느 날 했다고 할 수 없지. 매일 했으니까. 다만 본격적으로 통역을 많이 한 때는 휴전 회담이 시작되고 난 후부터지."

"휴전 회담이 있게 된 계기는 무엇입니까?"

"앞에서 말했다시피 삼강령 전투를 비롯해 희생자가 너무 많이 생기자 소련이 먼저 제의를 했고 미국이 받아들였어."

"회담의 참석자는 누구였나요?"

"우리 측에서는 등화상장과 세평소장이었고 조선에서는 남일 대장, 이상조 소장, 장평산 소장, UN군 측에서는 미군 4명과 한국군 백선엽 소장인 걸로 알고 있어."

"첫 회담은 언제 시작됐나요?"

"아마 1951년 7월 초에 시작되었지만 이에 앞서 미국 측에서 6월 말에 덴마크 군함에서 하자는 제의가 있었지만 우리가 개성에서 하자고 수정 제의해서 개성에서 개최됐지."

"개성 어디서?"

"개성 시내에 있는 내봉장이라는 한옥 기와집인데 일제 강점기 때는 고급 요리 집이었다고 해."

"휴전 회담은 판문점에서 개최된 걸로 알고 있는데……."

"회담을 시작한 지 3개월 후에 널문리(판문점)로 옮겼어."

"널문리라고요?"

"그럼, 판문점의 당시 이름은 널문리이고 허허벌판에 초가집 4~5채 뿐이어서 회담을 할 만한 마땅한 장소가 없어 천막을 치고 회의를 했지."

"좋은 장소를 두고 허허벌판으로 옮긴 이유가 뭐지요?"

"유엔군 측에서 문제를 제기했기 때문이지."

"무슨 문제인데요?"

"회담장 주변에 무력시위가 있다는 것을 문제 삼았어."

"실제로 그런 일이 있었나요?"

"그렇지. 우리 측에서 무력시위를 하자 미국 측도 폭격기로 주변 상공을 배회하면서 시위를 했거든."

"유엔군 측 대표를 처음으로 마주쳤을 때의 느낌은 어떠했나요?"

"내봉장에서 기다릴 때 유엔군 대표단이 백기를 단 차를 타고 오는 모습을 보고 고소했었지."

"백기는 항복의 표시가 아닌가요?"

"그렇지. 최후의 전투인 삼강령에서 우리가 이겼으니?"

"미군과 한국 측에서는 반대로 생각했을 텐데……."

"그렇지. 서로가 이겼다고 했지. 그래서 회담이 끝나는 순간까지 계속 옥신각신했어."

"첫 번째 만났을 때 회담 분위기는 어땠나요?"

"수많은 희생자가 생겼는데 분위기 좋겠어? 쌀쌀했지. 마당에서 만나도 인사나 악수도 없이 바로 안으로 들어갔어."

"회담은 잘 진행되었나요?"

"첫 만남부터 신경전을 벌였지."

"무슨 문제 때문에요?"

"의자 높이 때문이었지."

"의자의 높이라니요?"

"회담장에 큰 테이블이 3개 있었는데 중앙에 있는 테이블을 중심으로 양쪽 테이블에 우리 측 대표와 UN 측 대표가 마주보고 않도록 배치되었는데 우리 측 의자가 더 높아 UN 측 대표를 자연스럽게 내려 보게 되자 UN군 측에서 이의를 제기해서 생긴 해프닝이지."

"6.25 전쟁은 우리 동족 간의 전쟁이라고 하지만 사실은 미군과 중국군이 개입한 대리전이라 세계의 이목이 집중되었을 텐데 회담장 밖의 분위기는 어떠했나요?"

"언론인들이 진을 치고 있어 취재도 전쟁이나 다름없었어."

"왜 그렇게 생각하는데요?"

"미국을 비롯해 UN군 측에서 나온 기자만 해도 보통 50명 정도였고 우리와 조선 측 기자도 수십 명이 넘었어. 이들이 회담장 밖에서 진을 치고 있었으니 그렇지."

"회담장 내 분위기는 어땠어요?"

"회의 때마다 고성이 오가며 싸우지. 특히 조선 대표단장인 남일 장군은 심한 욕설을 많이 했어."

"왜 그렇게 욕을 많이 했지요? 그리고 욕설을 들으면 상대가 그대로 있겠어요?"

"서로 간에 의견 차이가 많으면 고성이 오갈 수 있지. 남일 장군의 욕설을 미군 대표가 그대로 알아들었다면 회담은 엉뚱한 방향으로 갈 수도 있었을 거야. 워낙 쌍욕을 많이 했으니."

"회의가 끝나면 바로 사령부로 가셨나요?"

"미군 대표단과 조선 대표단이 돌아간 후에도 우리 중국 측 대표단은 다시 모여 회의를 하는 경우가 많았어. 늦게 끝날 땐 개성의 빈관에서 자고 가는 경우도 종종 있었어."

"혹시 조선 대표단과도 친분이 있었나요?"

"있고말고. 회담이 있을 때마다 인사를 하지. 단장은 총참모장이었던 남일 중좌였고 대표는 이상조 정책국장과 장평산 소좌였어. 남일 장군은 정말 멋졌어. 키도 크고 미남인데 성격도 호탕했어. 흰색 부츠에 흰 상아 파이프에 담배를 피면서 나타나면 모든 언론의 스포트라이트가 되었지."

그러나 휴전을 두고 줄다리기를 하며 세계의 이목을 끌었던 3인의 대표는 후에 권력의 쓴맛을 보게 된다.

1956년 소련 공산당 제20차 대회에서 소련의 후르시초프 수상은 김일성의 개인 우상화를 비판했다. 탄탄한 대로를 걸어온 김일성으로서는 크나큰 위기에 봉착하자 중국에서 돌아온 연안파 그룹과 소련에서 돌아온 소련파를 종파 분자로 몰아세우며, 권력 투쟁의 소용돌이가 암암리에 전개되었다. 이때 당시 평양 수비 사령관이었던 장평산은 쿠테타를 주모했다는 죄목을 씌워 처형시키고 소련 대사로 나가 있던 이상조를 본국으로 소환하지만 그는 이에 응하지 않고 러시아에 정치적 망명을 했다.

그러나 김일성은 남일이 갖고 있는 무게감 때문에 손을 대지 못하다가 그의 아들 김정일이 그를 제거했다. 평남 안주에 있는 어느 공장의 지배인으로 있던 남일은 1976년 2월 김정일의 부름을 받고 평양으로 오는 도중 평양 순안 부근 한적한 도로를 지날 때 군용 트럭과 충돌해 그 자리에서 즉사했다.

"마지막 회담 시 분위기는 어떠했나요?"

"첫날과 마찬가지로 서로 눈길도 주지 않고 바로 안으로 들어가 서명만 하고서 일어섰지."

"회담을 마치고 원산으로 바로 돌아왔나요?"

"휴전 회담이 이루어진 후에도 미군기의 폭격이 계속되어 바로 가지를 못했어."

"서명이 끝났는데도 폭격이라니?"

"서명이 끝나고 12시간 이후에 전투를 중지해야 한다는 조건 때문이지."

"그래서 계속해서 폭격이 이루어졌군요?"

정전 회담이 끝난 후인 1953년 8월에 귀국을 앞두고 중국 사령원은 그녀에게 대학도 무료로 보내 주고 필요한 용돈까지 주겠다며 중국 인민해방군에 편입을 제안했지만 이를 고사하고 고향으로 돌아가 가목사 대학 생물 학부를 졸업한 후 그 대학의 교수가 되었으며 동 대학 의대 교수인 남편을 만나 결혼을 하고 슬하에 자식 셋을 두며 생애에서 가장 행복한 시간을 가졌다. 그러나 운명은 그녀를 안락하게 살도록 놔두지 않았다. 남편 나이 36살 그녀 나이 34살 때 남편은 병으로 쓰러져 저세상 사람이 된다.

남편을 잃는 불행에도 불구하고 1962년도에는 연세대에서 개최된 세계 과학자 대회에 조선족 대표로 참석해 생애 처음으로 남쪽 땅을 밟는다.

엄마, 가지 않으면 안 돼?

1988년 서울 올림픽은 이곳 중국에 살고 있는 조선족에게 민족적인 자긍심을 심어 주었다. 화려한 개막식, 식전 행사, 고궁과 잘 가꾸어진 한강과 그 주변에 들어선 아파트군, 활기가 넘치는 사람들의 모습을 보고는 큰 충격을 받는다.

인구 13억을 가진 중국도 못하는 올림픽을 80분의 1도 안 되는 작은 나라에서 그토록 멋지게 행사를 치르고 메달수도 세계 10권 안에 드는 모습을 보고서는 놀라움을 감추지 못했다.

올림픽 개최에 이어 1992년에는 45년간 꽉 막혔던 빗장 문이 열리자, 많은 조선족이 고향과 친인척을 찾아갔다. 한중 수교는 이들에게 황금과도 같은 기회를 주었다. 당시에 중국은 경제가 낙후해 전반적으로 살기가 어려운 시절이었지만 한국 경제는 고속성장을 거듭해 활황을 누리던 시절이라 일자리도 넘쳐 났고 임금도 고액이었다. 한국에서 벌이는 중국과는 비교가 안 될 정도로 많은 차이가 난다는 사실을 알게 되자 한국 바람이 거세게 불어 너 나 할 것 없이 한국으로 갔다. 한국에 연고가 없어 초청장을 받을 수 없는 사람들은 1인당 5~6만 위엔이나 되는 거금을 브로커에게 주고 한국으로 가 일을 했다.

가목사 대학의 교수인 최계숙은 다른 직종에 비해 수입도 좋은 편이고 사회적인 명성도 있지만 이를 포기하고 브로커에게 5만 위엔을 주고 한국행을 택했다.

"위에 두 놈은 고등학생과 대학생이라 괜찮았지만 아직 중학생인 막내가 걸렸지." 그는 끝까지 나의 치맛자락을 잡으며 "엄마, 가지 않으면 안 돼?"라고 말할 때 네 식구가 다 눈물을 흘렸다고 한다.

그녀가 한국에서 찾은 첫 번째 일자리는 울산의 충무 김밥 집 주방이었다. 주인아주머니와 아들은 나이가 든 조선족 동포가 이곳까지 와서 고생한다고 많은 도움을 주었다. 나중엔 중국에서 대학 교수까지 한 분이 어린 자식을 두고 여기 와서 고생한다는 사실이 단골손님에게 알려지자 팁도 받게 된다. 두 번째와 세 번째 일터는 부산과 대구였다. 울산과 마찬가지로 손님들은 그녀를 환대해 주었고 주인은 휴가도 다른 사람보다도 더 많이 주었다.

휴가가 있는 날도 그녀는 가만있지 않았다. 농산물 시장에 가서 계란을 7백 개 정도 사서 마을 골목골목을 다니면서 팔아 부수입도 올린다. 7백 개의 계란은 초로의 노인에게 힘에 부치지만 즐겁게 골목을 헤집고 다녔다고 한다.

그녀가 즐거워한 이유가 재미있다. 6.25 전쟁 시 원산 신고산 사령부에 통역원으로 있을 때인 어느 날 사령원이 마을에 내려가 닭 좀 사오라고 했다. 통역원이지만 18세의 소녀는 아직도 중국말이 서툴러 "니찌? 워 워 찌?"라고 물어보았다. 사령원이 박장대소를 하며 "니찌."라고 답했다. 중국말로 암탉은 무찌이고 수탉은 공찌인데 그 말을 몰라서 사령원이 남자라 니찌, 즉 당신(남자) 닭이라고 말하니 사령원은 용케도 그 말을 알아듣고서 그녀 쪽으로 손가락을 가리키면서 아니 워찌(너 닭: 여성닭)를 사오라고 한 것이다. 그 이후 '워찌'는 그녀의 애칭이 되었다고 한다.

그녀가 한국에서 마지막으로 일한 곳은 서울이었다. 그녀는 거기서 약간의 시련을 겪는다. 국밥집 주방에서 3개월간 일을 하고 2백만 원을 받았지만 중국으로 돌아갈 때 달라면서 다시 주인에게 맡겼다. 장사가 되지 않자 주인은 야반도주를 했고 가진 돈마저 모두 아들에게 송금해 차비조차 없었다. 이 사실을 알게 된 단골손님들이 용돈을 주고 용기도 북돋아 주었다. 그들의 격려에 힘입어 그녀는 가락동 시장으로 가 시장 바닥에 버려진 배추를 주워와 시래깃국을 끓여 팔자 손님들이 불쌍하다고 주변의 다른 사람까지 데리고 와 수입이 짭짤했다.

그녀는 "지방과 서울에서 다 일을 해봤는데 지방은 토박이라 믿을 수 있었지만 전국 각지에서 모인 사람들이 사는 서울은 그렇지 않더라."라고 했다.

한국 생활 10년 만에 막내가 대학을 졸업하자, 돈들 일이 별로 없어 중국으로 돌아갔다.

그녀가 한국에서 일한 덕분에 첫째는 아버지의 뒤를 이어 가목사 의대 교수가 되었고 둘째와 막내는 대학을 졸업한 후 5만 위엔의 브로커비를 주고 한국으로 가 형제는 노량진 수산시장에서 식당을 열었다. 성실하고 음식 맛이 좋다는 입소문이 나자, 상당히 장사가 잘되고 있으며, 1997년도에 갔으니 벌써 20년 넘게 한국 생활을 하고 있고, 3명의 손자도 모두 서울에서 태어나 그곳에서 학교를 다녀서 중국말은 할 줄 모른다고 한다.

지난 추석엔 온 식구들이 서울에 모여 차례를 지냈는데 그 때 큰손자 놈이 자기도 한국 친구들처럼 한국 군대에 가고 싶다고 하자 "너는 국적이 중국이라 안 된다."라는 그의 아버지의 말에 동포 자녀는 본인이 희망하면 가능하다면서 뜻을 굽히지 않았다고 했다. 작은손자는 형의 말을 듣고는 "할머니는 북한이 무엇이 좋아서 북한을 위해 싸웠어요?"라고 물었을 때 몽둥이로 머리를 한 방 맞은 기분이라 차마 그 말에 대꾸를 하지 못했다고 한다. 자신은 70여 년 전 중국 인민 지원군으로 조선을 위해 싸웠는데 손주는 한국을 위해 싸우겠다니 격세지감을 느꼈다고 한다.

　손주의 입영 날짜가 가까이 다가올수록 걱정이 태산 같다면서 이렇게 말했다.

　"조선에서 핵을 가지고 저 난리를 치니 제정신이 아닌 놈들이지. 미국 말은 안 들어도 중국말은 좀 들어야 할 것 아이가! 제 할아비 대에 망할 뻔한 나라를 살려 주었는데 통 말을 안 듣고 내 손주 생명에 위협이 될 짓거리만 하니 당장이라도 달려가 멱살이라도 잡고 그 장난질 멈추라고 말하고 싶을 때가 하루에도 수십 번씩 든다."

다시 가 본 북조선

2015년 10월 그녀는 북한에서 보낸 초청장을 받았다. 6.25 전쟁 63주년을 맞이하여 항미 원조에 지원한 노병들을 초청한다는 내용이었다. 그녀는 다른 노병 100여 명과 함께 선양에서 평양행 비행기에 탑승했다.

"와, 이야깃거리가 많겠군요?"

"한 사람에게 2명의 안내인이 배치되어 지정된 장소 외에는 한 발짝도 내디딜 수 없었는데 무슨 조선 이야기를 한단 말인가. 우리가 무슨 죄수인 양 감시를 하니 속으로 부글부글 끓었어. 그러나 대다수의 노병들이 90세 전후의 고령자들이라 죽기 전에 고향에 들러 조상 산소로 가고 싶었기 때문에 아무런 말도 못 했어."

"한국 사람인 저도 평양이나 묘향산 등 몇몇 지역을 제외하고는 갈 수 없다는 것을 알고 있는데요."

"물론 알고 있었지. 그래도 우리는 조선을 위해서 싸웠고 나이도 많아 기대를 했지만 역시 갈 수 없었어. 자기 할애비는 막대한 비용을 들여 방부젠가 뭔가로 처리해 생전 모습을 그대로 보전하고 가기 싫다는 외국인도 억지로 참배를 강요하면서 자기들을 위해 목숨까지 바친 노병사들의 조상 묘조차 참배를 못 하게 하다니 대명 천지에 그런 일이 있을 수 있어! 못사는 모습을 감추고 싶어서 그랬겠지만 아무리 그래도 조상묘 참배는 허락해야지. 중국 공산당과는 너무 달라. 중국 공산당은 노 백성부터 먼저 생각하는데, 그들은 오로지 김일성 부자와 그 손자만 생각하니 나라꼴이 제대로 되겠어?"

며칠 전 그녀에게 전화를 했더니, 12월 초에 큰아들과 같이 서울에 가서 설을 쉴 거라며 출국 날짜를 기다린다고 했다.

최계숙 할머니는 현재 가목사 대학 교수이자 의사인 장남과 함께 가목사 시에 살고 있으며 서울에 사는 둘째와 셋째 아들을 만나기 위해서 일 년에 몇 번씩이나 한국과 중국을 오간다.

가목사 대학 교수 시절의 최계숙

11

성화향 박용수

중국 초등학교 교과서에 나오는
조선족 마을은?

이번 답사는 하얼빈에서 700㎞쯤 떨어진 화천현 성화향 조선족 마을
이다.

기차는 숨 가쁘게 10시간을 달려온 후 종착지인 가목사역에 이른 아침
에 도착했다. 역 앞에는 조선족 학교 교장 선생님이 보낸 승용차가 대기
하고 있었다. 가목사를 출발한 지 1시간 후에 목적지인 성화향 조선족 학
교 교장실로 갔다.

성화향 조선족 마을

"아이구, 먼 길을 오시느라 수고하셨습니다. 은희로부터 교수님에 대한 말씀 많이 들었습니다. 독립운동사와 우리 민족이 겪은 수난사에 관심이 많다는 것을 알고 있습니다만, 제가 나이도 그렇고 독립운동 분야엔 문외한이라 별로 도움을 줄 수 없어 어떡하지요?"

"괜찮습니다. 오면서 말로만 들었던 삼강평원도 보았고 이런 기회가 아니면 언제 기회가 올 수 있겠어요?"

"그렇게 생각해 주시니 감사합니다. 삼강평원 중에서도 우리 성화향의 농장이 중국 전체에서 단위당 생산량이 최고로 높아요. 1966년 6월엔 모택동 주석도 우리 마을을 찾아와 조선족 영농 기술을 치하하셨으며 중국 초등학교 교과서에도 우리 마을이 나와요. 그리고 CCTV를 비롯해 중국에서 영향력 있는 방송 매체도 우리 마을을 수차례 방영했고 환구시보를 비롯한 신문들도 여러 번 기사화했습니다. 우리 조선 민족과 우리 마을이 자랑스럽지요."

"우와, 그 정도로 널리 알려진 곳이군요?"

"그런데 교수님. 저는 독립운동사에 관해 아는 것이 별로 없어서 주변에 도움이 될 만한 분을 찾아봐도 마땅한 인물이 없었습니다. 여러모로 생각한 끝에 편집자 회의가 다음 주에 있는데 교수님 방문에 맞춰 한 주 앞당겨 오늘 하기로 했어요. 회의 시 많은 분들이 참석하니까 그분들 중에서 혹시 도움이 될 만한 분이 있을지도 모르니."

"아니, 편집자 회의라니 무슨 말씀이지요?"

"내가 미처 말씀을 드리지 못했군요. 금년이 우리 조선족이 이곳에 정착한 지 100주년이 되는 해입니다. 이에 맞추어 우리 향에는 조선족 이민 100년사를 출판하기로 했습니다. 자료는 거의 다 수집되어 이를 바탕으로 편집자와 관심이 있는 분들이 모여 편집 방향을 두고 회의를 몇 번 했습니다. 다음 주에 또다시 회의가 잡혔는데 교수님이 온다는 말씀을 듣고 회의를 한 주 앞당겼지요.”

화천현 성화향 조선족 소학교 회의실(이주 100년사를 만들기 위해 집필 회의 중)

교장 선생님과의 면담을 마친 후 필자는 회의실로 가 회의를 내내 지켜보았다. 약 30명의 사람들이 편집 방향을 두고서 진지하게 토론을 했다.

회의가 끝난 후 만찬이 있었다. 만찬에 앞서 40대로 보이는 향서기(우리의 면장)가 우리말로 인사말을 했지만 말이 서툴렀다. 이방인인 필자가 지켜보고 있어 부담스러운지 곧바로 중국어로 대신했다. 다음에 인사말을 한 향장도 마찬가지였다. 필자는 이 장면을 보면서 오늘날 중국에 살고 있는 조선족의 언어 수준의 한 단면을 볼 수 있었다.

조선족의 우리말 수준은 세대와 성별에 따라 차이가 있다. 1세대는 남자의 경우 직장이 있으면 우리말과 중국어를 자유자재로 구사하고 여자도 직장에 다녔던 사람은 두 언어를 통달한다. 그렇지 못한 사람은 시장에 가서 물건을 살 정도의 초보적인 몇 마디를 제외하고는 거의 못한다. 그런 까닭에 직장에 다닌 적이 없는 1세대의 할머니들은 하루 종일 한국 TV를 보면서 소일한다. 2세대는 우리말과 중국말을 잘한다. 3세대로 넘어가면 사정이 다르다. 집에서 부모가 우리말을 쓰거나 조선족 학교를 졸업한 사람은 우리말을 잘한다. 그러나 조선족 학교에 다니지 않은 사람은 우리말을 거의 모른다. 현재의 조선족 젊은이들은 이주 3~4세대다. 그래서 조선족 교육자와 노인들은 머지않아 우리말이 사라질지도 모른다면서 걱정을 많이 하면서 고국의 관계 기관이 이에 대한 대비책을 마련해 주기를 절실히 바라고 있는 실정이다.

집필 회의 후 기념사진 촬영

성화향의 슬픔

    교과서에도 나오고 모택동 주석도 다녀간 곳이면 누구나 아는 잘 알려진 마을이지만 문화대혁명 기간 중에 큰 위기에 직면한다.

    이 기간 중 마을 사람들은 급진적인 개혁을 주장하는 개혁파와 점진적인 노선을 지향하는 온건파로 갈리면서 위기를 맞이한다. 각각은 상대측을 수구 반동이라고 몰면서 치열한 투쟁이 벌어졌다. 이런 와중에 동네 청년들이 주민들의 과거의 행적을 조사하기 시작하자 혁명이 엉뚱한 방

성화향

향으로 진행되어 60~70대 이상의 노인들이 소용돌이에 말려들었다.

일제 강점기 시 일본군은 항일 독립군들을 토벌하기 위해 어린이들을 이용해 독립군의 동태나 행선지를 알아내곤 했다. 아무것도 모르던 순진한 어린이들은 그들에게 항일 투사들의 이동 방향이나 동향을 알려 주었다. 이 정도는 비판이나 타도의 대상이 될 수도 있다. 그러나 이들 중에는 항일 투사에게 쪽지를 받아 다른 투사에게 전달해 독립운동에 도움을 줬는데도 "왜 당신은 항일을 하지 않았느냐? 수많은 항일 전사들이 희생당했는데, 당신은 살아남았으니 변절자가 아닌가?"라면서 변절자로 낙인을 찍혀 타도의 대상이 되었다.

이 중 김덕국 노인은 자신이 열사 반열에는 못 들어갈지언정 위험을 무릅쓰고 독립운동에 기여했는데도 고깔모자를 쓰고 나는 변절자라는 패찰을 가슴에 달고 투쟁을 맞는 것이 너무나도 억울하고 분해 결국에는 자살이라는 극단의 길을 택했다. 그가 당하는 모습을 지켜본 몇 명의 다른 사람들도 투쟁을 맞기 전에 스스로 목숨을 끊었다. 이렇게 해서 그 향에서 4명의 사람들이 자살했다.

그중에서 한 사람은 마누라에게 "나는 심적 고통을 더 이상 견딜 수 없어 먼저 가니 부모님과 자식을 잘 부탁한다. 혁명은 언젠가는 끝난다. 그때 내 말을 전해라. 우리는 같은 민족이다. 살기 위해서 이 먼 곳까지 왔는데 왜 두 패로 갈려 이렇게 해야 하느냐? 혁명이 끝나면 분열하지 말고 서로 단합해라. 그리고 다른 민족과는 혼인을 하지 말고 우리 민족의 피를 계승해야 한다."라는 유언을 남기고 자살했다.

혁명이 끝난 후 그의 부인은 마을 원로에게 그 사실을 알렸고 원로들은 곧바로 회의를 소집해 4명의 희생자들에 대한 추모제를 갖기로 결정했다. 그 후 추모제는 계속 열렸고 이 소식이 알려지자 외지로 나간 사람들도 추도식에 동참하고 있으며 당시 홍위병이었던 사람들도 이제는 초로의 노인이 되어 그때를 회상하면서 참회의 눈물을 흘린다고 한다.

　"그래도 우리 향은 조용한 편이었지요. 인근의 탕원에서는 총까지 사용해 어린이가 희생되었고 성도 하얼빈에서는 탱크까지 동원된 것에 비하면 우리 마을은 수월하게 난리를 극복한 셈이지요."라고 박 교장은 말했다.

어느 탈북자 이야기

　회의를 마친 후 저녁에 가목사 노인 협회 정동훈 회장님과의 약속 때문에 다시 가목사로 가야 했다. 돌아갈 때는 화천현 현장(한국의 군수)을 막 퇴임한 안영국 씨와 가목사시 민족종교국장을 역임한 이근호 씨, 사업가인 박명수 씨와 동승을 했다. 전직 현장인 안 씨는 어찌나 입담이 구수한 지 한 시간 반이나 차를 타고 가는데도 지루하지 않았고, 한국 가요는 모르는 것이 없었고 북한 가요 〈휘파람〉, 〈가리라 백두산〉, 〈조선은 하나다〉, 〈반갑습니다〉 등의 노래도 잘 불렀다.

　북한 노래가 끝나자 자연스레 북한 이야기로 이어졌다.

　"조선의 형편이 나아져야 할 텐데, 왜 저리 가난을 탈피하지 못하는지?"

　"잘살고 못살고는 둘째치고 그게 어디 나란가요? 오늘날 세습을 하는 나라가 세상 어디에 있어!"

　"맞아. 처음엔 막스레닌주의 노선을 취해 뭔가 되는 줄 알았는데, 언제부턴가 주체주의니 뭐니 해 우상화 놀음이나 하고 있으니 참 딱하지."

　"그래도 1960~1970년대까지만 해도 우리 중국보다도 사정이 나아서 민족적인 자긍심이라도 있었는데."

"맞아. 조선 영화 〈꽃 파는 처녀〉를 보기 위해서 삼십 리 길을 걸어 하동
촌까지 가기도 했잖아."

"그때만 해도 우리 조선족이 잘 갔는데, 그런데 지금은 그게 아니야."

"북한에 친척이 있는 분들은 서로 방문을 하시나요?"

"그전에는 더러 방문을 하곤 했지만 지금은 거의 하지 않아요. 1995년
에 북조선 사리원에 사는 누이가 찾아왔는데 말을 안 해도 얼굴 모습에서
어렵게 산다는 것을 느낄 수 있었지요. 그래서 칠대하, 유수, 탕원, 목단강
에 살고 있는 친인척에게 연락해 십시일반으로 부담을 해 옷가지, 재봉틀,
자전거, 선풍기, 냄비, 다리미 등 가정에 필요한 용품과 중국 인민폐 3만
위엔을 주었지요. 그 뒤에도 올 때마다 필요한 물건은 거의 다 사주었어
요. 그런데 한동안 소식이 뜸했는데 우리 부부가 항주로 여행 중일 때 아
들한테서 손님이 왔는데 말이 통하지 않아서 누구인지 모르겠다며 전화
를 받아 보니 북조선에 사는 생질이었어요. 아들, 딸이 집에 있었지만 그
들은 한족 학교에 다녀서 조선말을 못 하고 생질은 중국말을 못 하니 서
로 머뭇머뭇하다가 하룻밤만 자고 돌아간 후론 연락이 끊겼어요."

"조선에 친인척이 있는 다른 집의 사정은 어떤지요?"

"그들도 사정은 비슷하지요. 소통이 안 되니 후대에 와서는 접촉이 저
절로 끊어지고, 친척을 방문하려 조선에 가더라도 고향에 가지도 못하고
평양에서만 만남이 가능하니 누가 가겠어. 이젠 모든 것이 끝이나 다름없
어요."

"조선 소식은 듣나요?"

"통 들을 수 없지요. TV도 안 나오고 문을 꽉 닫고 사는데 어떻게 알 수
있겠어?"

"탈북자가 이곳까지 온 적이 있습니까?"

"연길이나 도문 쪽은 두만강만 건너면 되지만 여기는 거리가 멀어서 거의 없어요. 한 15년 전에 한 젊은이가 온 적은 있지만."

"탈북자가 왔다고요?"

"예, 조금 전에 만났던 박용수 교장이 불쌍하다고 자기 집에 며칠간 숙식을 제공했어요. 젊은 사람이 인성도 괜찮고 평양 의대 출신이라 능력도 있어 임시 교사로 채용했지요."

"그런데 근무한 지 한 2년쯤 지났을 무렵 어머니를 데리러 조선으로 갔는데, 몇 달이 지나도 소식이 없어. 조선으로 돌아간 줄 알았는데 4달쯤 지난 후 다시 돌아왔지요."

"무슨 일이 있었던가요?"

"가는 도중에 계서에서 기차를 타려다 중국 공안에 잡혀 투옥되었어요."

"아이구 저런, 북송은 되지 않았나요?"

"북송은 되지 않고 계서 교도소에 수감되었는데 감방의 텃세가 보통이 아니었다고 해요. 먼저 들어온 순으로 서열이 엄격해 매일 감방장의 발을 씻겨 주는 등 인간 이하의 취급을 당하자 도저히 참을 수 없어 한 방을 날려 그를 묵사발로 만들었어요. 옆에서 싸움을 지켜본 수형자 중에서 힘깨나 쓰는 놈들이 결투를 신청했다나요. 그놈들도 차례로 보낸 후로는 실질적인 감방장이 되어 편안하게 지내다가 왔더군요."

"그럼 조선에 가지 못했군요?"

"얼마 있다가 여름 방학이 되자 조선으로 가 모친을 데리고 와서 한 2년간 계속 근무했지요."

"현재는 어떻게 지내지요?"

"가목사에서 활동하던 선교사의 도움을 받아 한국에 가서 잘 살고 있다는 소식을 들었어요."

아, 그래서 안상택 거리구나

성화향을 출발한 지 1시간 반 만에 가목사에 도착했다. 정동훈 회장님 일행과의 약속 시간이 한 시간 반이나 남았다. 안 현장은 시간이 어중간하니 자기 집에서 차나 한잔하자고 하여 집으로 갔다. 거실 왼쪽에 작은 액자가 걸려 있었다. 사진 속의 인물 중에는 연세가 꽤 많아 보이는 분이 있어 모친이냐고 물었더니 아는 재일 동포라면서 혹시 안상택이라는 분을 아는지 물었다.

안상택과 안상택 거리는 우리나라 TV 프로 중 〈모란봉 클럽〉이나 〈이만갑〉에서 탈북자들의 이야기를 통해서 들은 적이 있으며 평양에서 가장 부유층이 살고 있는 평양의 압구정동이라는 정도로 알고 있다고 대답을 했다. 그러자 그는 그 거리에 얽힌 일화와 그 이후에 일어났던 비사를 말했다.

* * * * *

몇 해 전 영국은 일본 교토대학 요시다 캠퍼스에서 박사과정을 밟고 있는 아들을 만나기 위해 일본 교토로 간다. 아들을 만난 후 그는 그 대학의 교수이자 절친한 친구를 만나 둘은 오랜만에 즐거운 시간을 보낸다. 그때 영국은 그 친구로부터 뜻밖의 제의를 받는다.

"이봐, 친구야! 너 내 말 잘 들어 봐. 조총련 소속의 할머니 한 분이 조선으로 간 딸을 애타게 찾고 있어. 그 딸은 일본 니카다 항에서 망경봉호를 타고 35년 전에 조선으로 가 그럭저럭 잘살았고 이따금 소식도 전했는데 26년 전부터는 통 소식이 없어 백방으로 찾으려고 노력을 했으나 현재까지 생사조차도 알 수 없다고 해. 너는 현직 현장이고 인맥이 넓으니, 그 인맥을 이용하면 찾을 수 있지 않겠니? 남편인 할아버지는 오래전에 돌아가셨고, 지금은 막내딸 내외와 사업을 계속해 많은 재산을 갖고 있어."

"전혀 불가능한 일은 아니겠구먼. 그런데 어째서 생사도 모른 채 지내왔단 말인가? 조선과 일본은 대한 해협 하나 사이에 두고 있어 비행기로 고작 1시간 남짓하고, 배로 가도 한 8~9시간이면 갈 수 있는 지근거리인데도 못 찾고 있다니?"

"거리상으로 가깝지만 양국 간의 외교관계가 교착 상태인 것이 문제지."

그들은 그날 밤 그 정도의 대화를 나눈 후 영국은 아들 집으로 갔다. 이튿날 아침 그는 친구로부터 전화를 받았다.

"영국아, 어제 저녁에 너와 헤어진 후 그 할머니에게 너에 관해 말을 했더니 꼭 만나 보고 싶다고 했어. 시간이 촉박하더라도 그 할머니를 만나 사연이라도 한번 들어 보고 도와줄 수 있으면 도와주게나. 할머니가 지푸라기라도 잡고자 하는 심정으로 매달리니 참 딱하다."

"그래. 그렇다면 귀국을 늦추어서라도 만나 봐야겠구나. 너도 알다시피 내일모레가 귀국일인데. 하여튼 알았어."

이튿날 그들은 할머니 댁으로 갔다. 막내딸과 사위도 함께 그들을 기다리고 있었다. 응접실에 있는 큰 액자가 눈길을 끌었다. 액자 속에는 초로의 두 남자가 활짝 웃으며 악수를 하고 있었다. 그중 한 사람은 북한 주석 김일성이었다.

"저 사진 좀 보소. 왼쪽에 있는 분이 나의 남편이고 오른쪽에 있는 분은 내가 말 안 해도 알지요? 경상도 함안에서 적수공권으로 건너와 피땀 흘려 모은 재산을 몽땅 다, 저 김일성에게 바치고 그 대가로 받은 것이 달랑 저 사진 한 장이요. 돈뿐만 아니라 딸까지 받쳤는데 20년이 넘도록 딸의 생사도 모르고 있어요. 세상에 이런 일이 어디에 있어요? 평생 모은 알토란 같은 재산을 몽땅 다 바치고 딸까지 바쳤는데 딸을 그리는 어미의 마음을 조금이라고 알면 생사라도 알려 줘야지……."

일제의 강점으로 나라를 잃게 되자, 경상도 함안 출신의 젊은 청년 안상택은 맨손으로 부산항을 거쳐 일본으로 갔다. 목적지도 그를 반겨 줄 친인척도 없었지만 무작정 도일을 했다. 일본에 도착한 후 목욕탕 청소부와 때밀이를 하면서 하루 3~4시간만 자고 식사도 하루에 한두 끼로 해결하면서 악착같이 돈을 모았다. 어느 정도 저축이 되자 그 돈을 종자로 해 목욕업을 시작했다. 얼마 후 목욕탕에다가 찜질방을 시설을 갖추자 예상대로 사업은 대성공이었다. 그는 사업 영역을 확대하고 성공을 거듭하면서 목욕업과 요식업 분야에서 영향력 있는 인물이 되었다.

대한민국 민단과 조선인 총연합회에서 간부를 맡아 달라는 요청을 받았다. 그가 사업으로 많은 돈을 벌고 있을 당시엔 민단보다는 조총련이 규모가 더 크고 조직적이었으며 조국을 돕는 일에도 적극적이었다. 그는 여러 생각 끝에 조총련에 가입했다. 그가 조총련을 선택하게 된 것은 남북한의 국내 정치적인 상황이 고려되었다.

북한은 6.25 전쟁 중 공습으로 폐허가 된 시설을 복구를 할 때 많은 인력과 자금이 필요해 일본과 중국으로 이주해 간 교포들을 적극적으로 끌어들였다. 그중에서도 김일성이 눈독을 들인 것은 재일교포였다. 그는 교포들의 도움을 받기 위해 조총련계 학교를 세우는 등 적극적인 정책을 펼쳐 교포들의 호응을 얻었고 이를 바탕으로 북송 사업을 시작했다.

당시 재일교포들은 일본인으로부터 "조센징"이라고 불리며 차별을 받았지만 조선 학교에 가면 아무런 차별 없이 서로를 돕고 의지하면서 잘 지냈다. 동네에서는 천대를 받았지만 학교에 가면 인간 대접을 받게 되자, 놀이와 생활의 중심이 학교가 되었다.

이국땅에서 받는 차별 때문에 그들은 더욱더 뭉쳤고 조총련의 조직은 더 확대되었다.

조선 정부는 조총련 조직을 길들이기 시작했다. 김일성의 생일 등 국가 경축일에는 학생들에게 학용품은 물론 사과나 수박 등의 과일과 조선의 특산품을 제공하면서 선물 공세를 취했다. 과일을 선물 받은 학생들은 조국이 보내 준 선물이라며 기뻐했고 일부 학생들은 아까워서 쳐다만 보고 먹지 않아 상해서 버리는 경우도 있었다고 한다.

이러한 열기를 바탕으로 김일성은 적극적으로 조총련계 교포들을 북으로 끌어들였다.

북송의 열기는 대단해 "무상교육, 무상의료, 세금 없는 세상, 지상 천국인 조국으로 가자."는 분위기가 교정을 휩쓸었다. 할머니의 딸도 그 대열에 동참함으로써 조총련의 고위직 간부로서 북송 사업에 모범을 보여야 했던 아버지의 부담을 덜어 주었다.

1959년부터 1980년대 중반까지 북송 사업은 계속되었다. 이 기간 중에 북송선 만경봉호를 타고 북송된 교포는 자그마치 10만에 육박했다.

이와 같이 북한은 일찍부터 재일교포 조직을 체계적으로 관리한 반면 우리 정부는 1965년까지 국교 단절로 미수교 상태라 별다른 조치를 취하지 못한 채 손을 놓고 있는 거나 다름없었다.

일제 강점 시 새로운 삶을 찾아 이주한 동포들 중에서 만주로 이주한 동포들은 이북 출신이 많은 반면 재일동포들은 거의가 경상도와 전라도 제주도 등 남쪽 출신이라 우리 정부의 영향력이 훨씬 강하게 작용할 수 있었는데도 불구하고 그들을 끌어들이는 데 소홀했던 점은 눈여겨볼 대목이다.

안상택은 그간 벌었던 돈을 아낌없이 김일성에게 보냈다.

"할머니, 대충 얼마나 보냈어요?"

"액수를 말해 봤자 무슨 의미가 있겠어. 하여튼 당시 우리가 가지고 있던 현금과 부동산을 판돈을 거의 다 주었더니 그 액수에 놀란 김일성이 평양의 어딘가에 저 양반의 이름을 따 안상택거리라고 명명했다고 해."

"아 그래서 안상택거리라고 명명되었군요?"

할머니는 연신 벽면의 사진을 가리키면서 말했다.

"지금까지 한 말은 괜한 푸념이오, 내가 지금 애타게 바라는 것은 내 딸을 찾는 것이오. 아무런 연고도 없는 곳에 어린 나이에 홀로 가서 어떻게 지내는지 한시도 잊은 적이 없소. 1990년대 초반까지만 해도 연락이 가능했지만 그 이후엔 어찌된 일인지 통 연락도 없이 무소식이라 애가 타 죽겠소. 걔 애비도 벌써 저 세상으로 갔고 나도 이제 90이 넘어 언제 갈지 모르니 얼굴이라도 한번 보고 떠나야 하는데, 내가 이대로 어찌 눈을 감을 수 있겠소?"

북송된 딸을 만날 수 있다면
1억 엔을 주겠소

할머니는 눈물을 훔치며 딸에게 1억 엔의 유산을 남기고 싶다는 말과 함께 딸을 만나게 해 준다면 그 사람에게도 그 못지않게 사례금을 주겠다고 했다. 딸을 보고 싶어 하는 모정은 이해가 되지만 파격적인 금액 제시에 영국은 깜짝 놀랐다고 한다.

두 사람이 나가려고 할 때 할머니는 "안 현장님, 옛날 같으면 고을원님이 아니오. 고을원님은 무엇이나 할 수 있는 권한을 가지고 있지 않소? 더구나 현장님은 고향도 우리와 가까운 창녕이고 성씨도 같은 안가이니 따져 보면 아주 가까운 친척일지 모르지요. 힘들더라고 내 딸을 꼭 좀 찾아주시오."라고 거듭해 부탁했다.

영국은 고향 가목사로 돌아와 노파의 부탁을 어떻게 해야 할지를 두고 고심을 하다가, 고향의 소꿉친구였던 김길성을 떠올렸다. 길성의 아버지는 하얼빈 공업대학을 졸업한 후 하얼빈 철도회사에 근무 중일 때 북한 정부는 6.25 전쟁 시에 파괴된 시설을 복구하기 위해 중국에 있는 조선족 엘리트들을 차출했다. 그때 그는 아버지를 따라 조선으로 간 후 연락이 없다가 12년이 지난 후 고향 성화향으로 찾아와 친척과 친구를 만나고 돌아간 적이 있었다.

휴무인 어느 날 영국은 성화향으로 가 그곳에 살고 있던 길성의 친척집을 찾아갔지만, 가족이 모두 돈을 벌기 위해 한국으로 가 집은 텅텅 비어 있었다. 그러나 다행히 길성의 이모님이 하얼빈에 살고 있다는 사실을 알았고 얼마 후 그녀를 통해 길성의 평양 집 주소와 전화번호도 알게 됐다. 연락처는 알았지만, 그를 만나는 것은 쉬운 일이 아니었다. 그 이유는 관광단의 일원으로 평양에 가더라도 조선 사람들과 개별적인 접촉이 금지되기 때문이다. 그렇다면 그가 할 수 있는 방법은 그를 중국으로 초청하는 것이었다.

영국은 어렵사리 친구 길성을 가목사로 초청해 그간의 사정을 이야기했다. 평양으로 돌아간 그 친구를 통해서 할머니 딸의 소재뿐만 아니라 근황도 알게 되었다. 그는 곧바로 일본에 있는 할머니께 그 사실을 알리고 딸에게 전해 줄 1억 엔의 돈을 중국 공상은행, 농업은행, 상공은행, CHBC은행에 분산해 입금했다. 이렇게 하는 이유는 거액의 자금이 한꺼번에 한 은행에서 입출금되면 의심의 여지가 있어 이를 없애기 위함이었다. 영국은 곧바로 평양에 초청장을 보냈다.

딸에게서 중국 입국 일자를 알리는 연락이 왔다. 그는 즉시 할머니에게 딸의 입국 일자를 알려 준 후 그 날짜에 맞추어 북경으로 초청했다.

근 40여 년 만에 그들 모녀는 북경의 한 호텔에서 상봉을 한 후 바로 택시를 타고 영국의 딸이 살고 있는 집으로 갔다. 그 이유는 북경 시내에는 조선에서 나온 일꾼들이 많이 활동하고 있어 혹시 무슨 일이라도 있을까 봐 안전을 고려해서다. 딸 집에서 하룻밤을 지내는 동안 불안해 한국 사람들이 많이 살고 있는 청도로 가 2박 3일간 지낸 후 다시 북경에 있는 딸 집으로 와 마지막 밤을 보냈다.

"선아, 오늘 밤이 어쩌면 너와 내가 이승에서 함께할 마지막 시간일지도 몰라. 이제 우리에게 남은 시간은 불과 10시간밖에 안 돼."

그녀는 여태까지 풀지 않았던 가방의 지퍼를 열었다. 그리고 20여 장의 복사된 종이를 꺼내면서 말했다.

"자, 이것이 우리 안씨 집안의 족보이다. 여러 권 중에서 우리 집안에 관한 것만 발췌한 것이니 잘 보관해. 우리 집은 아들이 없고 너가 장녀이니 집안일을 맡아야 해. 그 족보 마지막 장 뒤쪽에 너의 아버지와 조부모의 기일이 적혀 있다. 내가 언제 죽을지 모르지만 사후에 너가 아버지와 내 제사를 지낼 거라."

할머니는 다시 가방에서 문종이에 싸인 작은 물건을 꺼내면서 이어 말했다.

"이건 너희 아버지가 내게 결혼 선물로 준 은반지이다. 일제치하에서 은은 지금의 수 캐럿의 다이아몬드 못지않게 귀중한 보물이었어. 없는 살림에 이 반지를 나에게 선물하려고 너의 아버지가 많은 고생을 했다. 너 애비의 혼이 담겨 있으니 잘 간직해. 그리고 이건 중국 은행 통장이다. 각 통장에는 2천 5백만 엔이 예치되어 있다. 그 돈은 옆에 계신 우리 일가인 안 현장님이 알아서 할 것이다."

이튿날 그들은 북경의 공항으로 가서 작별을 나누었다.

"선아, 너 나하고 함께 갈 수 없니? 내 나이 이제 90이 넘어 이제 이승에서 살날도 얼마 안 남았어. 내가 너를 보내고 어찌 혼자 간단 말인가! 이 원통한 심정을 어디에다 호소할까! 우리가 왜 이렇게 살아야 하노? 현장님, 무슨 방법이 없어예?"

이들 모녀는 다시 만날 기약도 없이 하염없이 눈물을 흘리며 각자의 길을 떠났다고 한다.

* * * * *

"참으로 좋은 일 하셨습니다. 딸을 만나게 해 준다면 많은 사례를 한다고 했는데 사례금은 얼마나 받았는지요?"
"내 명의로 해서 통장을 하나 줍디다. 그 통장에 얼마나 예치됐는지 모르지만 받는 즉시 돌려드렸어요. 90이 넘는 어른이 자식 보고 싶어 도와드린 것뿐인데 어떻게 돈을 받는단 말이요. 북경과 청도를 오가면서 소소하게 든 돈도 내가 거의 다 부담했어요."
"역시 현장님은 다른 사람과 다르군요. 그런 선행을 베풀기 때문에 아들은 일본의 명문대에서 박사학위를 과정을 밟고 있고 딸 둘도 중국의 최고 명문 북경대를 나왔으니 선인선과 악인악과라는 말은 현장님에게 딱 맞는 말이네요."

12

가목사 이홍화

의문의 황금 덩어리

가목사시 중앙로에 있는 조선민족문화회관 안으로 들어가자 일곱 분의 노인과 중년 부인이 필자를 반갑게 맞이했다. 90세를 눈앞에 둔 노인들이 었지만 모두가 나이에 비해 정정해 보였다. 필자가 이들을 만나는 목적은 이곳 가목사 감옥에서 순국하신 강철구 의사에 관한 이야기를 듣기 위해서이다. 강 의사는 소학교 교사와 대한군정서 비서로 근무하다가 이 지역을 중심으로 군 자금 모금을 하다 일경에 체포되어 이곳 가목사 감옥에서 순국하신 애국자이시다.

강 열사에 관한 이야기가 끝난 후 한 중년 부인이 들려준 황금 덩어리 이야기는 퍽 재미있었다.

1947년 토지 개혁 시 용정에 살던 한 남자가 땅속에 숨겨 두었던 황금 덩어리를 가지고 어디론가 사라졌다. 그가 황금 덩어리를 가지고 어디로 갔으며 왜 땅속에 그것을 묻었을까? 그러나 나는 하얼빈행 기차 시간 때문에 이야기를 더 이상 들을 수 없어 궁금증만 가진 채 그날은 그렇게 헤어졌다.

가목사를 다녀간 지 1년 반 만에 다시 가목사를 찾았다. 가목사역에 도착한 후 먼저 안영국 전임 현장 댁으로 갔다. 작년 이맘때 그를 처음 만났지만 우리는 만난 지 오래된 친구와도 같이 친밀감을 느꼈다. 가목사시 강변에 위치한 그의 아파트 거실에 앉으니 유리창 너머로 송화강과 푸른 수양버드나무 가로수가 눈앞에 들어와 한 폭의 동양화처럼 아름답게 보였다.

그의 부인은 정오 12시에 출발하는 인천행 비행기를 타기 위해 짐을 꾸리고 있는 중이었지만 그는 일상적인 일처럼 별 관심 없이 보고만 있었다. 부인이 외국으로 출국 준비를 하느라 바쁜데도 도와주지 않고 그냥 보고만 있어 "부인이 한국으로 출국을 하는데 왜 무덤덤하게 보고만 있는지요?"라고 묻자 "서울에 아파트가 있고 그곳에서 일을 하기 때문에 오고 가는 것이 일상화되어 별로 신경을 쓰지 않는다."고 했다.

부인이 떠난 후 작년에 만났던 그 중년 부인을 만나기 위해 약속된 식당으로 갔다. 지난해와 마찬가지로 아홉 명의 노인이 이야기를 나누고 있었다. 알고 보니 그 중년 부인은 70세의 노인이었는데도 40대 중반쯤 정도

가목사 노인협회 간부들

로 젊어 보였다.

식사를 하면서 술이 몇 순배 돌 무렵 필자는 그녀에게 작년에 못다 들은 황금 덩어리 이야기를 듣고 싶어 왔다고 하자 한국 어느 기업의 총수와 관련되어 누가 될까 봐 더 이상 그 이야기를 하고 싶지 않은 표정이었다. 대신에 황금 덩어리의 주인공을 만나러 가기 전에 있었던 일부터 말문을 열었다.

1992년 한국과 중국이 수교한 이후 이곳 조선족 사회는 거대한 회오리 바람이 불어왔다. 바로 한국행 바람이다. 미국의 서부 개척 시대에 황금 덩어리를 찾아서 미국인들이 서부를 향해서 갔듯이. 중국 동북의 조선족 사회도 한국으로 가는 행렬이 이어졌다. 그러나 한국으로 입국하기 위해서는 비자를 받아야 했다. 비자를 받기 위해서는 한국에 살고 있는 친인척으로부터 초청장을 받아야 한다. 한국에 친인척이 있는 사람은 선망과 부러움의 대상이 되었다. 홍화의 친정 동생 홍수도 한국으로 가는 사람들을 보면서 부러움을 느끼며 '우리 가족도 저 사람들처럼 한국에 친인척이 있으면 얼마나 좋으련만.' 하면서 친인척이 없는 것을 못내 아쉬워했다.

그러나 그녀의 동생은 친인척이 없는 것을 원망만 하면서 보낼 수 없었다. 여러 곳을 수소문해 본 결과 대련에 가면 밀항선을 타고 한국을 가는 길이 있다는 사실을 알고는 13년간 다니던 직장을 그만뒀다. 북조선이면 두만강이나 압록강만 건너면 되지만 한국으로 가는 길은 어려움이 많았다. 대련에서 배를 타고 산둥반도 연안을 지나 공해로 가서 한국 해안으로 가야 하기 때문이다.

그녀의 동생은 부푼 기대를 간직한 채 가목사를 출발해 대련으로 갔다. 가목사에서 대련은 그 거리가 1,800㎞도 넘는 먼 거리이다. 그들은 선주와 계약을 맺고 선수금조로 5,000위엔을 주었고 한국 상륙에 성공하면 5,000위엔을 추가로 주기로 하고 대련항을 출발했다.

대련을 떠날 때는 일확천금을 벌 수 있다는 기대감 때문에 한껏 들떠 있었지만 공해를 지나 한국 영해에 들어갈 무렵엔 혹시 일이 잘못되면 어쩔까라는 초조감 때문에 어느 누구도 말이 없었다.

배가 육지를 향해서 점점 더 가까이 다가가자 항해 중인 배들도 자주 눈에 띄었다. 모두가 한껏 긴장해 서로의 얼굴만 말없이 바라보고 있었다. 선장은 온 신경을 곤두세우고 접안할 안전한 장소를 찾고 있는 중일 때 멀리서 쏜살같이 달려오는 배가 있었다. '여수 해경'이라는 글자가 눈에 들어왔다. 마이크로 들려오는 소리는 '정선하라'는 명령이었다. 그들이 탄 배는 해경에 나포되었고 선원들은 여수 해양 경찰서에 수용되었다.

꿈에도 그리던 한국 취업의 꿈이 물거품처럼 사라지는 순간이었다. 취업은커녕 국경 침범이라는 무거운 형벌이 그들을 기다리고 있었다. '어째서 부모님은 한국에 친인척이 없단 말인가?'라고 부모님을 원망해 보지만 아무런 소용이 없었다. 잔뜩 긴장한 채 어떤 처벌이 내려질지 조바심을 갖고 대기 중일 때 예상했던 것과는 달리 경찰은 그들에게 친절하고 관대하게 대해 주어 유치장 내에 입감된 것 말고는 면회도 할 수 있고, 사식도 할 수 있어 생각보다 자유로웠다. 그는 자신이 감금된 것을 부모님께 알려야 될지를 두고 고민을 하다가 언제 풀려날지 알 수가 없어 사실대로 말했다.

한편 아들의 전화를 받은 아버지는 병환에도 불구하고 장녀 홍화에게 전화를 했다.

"결국 그 녀석이 그렇게 되었다. 아무래도 너가 한국에 나가 봐야겠다."

"아닙니다. 그렇게도 말렸는데 그녀석이 한 일은 그놈이 책임져야지요. 그렇게도 아버지 말을 안 듣더니, 이번에 고생 좀 하도록."

아버지께 말은 그렇게 했지만, 그녀는 동생 생각으로 거의 뜬눈으로 지냈다.

중국에서 이런 일이 있으면 아무렇지도 않을 수 있다. 사실 그녀의 남편은 중국의 명문인 북경 대학 법학부를 졸업한 후 사법고시에 합격해 가목사시에서는 나는 새도 떨어뜨릴 정도의 막강한 권한을 가진 감찰원장이지만 중국 공민이기 때문에 아무런 도움을 줄 수 없었다. 이럴 땐 돈 이외에는 해결할 수 있는 방법이 없지 않은가? 설사 돈이 있더라도 한국과 같은 체제에서는 뇌물이 통할 수 있을까?라고 생각도 해 보았지만 그래도 할 수 있는 것은 이 방법밖에 없었다.

그녀는 중국 돈 4만 위엔을 준비했다. 1996년 중국의 4만 위엔은 상당한 고액이었다. 돈은 준비됐지만 외화 관리법 때문에 그 많은 고액을 가지고 나갈 수가 없어 상의와 하의 안쪽에 큰 전대를 만들어 그 안에 돈을 넣고 다시 바늘로 꿰매자 별 표시가 나지 않았다.

그녀는 한국으로 가기 전에 탕원에 있는 친정으로 갔다. 그 때 친정아버지는 이렇게 말했다.

"홍화야, 사실은 너의 당숙과 당고모가 서울에 산다. 너와 그 녀석이 우리는 한국에 친척이 없느냐고 물을 때마다 나는 언제나 없다고 했다. 그리고 홍수가 한국 간다고 미쳐 날뛸 때도 우린 친척이 없다고 한 말 너도 알 것이다."

"아이고, 아버지 우리도 한국에 친척이 있다고요? 아니 좀 더 일찍 말해 줬으면 이런 일이 없었을 것이고 그 녀석도 일찍 한국에 나가 지금쯤 집도 몇 채 살 수 있었을 텐데요."

"봐라, 홍화야, 돈 그것 참 좋은 거 나도 잘 알아. 그것만 있으면 안 되는 일이 없지. 너도 알다시피 너가 이 세상에 태어나기 2~3년 전에 토지개혁의 거센 파도가 몰아칠 때 우리 집은 그 파도의 한복판에 휩쓸렸어. 다른 이웃집보다 재산을 더 많이 가진 것이 죄목이었지. 그 때문에 우리 집안은 철저하게 투쟁을 맞았어. 나는 그 이후 가족을 보호해야겠다는 일념으로 여태까지 살아왔대도 과언이 아니야. 토지를 많이 소유한 것이 투쟁의 대상이 되었는데, 만일 그런 혼란이 다시 와 우리 집안의 친인척이 한국으로 도망갔다는 사실이 알려지면 우리는 견뎌 낼 수가 없어."

"그런데 그런 혼란이 다시 일어날까요? 별 걱정을 다 하셨군요."

"아니야. 세상일이란 한 치 앞도 알 수 없어. 100여 년 전 우리가 한국에 살 때 수만 리나 떨어진 이 타국으로 올 것이라고 누가 생각이라도 했겠니? 일제 침탈, 토지개혁, 반역자 청산대회, 국공 내전, 동족상전의 비극인 6.25 전쟁, 문화대혁명 등이 몇 년을 두고 쉴 새 없이 일어났잖아. 그리고 문화대혁명 시 내가 뒷방 다락에 숨어서 밖으로 나오지 않은 거 너도 잘 알잖아. 내일 무슨 일이 일어날지 아무도 몰라. 그래서 그놈이 한국에 가고 싶어 안달이 나, 나를 원망할 때도 그 사실을 말할 수 없었어."

"……."

"내가 몸이 성하면 직접가야 하는데 그럴 수가 없으니 너가 좀 갔다 오너라. 그리고 이번 일로 너가 감당하기엔 힘이 부칠 것 같으면 그들을 찾아보고 도움을 청해라."

"아니 당고모와 당숙이면 한솥밥을 먹던 식구인데, 어쩌다가……."

"오늘은 이 정도로 하자. 갈 길도 멀고 바쁜데."

* * * * *

"여수, 서울에서 참 멉디다."

"그럼요. 남도의 끝자락이니 멀지요. 한국은 이곳 중국과는 달리 평원이 적고 산이 많아 길이 꼬불꼬불해 다녀 보면 생각보다 시간이 많이 걸리지요."

그녀는 서울을 떠난 지 7시간 만에 여수에 도착해 여수 해양경찰서 유치장에서 동생을 면회한 후 관계자를 찾아가 선처를 호소했다.

"그런데 의외로 조국의 가슴은 넓습디다. 너무나 관대하게 대해 주었어요. 담당자가 직접 이리저리 다니면서 필요한 절차를 다 해 주었어요. 돈이 하나도 필요 없습디다. 유일하게 든 비용은 동생이 거기 있으면서 사식으로 쓴 밥값 200위엔 정도가 전부였고 준비해 간 4만 위엔은 짐이 되었지요. 지난 88서울 올림픽 때 중국 CCTV에서 한국에 관한 프로를 하나도 놓치지 않고 보았는데 그때 한국은 정말 선진국이라고 생각했었지만 역시 중국보다 앞선 제도와 의식을 갖고 있는 것을 바로 경험할 수 있었어요."

조금 더 늦었다면 못 넘었을 38선

　그녀는 동생과 같이 출국을 하고 싶었지만 담당 경찰로부터 절차가 끝나려면 한 이틀 더 걸리고 출감과 동시에 바로 중국행 비행기를 탑승해야 한다는 말을 듣고는 먼저 여수를 떠나 서울로 향했다.

　"왜 출감과 동시에 비행기를 타야 되나요?"
　"국경 침범죄로 추방당하기 때문이지요."

　그녀는 동생 일을 마무리 짓고 서울로 가 당숙에게 전화를 걸었다.

　"여보세요. 나 중국 흑룡강성 가목사시에서 온 이홍화입니다. 이춘길씨 맞습니까?"
　"누구신지요."

　이상했다. 당숙이면 남자인데 젊은 여자가 전화를 받았다.

　"당고모 성함은 이순자이고요."

"예, 잠시만 기다립시오. 회장님 바꿔 드리겠습니다."

그녀는 의아했다. 회장님을 바꿔 준다고…….

"여보세요? 중국에서 왔다고? 애비 이름이 이경수라고?"
"예, 맞습니다."
"아이고, 그렇구나. 너 지금 어디 있니?"
"강남 고속버스 터미널 대합실에 있습니다."
"바로 그 자리에 있어. 한 30분 후면 기사가 너를 데리러 갈 테니 기다려."

그녀가 간 곳은 충무로에 있는 어느 고층 건물 사무실이었다. 기사는 회장실로 안내했다. 풍채가 좋은 분이 그녀를 맞이했다.

"너가 경수 형님의 딸 홍화라고? 살다 보니 이리 기쁜 날도 있네. 죽었다라고 생각했던 형님이 살아 있다고! 슬하에 저런 예쁜 딸까지. 그래 아버지의 건강은 어떠냐?"
"아버지는 관절염으로 다리가 불편한 것 외에는 건강에 별로 이상이 없습니다."
"70여 년 전 우리 가족이 만주로 갈 땐 빈손으로 갔지만 밤낮 가리지 않고 황무지를 개간해 살림이 많이 늘었어. 해방이 될 무렵 우리 집은 수만 평의 땅을 소유한 부자였고 너의 집도 살림이 만만찮아 먹고사는 데는 지장이 없었어. 그런데 중국 내의 전세가 점점 이상한 방향으로 흐르고 국민당 군과 모택동군 간에 내전이 곳곳에서 일어났어. 처음에는 전세가 국민당 군이 유리했지만 점차적으로 모 주석이 이끄는 팔로군이 승기를 잡기 시작했어. 나는 내심 친자본주의 노선을 취하는 국민당 군이 이기기를 바랐지만, 공산당의 팔로군이 승리를 하면서 동북 지역부터 토지개혁을 단행하기 시작했어. 나는 일찍부터 이런 일이 다가올 것이라고 예상을 하고 무언가를 대비해야 할 필요성을 느꼈지만, 구체적으로 무엇을 어떻게 해야 할지 몰랐어. 그런 중에 생각해 낸 것이 금이었어. 나는 기회가 있을 때마다 금을 사 집 옆에 있는 밭에다가 아무도 모르게 묻어 두었어. 몇 해를 모으니 그 양이 상당하더라고. 시간이 지남에 따라 내가 생각했던 대로 사회주의의 물결이 거세게 일기 시작하면서 주변 분위기가 이상하게 돌아갔어. 새로운 체제가 들어서자 나는 회의를 느끼게 되었어. 나의 타고난 천성은 이재였고, 재산을 모으는 것이 나의 주된 관심사였는데 사회주의 체제는 내가 추구하는 가치와 달랐어. 재산을 많이 가진 것이 죄가 되는 현실을 보고 빨리 만주를 떠나기로 결심을 했어. 막상 실행에 옮기려니 이것도 여간 힘든 것이 아니더라고. 1947년이 되자 38선이 막혀 남북 간 통행이 불가능하게 되자, 앞이 캄캄했지. 그래도 북조선으로 가 사리원에서 며칠간 머무르며 정국의 추이를 관망했어."

　그의 당숙이 사리원에 머무를 당시의 38선 상황을 유추해 볼 수 있는 신문기사 몇 편을 골라 보았다. 먼저 1947년 4월 20일 자 〈서울신문〉 기사이다.

　　1. 국적 여하를 막론하고 38선 경계선을 넘어 남조선으로 넘어오는 자는 즉시 체포하여 미군으로부터 신분 조사와 방역 검사를 실시하

기 위하여 개성, 춘천, 의정부, 강릉 등 지정 수용소에 수용할 것.

2. 경찰은 전기 수용소 설치 지점의 배후 약간 지점에 편리상 필요한 지정 수용소에 수용할 것.

3. 경찰은 전기 집합소에 집합된 인원을 편리상 일정 기간별로서 상기 해당 수용소에 인도할 것.

1947년 4월 30일 자 〈경향신문〉은 당시 월남했던 사람들의 구체적인 인원수도 보도했다.

38선 접경에 수용소를 설치하고 이북에서 넘어오는 사람은 어느 나라 사람을 막론하고 일단 수용하였다가 방역과 신분 조사가 끝나야만 내놓고 있는데 보건 후생부 발표로 4월 24일 현재의 수용 인원을 보면 수용소 10개 소 중 동두천 1091명, 청단 538명, 토성 643명으로 3개 소에만 2273명에 달한다고 한다.

동년 5월 7일 자 〈조선일보〉의 월경하는 사람들에 관한 기사 내용이다.

미·소 양군 분할 점령으로 생겨난 38선은 해방 후 이미 2년을 경과한 오늘에 이르러서도 여전히 우리 동포들의 왕래를 거부하고 있으나 이 선이 생겨난 이래 경계의 눈을 피해 가며 비밀 월경을 하는 동포는 연일 끊일 사이가 없으니 어떠한 사람이 어떻게 다니고 있는 것인가?

지난겨울에는 월경하는 사람들의 반수 이상이 북쪽으로 가는 사람이던 것이 금년 봄에 들어서는 갑자기 북쪽에서 남쪽으로 넘어오는 사람이 나날이 늘어 가고 있다. 지난 4일 동해선 청단에 있는 경찰지서 통계에 의하면 하루 동안 북쪽으로 넘어간 사람의 수는 37명이고 이남으로 넘어 오는 수요는 547명으로 되어 있으니 이것은 경찰을 통과한 것만으로 본 숫자이므로 같은 38선을 통과한 사람 중에 경찰을 거치지 않고 오는 사람이 대부분이요 38선 6백 리나 되는 전선을 타고 이곳저곳이 모두 월경 코스로 되어 있으니 전부를 합한다면 매일 동쪽으로 넘어오는 동포의 수는 실로 수천에 달할 것이다.

전에는 남북 물가의 차이가 심하여 위험을 무릅쓰고 38선을 내왕하며 장사를 하는 상인도 많았으나 요즘은 양쪽 물가가 비슷하여 상인은 부쩍 줄었는데 이 장사꾼들을 빼놓고 이북으로 가는 사람들은 예외 없이 서울에 집이라도 잡아 놓고 가족을 데리려 가는 사람이니 이북을 찾아 살러 가는 사람은 하나도 없다고 하여도 과언이 아닐 정도인데 하루 수천 명씩 넘어오는 이북 동포의 대부분은 소시민 학생층이며 혹 농민도 끼어 있으니 이들이 이남으로 오는 이유는 또 어디 있는가? 이북에서 나오는 동포들의 말을 들어 보면 대개 이러하다.

금년 4월 들어 주로 신의주, 철산, 선천, 용천, 정주 일대에 걸쳐서 일어난 관공 직장의 대량 파면, 선동으로 말미암아 실직자가 속출한데다가 쌀값은 소두 한 말에 7~8백 원서부터 천 원까지 치솟았고 배급이란 전혀 없으며 장사 역시 고율의 세금 때문에 경영이 거의 불가능할 정도며 게다가 징병제가 실시되었다. 징용으로 보낸다는 등의 풍설로 해서 불안에 못 이겨 이남으로 들고 뛴다는 것인데 철산군만 하여도 지난 20일간에 천여 호가 이동을 하였다 한다. 이렇게 고향에

서 살려고 해도 살 수 없는 이동 동포들은 북조선 내 적당한 장소로
이동 신청을 해 가지고 해주 근방에 와서 머물러 있다가 기회를 엿
보아 월경을 감행한다는 것인데 도중에 경비대원이나 보안서원에게
들키는 날에는 이것저것 팔아서 뭉친 전 재산을 다 빼앗기게 된다는
것이다.

　신문기사에서 보는 바와 같이 북쪽에 있는 동포들이 남으로 넘어오기
가 쉽지 않은 상황이었다. 더구나 그의 당숙은 많은 황금 덩어리를 갖고
있어 잘못하면 전 재산이 날아가고 신변의 안위도 불안한 상황이었다.

　"그래서, 당숙은 어떻게 그 상황을 돌파했어요?"
　"사리원에서 남쪽으로 가는 최선의 방법이 무엇일까를 두고 매일 생각
했어. 배를 타고 해주로 가는 길이 쉬웠지만, 물건을 빼앗길 위험이 있어
애초부터 생각도 안 했고, 서부나 중부, 동부 방향 중에서 선택을 해야 했
는데 서부는 경계가 좀 삼엄했지만 길은 좋았고, 중부와 동부는 관리들의
눈에는 띄지 않지만 산길이라 험했어. 그래서 밤에는 서부 쪽으로 낮에는
중부의 산길을 이용해 38선을 넘었어."
　"당숙은 6월 달이라 그렇게 해서라도 넘어올 수 있었지만, 만약 좀 더
늦었더라면 못 넘어왔을 텐데. 천만다행이었네요. 내 주변에 있는 우리
조선 민족 중에는 7월 이후에 38선까지 갔다가 길이 막혀 도로 돌아온 분
들이 제법 있어요. 그중에는 부부간에 생이별한 분도 있고."
　"나는 운이 좋은 편이었지. 서두르지 않았으면 못 넘어왔지. 그래, 중국
은 언제 돌아갈거니?"

"애들 아빠와, 애들 때문에 바로 돌아가야 합니다."

"그래도 어려운 걸음을 했으니 하루라도 있다가 가야지."

"······."

"하여튼 며칠 동안은 여기에 있어. 다른 인척들에게 최소한 인사라도 하고 떠나야지. 오늘은 우리 집으로 가. 알았지?"

그녀는 그날 밤 당숙의 집으로 가 친인척들을 만나 이산의 한을 나누었다.

홍화가 떠나는 날 당숙은 출근하기 전 자기 방으로 그녀를 불렀다.

"홍화야, 이것은 내가 너의 애비를 위해 마련한 돈이다. 용돈도 하고 좋은 약도 사 드시라고 해. 그렇게 신체가 좋았던 분이 병중에 있다니! 그리고 너에게는 한 푼도 주지 않겠다. 대신 돈을 버는 방법을 알려 주마. 너의 얼굴을 보니 충분히 일을 해 내겠다."

구들장 밑에 숨긴 달러

당숙은 그녀에게 100달러짜리 지폐 뭉치가 든 가방을 주었다.

"하지만 이렇게 많은 돈을 갖고 나가는 것은 불가능하지 않습니까?"
"내가 알아서 할 테니 걱정하지 마. 별 걱정도 다 하네."

일확천금을 꿈꾸며 갔던 동생은 빈손으로 돌아갔고, 돈을 쓰려고 왔던 그녀는 오히려 천금을 갖고 돌아갔다.

중국으로 귀국한 즉시 그녀는 아버지가 살고 있는 탕원의 친정집으로 갔다. 자녀를 보호하기 위해서 한국에 친척이 있다는 사실을 숨겨 왔는데 그것이 오히려 자식들에게 고생만 시키게 되어 눈물을 삼키게 됐다.

"아니, 아버지 동생도 아무 일 없이 건강하게 돌아왔고, 꿈에 기다리던 사촌과 친인척이 한국에서 잘 살고 있는데 이보다 더한 기쁨이 어디 있어요? 지금껏 아버지가 왜 쉬쉬하면서 그 사실을 숨겨 왔는지 이제는 이해가 돼요. 아버지 이것이 무엇인지 알아요. 미국 달러입니다. 그것도 최고 고액인 100달러짜리입니다. 아버지 이 돈뭉치 들 수 있어요? 묵직해요.

한번 세어 볼까요?"

"세기는, 당숙과 고모는 어떻게 살고 있더니?"

"당숙이 잘사니까 이런 뭉칫돈을 아버지께 드리는 것이 아니겠어요."

"그래. 무슨 일을 하더냐?"

"대기업의 회장님이에요. 큰 건물이 거의 다 사무실이었어요. 집도 왕이 사는 대궐처럼 으리으리했어요. 그런 동생을 두고서 아버지는 우리는 한국에 아무 친척도 없다고 하셨는데, 아무튼 우리도 한국에 친척이 있으니 어깨가 좀 펴졌어요."

"그렇다고 너무 큰 기대를 하지 마라. 그 애도 제가 할 일이 있을 텐데."

"그런데 아버지 당숙은 나에게는 한 푼의 돈도 주지 않고, 대신에 돈 버는 방법을 가르쳐 준다고 했어요. 그리고 내 얼굴을 유심히 보더니 너는 충분히 그 일을 할 수 있다고 말씀하셨어요."

그런데 집에 갑자기 고액의 돈뭉치가 들어오자 걱정이 되었다. 그녀의 아버지는 한 번씩 나가던 마실도 가지 않았고 볼일이 있어도 나가질 못했다. 밖에 사람 소리가 나도 뭔가 불안하고 가슴이 두근거렸다.

"애야, 안 되겠다. 저 대문도 고치고 자물쇠도 크고 성능이 좋은 최신식 것으로 바꿔라."

대문을 고치고 열쇠도 채웠지만 그래도 불안한 마음은 가시지 않았다.

"아무래도 안 되겠다. 장판을 걷어 내고 구들장 밑에 돈을 넣는 것이 마음이 편할 것 같다. 괜스레 돈 때문에 걱정하다 보면 건강에도 좋지 않으니."

"구들 밑에 넣어 두면 아궁이에 불을 땔 때 탈 수도 있고 그을어 못 쓸 수도 있을 텐데요?"

"아니다. 옛날에 내가 부역 다닐 때 쓰던 양철 벤또(도시락 통)가 있잖아. 그 도시락 통 속에 넣어 두면 돼. 집에 있는 4개로는 부족하니 시내에 가서 한 예닐곱 개를 더 사 오면 돼."

그녀는 친정집과 시댁 집의 일을 대충 마무리하고 다시 한국으로 갔다.

"홍화야, 이제 한국과 중국 간에 문이 열리고 관계가 정상화되었으니 너가 할 일이 지천에 깔려 있다. 무역을 해라. 무역이라고 별것 아니다. 바로 장사치가 되란 말이다. 한국 물건을 하나 사 갖고 중국 가서 친구나 누구에게 돈을 받지 않고 주면 선물이고 돈을 받으면 그게 무역이야. 지금 너의 국적이 외국인이라 물건 하나라도 사고팔면 바로 그것이 무역이야."

"그렇지만 그 많은 종류의 물건 중에서 어떤 물건을 선택해야 합니까?"

"너가 지난번에 다녀간 이후 내가 사람을 시켜 시장 조사를 해 봤는데. 농산물이 제일 돈이 되겠더라. 너의 고향 가목사는 엄청난 쌀을 생산하고 있잖아?"

"예, 맞습니다. 여기서 생산되는 쌀의 양은 중국 전체의 30%가 넘을 정도로 많이 생산되고 있습니다."

"그래. 그 쌀을 사서 한국에 팔아라. 양곡 같은 먹거리 사업은 돈도 벌 수 있고 배고픈 사람들에게 양식을 제공해 주는 것이니 보람도 있을 거다."

"예, 알겠습니다. 그런데 집에만 있었던 내가 어떻게 감히 이 막중한 일을 할 수 있겠습니까?"

"이곳에서는 내가 관계자에게 다 조치를 해 두었으니 쌀 선별만 잘하고 한국의 수입업자가 가면 불편함이 없도록 해라. 그리고 아주 건실하고 양심적인 사람을 통역으로 써라. 그렇지 않겠지만 무역을 하다 보면 통역이 장난치는 경우가 간혹 있어."

그 만남 이후 홍화는 무역과 관련되는 일을 하는 사람들을 만나면서 새로운 세계로 한 걸음 한 걸음 나아갔다. 당숙의 배려로 회사는 나날이 번창하고 발전을 거듭해 사업을 시작한 지 얼마 되지 않아 그의 회사는 흑룡강성뿐만 아니라 내몽고까지 알려졌다. 성(한국의 도에 해당)이나 시의 영향력이 있는 인사들이 그녀에게 다가와 한국과 연줄을 놓아 달라고 부탁을 했고, 큰 행사가 있을 때마다 그녀를 초청했으며 경제 고문으로 추대했다.

그러나 불행하게도 그녀가 사업을 시작한 지 3년이 지날 무렵 가목사시 감찰원 원장이던 남편이 뇌출혈로 갑자기 쓰러졌다. 의사로부터 길어야 3년 정도 살 수 있고 살아난다고 해도 의식을 회복하기는 불가능하다는 진단을 받았다.

남편이 쓰러진 마당에 천하를 다 얻은들 무슨 소용이 있겠는가라고 생각하면서 하던 일을 모두 다 정리하고 중국에서 뇌출혈로 유명하다는 명의를 찾아다니며 치료를 받았다. 그녀의 지극한 정성과 의료진의 노력으로 뇌졸중은 꾸준히 호전되어 지금은 대화도 하고 TV도 보면서 공원을 산책할 정도라고 한다. 남편의 건강이 이 정도로 회복되는 것을 보고 가장 놀란 사람은 그를 치료했던 주치의라고 했다.

"이건 기적입니다. 현대 의술로서는 도저히 설명할 수가 없는 일이 일어났습니다."

대화 중에 전화벨이 울렸다. 바로 그녀의 남편에게서 온 전화였다. 전화를 받은 그녀의 표정은 천상에서 내려온 선녀와도 같았다. 착하고 선하게 살아서 그런지 70세의 할머니인데도 40대 중반의 여인 정도로 보였다.

13

동녕 이수단

중국 동북의 마지막 종군 위안부

　이번 답사는 흑룡강 CCTV 방송 함명철 PD의 영향이 크다. 필자는 흑룡강 CCTV 주성일 총감의 소개로 그를 만나 호형호제하면서 껄껄거리며 지내는 사이지만 한 세대만 거슬러 올라가면 원수지간일 것이다.

　그 까닭은 그의 부친은 다른 조선족 많은 노인들이 그러했듯 김일성의 하수인이 되어 낙동강 전선까지 내려가 우리의 국토를 찬탈하고 자유민주주의 체제를 무너뜨리는 데 앞장섰던 사람이기 때문이다.

　부친은 어쩔 수 없이 김일성의 졸개 노릇을 했으나 그는 종군 위안부의 삶을 조명하기 위해서 11년 동안이나 중국 동북의 마지막 위안부인 이수단 할머니의 삶을 조명하기 위하여 수십 차례 만났고 오고 간 거리만도 1,700㎞가 넘었다고 해 다시 보게 되었다.

수분하 출입국 사무소

함 PD는 필자를 만날 때마다 할머니의 근황을 이야기하면서 안타까워해 언젠가는 꼭 만나 보고 싶었지만 사정이 여의치 못해 미루다가 이번 기회에 가게 된 것이다.

하얼빈에서 동녕으로 가는 손쉬운 방법은 목단강과 수분하를 거쳐 러시아 하바로스크로 가는 국제선 열차를 이용하는 것이다. 그러나 필자는 목단강 역에서 내려 택시를 타고 가기로 했다. 이렇게 하면 번거롭기도 하고 경비도 많이 들지만 목단강과 동녕 사이에는 목릉, 팔면통, 소추풍 등 우리의 독립투사들이 활동한 곳이 몇 곳이 있고 조선족도 많이 살고 있는 지역이라 도중에 주요한 곳을 찾아보고 싶기 때문이었다.

결혼식을 마치고 나오는 신혼부부, 동녕 요새 앞 삼차구 조선족 마을

봄의 싱그러운 기운을 느끼면서 목단강을 출발한 지 6시간이 지난 후 동녕의 조선족향인 삼차구마을에 도착했다. 이곳은 조선족 인구가 많을 때는 9,000여 명에 달했으나 현재는 6,000여 명이라고 한다.

이수단 할머니를 만나기 위해서는 경로원으로 가야 한다. 그러나 위치를 알 수 없어 마을 어귀에서 초로의 신사에게 물었다. 그는 아쉬운 표정을 지으며 할머니는 며칠 전에 돌아가셨다면서 한중 우의 공원 김종해 관장님과 한국영사관에서 영사 세 분이 오셔서 화장한 후 목단강 한중 우의 공원으로 모셔갔다고 하면서 할머니에 관한 이야기를 이어 갔다.

동녕 주변에는 13만 명의 관동군과 종군위안소가 40곳이나 있었고 위안소에는 천여 명의 위안부들이 있었다. 이들 중 대부분은 조선과 중국 출신으로 취직시켜 준다는 감언이설에 속

종군 위안부

아서 끌려와 감시와 통제 속에서 살아야 했었다.

이수단 할머니의 경우도 마찬가지였다. 이 할머니는 평양에서 가까운 평안남도 숙청 출신으로 어머니가 아픈 데도 돈이 없어 약도 살수 없는 처지라 하얼빈에서 노동자를 모집한다는 광고를 보고 돈을 벌기위해 지원했는데 알고 보니 공장 노동자가 아닌 종군 위안부였다. 19세의 어린 나이에 하얼빈에서 1시간 거리인 아성으로 끌려가 위안소 생활을 하다가 2년 뒤 이곳 석문자 위안소로 와 1941년부터 1945년까지 4년간 오전에는 사병을 대해야 했고 오후에는 하사관을 저녁에는 장교를 대상으로 위안부 생활을 했다.

해방이 된 후에 고향에 갈 수 있었지만 차마 갈 수가 없어 이곳에 사는 한족에게 신분을 속이고 결혼을 했다. 훗날 들통이 나 남편한테 심한 구타

를 당하면서 살았고 남편이 돌아가고 난 후에는 경로원에서 생활했다.

2005년도에는 한국 정부에서 국적도 회복시키고 거처도 마련해 주겠다고 제안했지만 고령에다가 몸이 불편해 사양했다고 한다.

위안부가 사용한 축음기

이야기 중에 그는 몇 번이나 북한을 비난했다. 할머니의 고향이 평안남도 숙천이라 응당 조선 정부가 관심을 갖고 지원을 해야 하는 것이 도리인데도 그들은 코빼기도 보이지 않고 오히려 관계가 없는 한국 정부가 도움을 주는 것을 보고 느낌이 많았다고 했다.

우리 정부가 이수단 할머니 같이 일본 제국주의자들의 노리개가 되어 평생 동안 신세를 한탄하며 불행하게 살고 있는 할머니들을 찾아내 지원해 주는 것은 참으로 다행스럽다.

이수단 할머니는 만나지 못했지만 박 선생으로부터 그간의 사정이라도 들을 수 있어 그나마 다행으로 생각하면서 오늘의 두 번째 목적지인 세계 2차 대전의 마지막 격전지인 동녕 요새로 향했다. 동녕 요새는 이곳 동녕 삼차구마을에서 불과 5㎞에 지나지 않은 지근거리에 있다.

비스듬한 산길을 따라 몇 모퉁이를 오르자 세계 제2차 대전의 마지막 격전지라고 쓰인 안내판이 우리를 맞이했다.

세계 제2차 대전의 마지막 격전지 동녕 요새

1931년 9월에 중국의 동북 3성을 점령한 일본 제국주의자들은 만주국을 세운 뒤 소련의 침략을 예상하고 중국과 소련 국경선에 위치한 이곳에 군사 요새와 비행장 등을 건설하였다.

동녕 요새 진입로(뱀 주의)

이 동굴 요새를 건설하기 위해 약 17만 명의 인부가 필요했다. 일본 군국주의자들은 포로나 노동자에게 속이고 끌고 와 좋은 일자리를 마련해 주겠다면서 강제 노역을 시켰다. 이들이 요새에 들어오면 살아 나갈 수 없었다. 그 이유는 그들이 살아 나가면 요새의 비밀이 세상에 알려질 위험이 있을 수 있었기 때문이었다.

뱀을 조심하라는 경고판을 지나 요새 안으로 들어가자 천장에는 억울해 이승을 떠나지 못해 구천을 맴도는 영혼들이 절규하는 듯했고 한기까지 들면서 소름이 돋아났다. 안으로 더 들어가자 지휘소, 의료소, 무선실, 사병 숙소, 창고, 탄약고, 전기실 등이 잇따라 이어졌다. 미로처럼 서로 연결돼 있는 이 요새는 300㎜ 구경의 박격포 공격에도 끄떡없을 정도로 견

동녕 요새 내부

고하게 지어졌으며 그 길이가 무려 110㎞이고 종심이 50㎞로 아시아에서 최대의 요새라고 한다.

1945년 8월 9일 0시를 기해 소련 홍군은 174만 대군, 5,556대의 탱크와 자주포, 5,300대의 비행기, 2만 6,137문의 야전포와 박격포, 670여 척의 전함을 동원하여 동, 북, 서 3개 방향에서 동시에 일본 관동군을 향해 출격했다.

그중 원동 소련 홍군 제1방면군의 제25집단군, 제5집단군, 붉은기 제1집단군 등의 부대가 이 요새를 공격하면서 치열한 전투가 시작되었다. 하지만 제국주의자 군대는 더 이상 버틸 수 없어 국왕은 항복을 선언했다. 그러나 요새 안 끼지는 전파가 미치지 못해 전투는 계속되었고 희생자는 늘어났다. 그러자 소련군은 연변 지역에서 포로로 잡힌 일본군 제3군 참모장 고노사다오를 데리고 와 투항을 권고하고 나서야 비로소 끝났다. 8

월 30일에 끝난 이 전투에서 소련군 1,500여 명을 포함하여 8,219명이 숨지고 2만여 명이 부상하는 등 엄청난 피해를 냈다.

동녕 요새 야외 전시장

김일성의 자취가 남아 있는
동녕 요새군 유적 박물관

요새 박물관 내에는 500여 건의 일본 침략군의 죄증이 전시되었는데 그 중에는 일본군이 사용했던 각종 무기와 탄약, 생활용품, 인부들의 노동 도구, 소련 홍군이 사용했던 무기와 장비도 있었다. 이외에도 북한 김일성 주석의 왕청 항일유격대, 동북인민혁명군, 동북항일연군 시절의 사진도 있었고 1945년 8월 조선 인민군을 이끌고 소련 홍군과 함께 원동 전역에 참가한 사실 등도 기록도 있어 눈길을 끌었다.

동녕 요새 박물관(박물관에는 김일성의 치적을 알리는 전시물이 전시됨)

동녕 요새 건너편에 보이는 산은 러시아령

14

하얼빈 원옥선

내 골해를 송화강에 뿌려라

토요일 주말 오후 하얼빈 중앙대가 옆을 흐르는 송화강 가는 인파로 넘쳐 났다. 입추의 여지없이 관광객들을 가득 태운 유람선은 물보라를 날리며 건너편에 있는 태양도로 향한다.

필자는 조선족인 원옥선 할머니와 벌써 2시간을 걷고 있다.

"할머니, 이제 좀 쉬었다 가지요."

송화강 유람선

"어, 벌써 두 시간이나 걸어왔구나. 이 나이에 두 시간을 걸었으니 피곤할 만도 하지."

"그래도 할머니는 연세에 비해서 너무 정정하십니다. 지난 12월 말에 뵀을 때도 영하 30℃ 추위에서도 밖에서 일하는 모습을 보고 놀랐는데 오늘도 두 시간을 쉬지 않고 걸어도 별로 피곤해하지 않으시니……."

원옥선 할머니는 금년에 88세이지만 머리가 하얗게 센 것을 제외하면 60代 중반 정도로 젊어 보인다.

"주 교수, 오늘 내가 당신을 만나자고 한 것은 30년 전에 돌아가신 나의 어머니에 대한 생각 때문이야. 주 교수의 고향은 경상도라고 했지? 나의 부모님 고향도 같은 경상도야. 경상북도 울진군 기성면, 기성면이 나의 고향이야. 내가 초등학교 3학년 때 고국을 떠나온 이후 이국땅에 살아오면서 경상도 말씨는 거의 듣지 못했는데 전번에 지아루프에서 당신과 친구를 만나게 되어서 얼마나 반가웠던지."

"아, 그러세요?"

할머니는 한동안 별 말없이 송화강 건너편에 있는 태양도를 유심히 바라본 후 나지막하게 말했다.

"저 건너 태양도 앞 2시 방향을 봐. 고수부지에 삼각형처럼 불쑥 튀어 나온 부분이 있지? 거기서 30년 전 오늘 이맘 때 어머니 유골을 뿌려 보냈어. 그때 비가 억수같이 쏟아져 빗물과 눈물 때문에 앞을 볼 수 없었지."

"조선족들은 돌아가면 화장을 합니까?"

"강 가까이 사는 우리 민족은 대개 화장을 했어. 우리 부모 세대나 내 세대에선 중국을 한시라도 조국이라고 생각지 않아. 언젠가는 돌아갈 것이라는 희망 속에서 살아왔지. 나의 어머니도 병상에 계실 때도 고국으로 돌아가기를 간절하게 원했어. 그러나 너무나 높은 장벽이 가로막고 있으니 그게 어디 당신의 뜻대로 될 수가 있겠어? 어머니는 눈을 감기 전 우리 형제를 다 불러 '내가 죽거든 유골을 화장해 송화 강에 뿌려라. 그리운 나의 부모 형제와 만날 수 있도록 강 가운데 물살이 제일 센 곳에 뿌려라. 언젠가는 내 골해가 동해의 푸른 물결이 넘실거리는 울진군 기성면에 도달할 것이다.'라는 유언을 남기고 편히 잠들었어."

"원 선생님의 어머니께서는 왜 그토록 고국을 그리며 망향의 꿈을 버리지 못했을까요?"

"나의 부모님뿐만 아니라 전 조선족 어른들은 다 그러했어. 나라를 빼앗기자 일본 놈들이 쳐들어와 각종 명목으로 수탈을 해 가니 먹을 것이 없어 식솔을 먹여 살리기 위해서 이 차가운 동토의 땅으로 왔지만 언젠가는 돌아갈 것이라고 생각하면서 떠나왔어."

"1945년도 8월 15일에 해방이 되었으니 돌아갈 수 있었잖아요?"

"그렇긴 했지. 많은 사람들은 그때 귀국을 했어. 우리 집만 해도 돌아가려고 재산을 다 처분하고 귀국 준비를 했지만 교통편이 안 되었어. 귀국을 위해 우리가 살았던 오상시 안가역에 여러 번 나갔는데 기차마다 지붕까지 사람들로 꽉 차서 탈 엄두를 못 내었어. 어느 날과 마찬가지로 안가역으로 가 기차를 기다리고 있는 중에 기차 지붕 위에 타고 있던 사람이 전깃줄에 부딪혀 떨어져 죽는 모습을 보고는 귀국을 포기했어. 가려고 해도 돌아갈 방도가 없었으니 여기서 눌러앉았지."

"원 선생님 지금 울고 계시는군요."

"울기는 뭐 울어? 부모님이 살았던 시절의 힘든 삶을 생각하니, 눈물은 무슨 눈물."

"부모님이 어떤 삶을 살아왔기에 그렇게 비통해하세요?"

원옥선 선생이 들려주는 이야기에서 그녀가 왜 슬퍼하는지 그 이유를 알 수 있었다.

계모는 싫어요

1913년 늦가을 경북 울진의 해안가 마을에서 갓난애의 울음소리가 울려 퍼졌다. 원 선생의 고모가 이 세상에 태어났음을 알리는 신호였다. 얼마 후 동네 아낙네들이 산모 댁으로 향했다.

"큰일 났네. 이 일을 어떻게 해야지. 빨리 원도 애비 불러. 아이구 어떻게 이런 일이."

얼마 후 34살의 아낙네는 마지막 숨을 몰아쉬면서 새 생명체를 앉은 채 숨을 거두었다. 어린 새끼를 보면서 눈을 감지 못하는 그녀를 남편이 손으로 쓸어내리자 비로소 눈을 감았다. 원옥선 할머니는 막내 고모를 낳다가 심한 출혈 때문에 세상을 떠났다.

졸지에 들이닥친 산모의 죽음은 가족을 생이별시켰다. 원옥선의 할아버지는 부인이 떠나간 한 달 후쯤 아들 둘을 방으로 부른 후 말했다.

"필도야, 한들에 사는 임기식 아저씨 알지? 그 아저씨가 너가 너무 귀엽고 예쁘다면서 키우고 싶다고 했어. 그리고 매일 맛있는 사탕도 사 주고 학교도 보내 준다고 해."

"하지만 나는 아버지하고 살고 싶어요. 임 씨 아저씨는 남이잖아요. 배가 고파도 괜찮아요."

그러나 그녀의 할아버지는 열네 살 큰아들은 자식이 없던 임 씨에게 양자로 보내고 열 살인 둘째는 이웃 마을 김 씨 집에 머슴으로 보냈다. 막 태어난 막내딸은 외가에 맡긴 후 살던 집은 불사르고 산속으로 들어갔다.

가족이 뿔뿔이 헤어진 지 5년이 지났을 무렵 옥선의 아버지를 양자로 받아들였던 임 씨가 원인 모를 병으로 사망했다. 당시 35세에 불과했던 임 씨의 부인은 석두재 너머 새골에 사는 남 씨라는 남자와 재혼했다.

떠돌이 생활을 하던 그녀의 할아버지는 임 씨가 병사하자 큰아들이 오갈 데 없는 고아가 되었다는 소문을 듣고 세 자식을 데리고 와 다시 가정을 꾸렸다. 30代 후반의 할아버지는 혼자서 어린 세 자식을 키우는 것이 힘에 부쳐 인근 마을에 혼자 살고 있던 밀양 박 씨와 재혼을 했다.

어린 나이에 어머니를 여의고 오랫동안 고생을 했지만 새 할머니가 들어와 헌신적으로 돌봐 준 덕분에 가족은 순탄한 생활을 할 수 있었다.

옥선의 아버지가 19살 되던 해, 할아버지는 기성 장날 훗날 그녀의 외할아버지가 되는 조석수 옹을 만나 "이 보게 석수야 자네 딸을 내게 주게. 내 아들 필도가 벌써 19살이 되었네. 이제 장가를 보내야 되는데 평소에 자네 딸을 관심 있게 보았는데 내 아들과 잘 맞을 것 같애. 웬만하면 내게 주게나. 며느리로 삼고 싶네."라며 그의 뜻을 전했다. 외할아버지로부터 혼담을 듣게 된 옥선의 어머니는 절대로 그 집에는 시집을 가지 않겠다고 울며불며 난리를 치자 외할머니는 어머니를 방으로 불러 말했다.

"금선아. 기성면 일대에서는 외모로 보나 그 집 부모로 보나 원 씨 총각 만 한 인물이 없다."

"그래도 난 절대로 안 가요. 계모 밑에서 어떻게 시집살이를 한단 말이에요. 안 가요. 안 가. 제발 앞으로 그 집 소리는 입 밖에도 내지 말아요. 제 좀 살려 주세요. 어머니!"

* * * * *

"왜 어머니가 그토록 완강하게 거부했을까요?"

"당시 16세였던 어린 처녀로서는 충분히 그럴 수 있었어. 계모 하면 전처의 자식들을 못살게 구는 악인이라는 생각이 만연할 시절이었으니 그럴 만도 했지."

예단이 왔을 때도 그녀의 어머니는 가위로 양단 천을 갈기갈기 자르는 등 완강히 거부했지만 외조부모는 딸을 원씨 가문으로 출가를 시켰다.

"새 할머니와 어머니의 관계는 어땠어요?"

"새 할머니는 이 세상에서 둘째가라면 서러워할 정도로 품성이 어질고 착하신 분이라 고부 관계가 괜찮았어."

"그럼 뭐 때문에 그런 난리를?"

"계모 하면 심술궂을 것이라는 어머니의 편견이 문제였어. 모든 게 사람 나름인데, 어머니가 너무 어려서 그런 것을 판단할 수 없었지."

독립 만세를 부르다 희생된 할아버지

조용하고 한적한 기성면 시골 마을이 술렁이기 시작했다. 마을 청년 몇 명이 이 집 저 집으로 뛰어다녔다. 본동마을과 약간 떨어진 산비탈 외진 곳에 살았던 옥선의 할아버지는 무엇가가 심상치 않다는 생각을 하면서 본동마을로 내려갔을 때 믿을 수 없는 관경을 본다.

경성 탑골공원에서 시작된 3.1 운동은 시골 오지인 기성면에도 영향을 끼쳐 동네 사람들은 누구나 할 것 없이 기성 장터로 달려갔다. 그때 대열 앞에서 좀 특이한 행동을 하는 사람이 있었다. 바로 옥선의 할아버지였다. 선천적으로 흥을 즐겼던 그의 할아버지는 선두에 서서 꽹과리를 치면서 사람들의 흥을 고조시켰다.

할아버지의 꽹과리 소리에 맞추어 동네 사람들은 20리나 되는 먼 길을 단숨에 달려가 시장터에 벌어지는 만세 운동에 참가해 "대한 독립 만세! 대한 독립 만세!"를 외쳤다.

경찰은 총칼을 휘두르며 시위대를 진압했고 이때 20여 명의 사람들이 체포되어 주재소로 끌려갔다.

경찰은 주동자를 찾아내기 위해 한 사람 한 사람씩 취조했지만 모두 다 자기는 단순 가담자이지 주모자가 아니라고 부인했다. 옥선의 할아버지도 자신의 차례가 되었을 때 마찬가지로 부인 했다. 담당 순사는 옥선의 할아버지가 몇 해 전에 집을 불태우고 산속으로 들어간 점과 기성 장터로 올 때 꽹과리를 치면서 시위대의 홍을 고조시켰다는 죄목으로 심하게 구타를 당했다.

그녀의 할아버지는 주재소에서 풀려나 집으로 돌아왔지만, 고문의 후유증 때문에 통증이 심해 잠을 잘 수 없었고, 음식도 넘기지 못했다. 며칠 후부터는 복막염으로 복수에 물이 차기 시작했다.

주재소에서 풀려나 병저 누운 지 20여 일 만에 병세가 위독해지자 큰아들을 불러 말한다.

"필도야, 너는 임필도가 아니라 원필도다. 면사무소에 가서 성을 다시 고쳐라."

이 길만이 필도를 살릴 수 있다

1942년 늦가을, 옥선의 아버지 원필도는 은종골에서 더덕을 파는 데 여념이 없었다. 은종골은 산세가 깊고 낮에도 호랑이가 자주 출몰해 사람들이 좀처럼 가지 않은 골짜기이지만 그가 이 위험한 곳에서 힘들게 더덕을 파는 까닭은 막내 여동생 때문이었다.

옥선의 부친은 막내 여동생이 16살이 되도록 제대로 된 옷 하나 사 입히지 못한 것이 마음에 걸려 돌아오는 설에는 어떻게든 새 옷을 사 주고자 했다. 발길 내딛는 곳마다 수십 년 넘은 더덕들이 줄줄이 있어 한나절이 되기도 전에 망태가 터질 정도로 많은 더덕을 판 후 이튿날 새벽에 영덕 시장에 가서 팔고는 옷 가게로 가 화사한 분홍색 치마저고리 한 벌을 샀다.

4월 초순경 동생 경숙은 오빠가 사 준 옷을 꺼내 입고서 외출 했다.

옥선의 고모가 향한 곳은 그녀의 당숙이 살고 있는 궁항마을이었다. 당숙 댁에서 볼일을 마치고 집으로 갈 때, 마을 어귀에서 초로의 노인과 마주쳤다.

"이봐, 아가씨. 보아하니 우리 마을 사람은 아닌 것 같고 어디서 왔지?"
"기성면 서생리에서 왔습니다."

"이 마을에는 어떻게 왔지?"

"저 뒤쪽 집이 저의 5촌 당숙 어르신네 댁인데 오늘 인사차 들렀습니다."

"어, 그러면 원 영감 댁이군.

"그렇습니다. 원 자, 일 자, 수 자 어른 맞습니다."

"그렇구나. 그래 지금 집으로 가는 중이냐?"

"예."

경숙은 이 어른이 훗날 시아버지가 되리라고는 전혀 생각지 못했다. 그녀와 마주친 김경수 어른은 인품이 출중해 30리나 떨어진 기성면에서도 잘 알려진 사람이었다. 그 어른이 옥선의 고모에게 관심을 보인 것은 막냇동생 때문이었다.

1906년 일제는 한반도를 침탈하고, 그것도 부족해 1941년 12월 8일 하와이 진주만을 기습 공격하면서 태평양 전쟁을 일으켰다. 싱가포르를 비롯한 동남아 국가들이 차례로 일본의 손아귀에 들어갔다.

경성과는 한참 떨어진 동해안의 오지 마을에 살지만 먹물깨나 먹은 김옹은 세상 돌아가는 모습을 보면서 동생 걱정에 밤잠을 설치기 일쑤였다. 이 전쟁에 대비해 머잖아 젊은 청년들이 동원될 것이 자명하다고 판단되자 옹의 마음이 조급해졌다.

동생을 살리기 위해서는 빨리 혼인을 시켜 만주로 보내야 한다고 생각했다. 그런 생각을 갖고 있을 때 우연히 마주친 규수가 옥선의 고모 원경숙이었다.

김경수 옹이 옥선의 고모를 조우한 지 5일 후에 고모는 김원일 청년과 백년가약을 맺고 신혼의 단꿈도 맛보지 못한 채 결혼식 다음 날 솥단지와 이불 한 채만 가지고 만주행 열차에 올랐다.

옥선의 아버지는 집배원이 건네준 편지를 받고서 혼잣말로 중얼거렸다.

'돈도 별로 없을 텐데 뭐 하려고 이토록 자주 편지를 보내지.'

사실 옥선의 고모는 만주에 도착한 후 거의 1주일에 한 번 꼴로 편지를 보냈다고 한다. 세상 밖으로 나오는 순간부터 어머니를 여의었고 아버지마저 일찍 돌아가 부모의 사랑을 받아 본 적이 없는 동생은 큰오빠를 아버지처럼 여기며 살아왔는데 그 오빠마저 두고 이국땅으로 떠나야 했던 소녀 새댁은 혈육에 대한 그리움을 편지로 달랬던 것이었다.

1945년 2월 18일 설날의 흥겨운 기분이 채 가시기도 전에 옥선의 가족에게 청천벽력 같은 일이 닥쳤다. 세 살배기 딸과 젖먹이 아들이 있는 옥선의 삼촌 길도가 징용 대상자가 되었다. 징집될 경우 살아 돌아올 가능성은 거의 없는 것이 당시의 현실이었다. 부모 없이 살아온 이들 형제는 그들 대에서 슬픔이 멈추기를 기대했는데 운명은 기대와는 다른 방향으로 가고 있었다.

동생의 징집 사실을 알게 된 형 필도는 다음 날 아침 울진 군청으로 찾아가 군서기를 만나 항의했다.

"제 동생 길도가 징집 대상자가 되었는데 이게 어찌 된 일입니꺼? 두 어린애들은 어쩌란 말입니꺼? 아무리 그래도 어린 자식을 둔 기혼자까지 동원하다니….”

　그의 항의를 받은 군서기도 뾰쪽한 수가 없어 그저 “미안합니다. 공문대로 생년월일에 따라 분류한 결과 이렇게 되었으니 양해 바랍니다.”라는 말만 하였다. 같은 민족으로서 안타깝지만 면서기도 도와줄 수 있는 방안이 없다는 사실을 필도도 알고 있었다.

　“우리 울진에서는 이번에 몇 명이 징집되었습니꺼?”

　서기는 주변을 살펴본 후 일본인 상관이 없는 것을 확인하고는 말했다.

　“울진읍, 북면, 서면, 근남면, 죽변면 등 북부 지역에서 6명 온정면, 기성면, 평해면 등 남부 지역에서 5명이 차출되었습니다.”
　“목적지는 어디며 출발 일시와 장소는 어디지요?”

　그는 군서기로부터 목적지와 출발 시간, 장소를 알게 되자, 표정이 밝아졌고 쾌재를 불렀다.
　필도는 군서기를 만난 지 나흘이 지난 후 새벽에 홍해장에서 산 오징어한 축을 메고서 집을 떠났다. 그가 찾아간 곳은 경주 가까이에 있는 건천이었다. 그가 이백 리나 떨어진 건천까지 가게 된 것은 동생의 처가가 거기에 있기 때문이었다. 기성을 떠난 후 하루 하고도 반나절이 지나서야 건천에 있는 동생의 처가에 도착했다.

"사돈어른 큰일났습니더. 길도가 이번에 징집되었습니더."

"아니, 원 서방이 징집이 되었다고? 언젠데예?"

"음력 2월 초닷새 날입니다."

"큰일 났구나. 우리 건천에도 청년들이 벌써 여러 명이 징집되더니만, 아직 징집이 안 된 집안도 젊은 청년이 있는 집안은 좌불안석인데, 아이구 큰일 났구나. 내 사위까지도 이렇게 되다니. 그래도 일본 놈들이 일말의 양심이라도 있으면 기혼자는 제외시켜야 하는데 몹쓸 놈들."

그때 필도는 밖으로 나가 사돈댁 식구들이 다른 방 안에 있는 것을 확인하고 말했다.

"사돈어른 사위를 살립시더. 이대로 두면 결과는 뻔하지 않습니꺼? 사돈어른께서 좀 도와주이소."

길도의 장인 이정오 옹은 어리벙벙한 상태라 한동안 말이 없었다.

"사위를 살리기 위한 길이라면 무슨 짓을 못하겠소. 어떻게 하면 되겠소?"

"사돈어른께서는 길도를 한 달포 정도 숨겨 두면 됩니더."

"그렇게 해서 사위의 목숨을 구할 수만 있다면 얼마나 좋겠소. 그런데 그리한다고 목숨을 과연 구할 수 있을까예?"

필도는 그가 생각하고 있는 계획을 길도의 장인에게 말했다.

필도가 떠나간 후 길도의 장인 이정오 옹은 그의 집 옆 논에 세워 두었던 여섯 동의 집동 중 다섯 동을 소 마구간 뒤로 옮겼다. 세 번째 집동에서 집단을 반 정도 빼낸 후 바닥에 깔았다.

집으로 돌아온 형 필도는 음력 2월초 사흗날 야밤에 동생을 자기 집 방으로 부른 후 말했다.

"길도야, 너 문제 때문에 자다가도 몇 번씩 깨어나 어떻게 해야 할지 계속 고민을 했다. 형인 내가 이러하니 당사자인 너는 오죽하겠느냐?"

"형님, 걱정 마이소. 걱정한다고 될 일도 아니고 기왕에 이리된 거 어찌겠습니꺼? 그것도 다 내 운명인데…. 피할 수 없는 일 나부대본들 무슨 소용이 있겠습니꺼? 무슨 수를 써서라도 살아올게예."

"그래, 너가 그렇게 생각하니 마음이 놓이네."

형 필도는 혹시 누가 엿들을까 봐 다시 한번 바깥을 살핀 후 말했다.

"길도야, 우리는 만주로 간다. 동생 경숙이 살고 있는 만주로 가자. 이것이 너가 살 수 있는 유일한 길이야."

"아니, 형님 뭐라고요?"

"만주로 간다. 너를 살리기 위해 모든 것을 이 형이 다 준비했다. 너는 내 시키는 대로만 해."

"아니 모레가 출정일인데 어떻게요?"

형 필도는 그간 자신이 짜 놓은 계획과 실행 방법에 관해서 구체적으로 전했다.

나는 몇 해 전 옥선의 삼촌처럼 끌려간 사람들의 실상이 얼마나 비참했는가를 폭로한 이상업 옹의 《사지를 넘어 귀향까지》라는 수기의 한 구절에서 그 시대 사람들이 강제 징용에 대해 치를 뜬 이유를 알 수 있었다.

> "소리 내어 우는 사람은 아무도 없었다. 아니 속으로 차라리 그 소년의 죽음에 모두 소리 없는 축복(?)을 보내고 있었다. 지옥 같은 노동과 굶주림과 구타에서 일찍 해방된(?) 그 소년의 죽음을 차라리 부러워하고 있었다. 지옥 같은 그 막장에서 벗어날 수만 있다면 우리도 스스로 목숨을 끊고 싶은 때가 한두 번이 아니었기 때문이다."

출처: 이상업 저(소명출판사)

이렇듯 수많은 사람들이 강제 징용당해 일본은 물론이고 남, 서 태평양 군도의 구석까지 끌려가 죽음을 당해야 했고 살아 있더라도 차라리 죽음을 축복으로 생각했을 정도이다.

2월 초 닷새 날 오후 3시경 10여 명의 장정을 실은 GMC 군용 트럭이 기성면 사무소 앞에 도착했다. 면사무소 앞에는 출정을 앞둔 장정들의 가족과 친지 마을 사람들이 이들을 눈물로서 배웅했다. 이런 와중에도 필도와 길도 형제는 서로 간에 눈빛을 주고받으며 때로는 주먹을 불끈 쥐기도 했다.

저녁노을이 낄 무렵이 되자 GMC 군용 트럭은 가족과 친지들의 울부짖는 소리를 뒤로한 채 흥해 방면으로 향했다. 장정들은 모두가 기가 죽었고 말이 없었지만 이들 중에 유독 서로 간에 시선을 주고받는 장정이 있었다. 기성면 출신 길도와 이웃 마을 봉산리 출신의 강경모였다. 경모는 동짓달에 결혼해 신혼의 단꿈에 젖어 있었을 때지만 사지로 끌려가는 신세가 되었다. 누구보다도 살아남아야 한다는 절박한 심정을 가졌을 것이라고 생각한 형 필도는 경모의 그런 마음을 헤아려 동생 길도에게 떠나기 전날 밤 그의 뜻을 전했다. 형 필도가 경모를 끌어들인 것은 동생의 안전을 도모하기 위함이었다. 길도는 형이 시킨 대로 경모를 찾아가 자신의 탈출 계획을 말한 후 같이 행동하자고 제의했다. 그는 쾌히 승낙했고 꼭 그렇게 하자고 다짐했다.

후포와 영덕을 지나자 어둠이 깃들었다. 차는 계속해 부산을 향해 달렸다. 그믐이 지난 지 닷새밖에 되지 않아 칠흑같이 어두웠다. 늦은 밤이 되자 호송관은 상당이 피곤에 지쳐 감시가 소홀했고 이따금씩 눈을 감기도 했다. 두 청년은 계속해서 눈길을 주고받았다. 어제 저녁에 약속한 대로 길도의 오른손이 귀에 닿는 순간 길도는 오른쪽으로 경모는 왼쪽으로 쏜살같이 뛰어내린 후 차가 달리는 반대 방향으로 죽을힘을 다해 달렸다.

"저 놈들 잡아라!"라는 고함 소리와 총소리를 뒤로한 채 산을 넘으면서 계속 뛰었다. 위험을 벗어났다고 느꼈을 때 그는 숨을 죽이고 자리에 앉았지만, 뛰어내릴 때 얼굴이 돌에 부딪쳐 심한 출혈로 의식을 잃고 쓰러졌다. 한기를 느끼면서 눈을 뜨니 해가 중천에 떠있었다. 심한 갈증과 허기를 느꼈지만 2월 초순이라 산에는 먹을 것이 아무것도 없었다. 인가로 내려가 동냥을 해서 배를 채울까를 생각해 봤지만 들킬까 봐 감히 내려갈 엄두를 내지 못했다. 이틀 동안 물만 마시면서 처가가 있는 건천을 향해 걸었다.

탈출한 지 사흘이 지난 저녁 무렵 처가가 내려다보이는 마을 뒷산에 도착해 밤이 되기를 기다린 후 약속한 시간에 맞춰 처가에 들어가자 장인이 그를 맞이했다. 길도는 곧바로 집동 안으로 들어가 기약 없는 시간을 보냈다.

한편 형 필도는 동생이 떠난 후 열하루 후에 한들(지명)에 있는 논과 뒷산 중턱에 있는 밭을 팔았다. 그리고 면사무소와 주재소로 찾아가 만주로 가기 위한 절차를 밟은 후 이주증을 받았다.

"원필도 아래에 공란을 조금 두고 다음 이름을 써 주이소."

그가 면서기에게 공란을 두라고 부탁한 까닭은 동생 길도를 위해서였다. 당시에 이주증을 받지 않고 가다가 발각될 경우 차창 밖으로 내 팽개쳐 불이의 객이 된 사람들의 이야기를 들은 바 있기 때문이다. 면서기는 별 의심 없이 원필도 밑에다 약간의 란을 두고 나머지 가족의 이름을 적었다.

옥선의 삼촌이 강제 징용된 후 한 달이 지난 1945년 4월 13일 삼촌을 제외한 아홉 식구는 동네 사람들의 환송을 받으며 울진 기성면을 뒤로하고 머나먼 여정을 시작했다.

스리쿼터를 탄 지 3시간 만에 경주역에 도착하자 새 할머니네 조카들이 이미 와 기다리고 있었다.

그들은 할머니에게 말했다.

"고모가 낳은 피붙이도 아니고 고모부도 이미 돌아가셨는데 왜 그들을 따라갑니꺼? 우리가 편히 잘 모실 테니 가지 마이소."

"괜찮다. 내 걱정은 마라. 저 애들을 내가 다 키웠는데 어떻게 애들만 먼 이국땅으로 보낼 수 있겠노. 걱정하지 마. 내 생전에 오빠와 동생을 다시 만날 수 있을지? 너희들은 부모님 잘 모셔야 한다."

그들은 눈물로 작별을 했다.

경주역에 도착한 후 옥선의 아버지는 면서기와 같은 필적을 가진 사람을 찾아 면사무소에서 발급 받은 이주증 공란에 삼촌의 이름을 적었다. 그 일이 끝나자 아버지는 계속 북쪽을 보면서 누군가를 기다리고 있었다. 그때 멀리서 한 남자가 나타났다. 가까이 다가온 남자는 바로 그의 삼촌이었다.

옥선의 가족이 탄 기차는 거친 숨을 내뿜으며 신의주를 향해서 달리기 시작했다.

"내가 그때 초등학교 3학년이었지만, 친구들과 헤어져 먼 이국땅으로 가려니 슬퍼서 펑펑 울었어."

기차가 경성역을 지나 한 시간 30여 분 지날 무렵 객차 앞좌석부터 검열이 시작되었다. 그녀의 앞 칸에 있었던 중년의 남자가 무슨 문제가 있었는지 순사는 객차 출입문 쪽으로 끌고 가 구둣발로 차창 밖으로 내찼다. 그는 땅바닥에 부딪혀 피가 이마에서 쏟아졌다. 그러나 그 가족 중에 누구도 이의도 제기하지 못했다.

그런 다음 그 순사는 눈을 부라리며 우리 가족석으로 왔다. 그때 아버지와 삼촌 등 어른들도 공포에 떨었을 것이다. 그래도 아버지는 침착하게 명단을 보여 주었고 순사는 아래위로 훑어보고는 지나갔다.

압록강 다리

기차가 국경 도시인 신의주에 도착한 후 간단한 수속을 끝내고, 압록강 철교에 접어들면서 기적을 울리자 그 소리는 압록강 바닥까지 파동이 미치는 듯했고 덜커덩거리는 소리는 공명이 되어 마치 70만 관동군의 군화 발소리처럼 크게 들렸다. 공포심, 전율, 초조감이 가슴을 옥죄었으나 그 다리를 벗어나자 가족은 이 모든 것을 잊게 됐다.

다리를 건너 단동역에 이르렀을 때 딴 세상이었다. 승객들이 왁자지껄하게 떠들어 댔지만 한마디도 알아들을 수 없었다. 여태까지 20여 시간을 오면서 한마디 말씀도 없던 아버지가 드디어 입을 열었다.

"길도야, 걱정 많이 했제? 이제 모든 것이 끝났다."

"형님, 형님."

삼촌의 눈엔 설음의 눈물이 한없이 흘러내렸다. 옆에 앉아 있던 숙모도 마찬가지였다.

"제수씨, 걱정할 것 없습니더. 다른 가족은 몰라도 우리 가족은 걱정할 것 없어예. 시누가 터를 잡고 있는데 무슨 걱정이 있습니꺼? 이젠 우리 세상 아닙니꺼."
"네, 아무렴 그렇지예. 시숙님!"

단동을 지나 봉천 시가지로 진입하자, 듣지도 보지도 못했던 구조물을 보고 놀랐다.

"아버지, 저 하늘에 있는 다리가 뭐지예?"
"아버지도 처음 보는 것이라 모르겠는데 하늘다리가 아닐까?"

그들이 본 것은 육교였다 기차는 계속 북으로 달렸다. 이틀 밤낮을 달려와도 지친 기색이 없자 옥선은 기차가 힘이 셀 뿐 아니라 지구력도 대단하다고 느꼈다.
단동을 지나 심양, 철령, 사평, 장춘, 하얼빈까지 하루가 넘도록 달려왔는데도 산하나 보이지 않은 들판이었다. 옥선의 할머니는 산이 하나도 보이지 않자 걱정이 되는 듯 말했다

"애야, 산이 없는데 나무는 어디서 하겠노? 나무가 있어야 집도 짓고 땔감도 할 텐데, 여기 사람들은 뭐로 집을 짓고 밥을 할까?"

"그렇지예. 그래도 다른 무슨 방도가 있기에 살지 않겠습니꺼?"

그들 가족은 3박 4일간의 긴 여정 끝에 하얼빈에 도착했다. 최종 목적지인 청산포로 가려면 오상으로 가는 기차로 바꿔 타고 2시간을 더 가서 걸어야만 했다.

오상에서 하차한 후 지친 발걸음을 이끌고 밤새도록 걸어가자 어디선가 조선말 소리가 들렸으며 멀리서 젊은 부부가 그들을 향해 달려왔다. 바로 그녀의 고모와 고모부였다. 고모는 아버지를 와락 껴안으며 말없이 눈물만 흘렸다. 옆에 있던 삼촌을 보고는 "오빠, 이게 꿈인가 생시인가. 이게 꿈이라면 제발 깨지 않았으면 좋겠다. 오빠, 이제 살았어."라고 말했다.

삼촌도 고모를 바라보며 한없이 눈물만 흘렸다. 옥선 일가는 고모 내외분과 먼저 와서 살고 있던 동포들의 환대를 받으며 북간도에서 새로운 삶을 시작했다.

여우를 피하려다 호랑이를 만나다

옥선의 가족이 청산포에 이주한 지 며칠이 지난 일몰 무렵 수십 명의 남자들이 일곱 대의 마차를 끌고 마을 앞에 나타났다. 몇몇 사람은 총을 갖고 있었고 그중 두 사람은 총을 쏘아 댔다. 옥선은 며칠 전 고모부가 말했던 비적 떼란 것을 직감적으로 느낀다. 그들은 집집마다 다니면서 먹을 수 있는 것은 닥치는 대로 다 빼앗아 갔다.

비적의 습격을 받은 그녀의 가족은 충격에 빠진다. 어머니는 "난리를 피해 왔는데 여기서는 더 큰 난리를 만났다."며 걱정으로 잠도 제대로 자지를 못했다. 그 이후에도 비적 떼가 이틀이 멀다 하고 찾아오자 식량은 모두다 집에서 멀리 떨어진 황무지 쑥대밭 속에다 숨겼다.

그러나 비적 떼는 곡식을 어디에다 숨기는지 훤히 알고 있었다. 약탈해 가는 것은 곡식만이 아니었다. 소, 닭, 돼지, 양 등 닥치는 대로 빼앗아 갔다.

비적 떼에 속수무책으로 당하다가는 살아남기가 힘들다고 생각한 동네 사람들은 청산포에서 멀리 떨어진 주가로 거주지를 옮겼다. 주가로 옮긴 후로는 한 동안 약탈이 없어 마음이 놓였다. 그러나 그것도 잠시 비적 떼는 이곳에서도 계속 출몰해 약탈을 거듭했다. 주가에서도 더 이상 살 수 없게 되자 동네 사람들은 팔로군의 본거지가 있는 류수현으로 다시 이사를 했다.

유수는 역시 소문대로 안전했고 비적들의 약탈이 없어서 중국에 온 이후 비로소 처음으로 안정된 생활을 했다. 하지만 류수현도 지역에 따라 차이가 있다. 옥선의 가족이 살았던 마을에서 80리 정도 떨어진 다른 마을에서 살았던 조선족들은 수난을 당하기 일쑤였다.

아래 글은 유수현의 《조선 민족 100년사》에서 따온 글이다.

"1945년 8월 일제가 물러간 후 각지에서 토비가 창궐했다. 그 속에서도 더욱 위협을 받는 것은 조선 민족이었다. 원래부터 조선족을 눈에든 가시처럼 여기던 토비들은 국민당 반동파와 결탁해서 조선 이주민들을 그들의 노략질의 대상으로 삼고 더더욱 못살게 굴었다. 하여 토비들의 등쌀에 견디다 못해 지어 놓은 논판에 누렇게 익은 벼마저 모두 버리고 살길을 찾아 떠났는데 석가툰 같은 곳에서는 100여 세대 중 근근이 6세대밖에 남지 않았다. 방정현에서 연수로 통하는 토목 다리 위에는 피난민의 행렬이 줄지었는데 중도에서 토비들의 습격을 받기도 했다. 그리하여 고향을 찾아가는 도중에 재물을 빼앗기고 목숨마저 잃은 사람이 얼마인지 모른다. 고향으로 가는 길도 쉽지 않았다. 그렇다고 피해 다닐 수도 없다. 생각다 못해 조선 이주민들은 손에 무기를 들기로 했다. 자위를 해야 살 수 있었기 때문이다. 하여 모두들 무기를 갖추었고 마을에서는 청장년을 조직하여 밤낮 없이 보초를 서게 하였다."

출처: 유수현, 《조선 민족 100년사》, 민족출판사, 2005

중국에 온 이후 옥선의 가족은 류수현에서 비교적 평온하게 지냈다. 토비의 습격에서 벗어날 수 있어 마음이 한결 편했다. 그러나 문제는 식량이었다. 옥선이 살던 유수는 유수 강물이 주변의 땅보다도 더 낮게 흘러 논농사에 필요한 물을 제대로 댈 수 없어 강물을 논으로 끌어올려야만 했다. 당시에 물을 끌어올릴 수 있는 방법은 두레박으로 물을 퍼 올리는 것이었다. 옥선의 아버지와 삼촌은 밤낮을 가리지 않고 두레박으로 논에다 물을 퍼 올렸다. 망망한 대해와 같은 넓은 벌판에 두 사람이 퍼 올리는 물의 양은 코끼리에게 비스킷 하나도 안 될 정도라 물 부족으로 가을이 되어도 벼가 익지를 않아 그 해는 한 톨의 쌀도 구경을 못 했다. 10명의 식구가 겨울나기를 해야 하는데 먹을 양식이 없어 살아갈 길이 꿈만 같았다.

낮게 흐르는 유수강 때문에 논농사는 실패로 끝났지만 강물은 이들 가족에게 다른 것으로 생명의 끈을 이어 주었다. 유수 강에는 수많은 민물 조개가 있었다. 신발을 벗고 강에 들어서면 조개에 밟혀 미끄러져 넘어지기 일쑤일 정도로 조개가 지천에 깔렸었다. 그의 가족은 유수강으로 가 매일 조개를 잡아 끓인 다음 말려서 시장에 내다 팔았다.

말린 작은 덩어리가 조개인지를 모르던 한족들이 조개를 사 먹기 시작했다. 거래는 대부분의 경우 한족들이 당시 주식으로 하던 좁쌀과 맞바꾸는 물물교환이었다. 굶주림의 위기에서 벗어났지만 조개잡이만으로는 열 식구가 먹고살아가기에는 충분치 못했다.

울진 출신의 농부가 공산 당원이 되다

유수로 이사한 지 두 달쯤 지나자 팔로군이 자주 눈에 띄었다. 소문대로 그들은 논에 물을 퍼 올려 주기도 하고 마당을 쓸어 주는 등 여러 가지 잡일을 자기 집안일처럼 정성껏 도와주었다. 팔로군의 대민 봉사 활동을 본 장개석 군도 청소를 해 주거나 잡일을 도왔지만 건성으로 했다. 그들은 낮에 청소와 집안일을 도우는 척하면서 쓸 만한 물건을 보아 두었다가 밤에 와서 훔쳐 가기 일쑤였다.

팔로군 군대와 장개석 군대를 겪어 본 조선 이주민들은 팔로군에 호감을 갖게 되었고 장개석 군대엔 적대감을 갖게 되었다. 이후에도 팔로군은 계속해 토비를 소탕하고 대민 봉사를 하는 한편 밤에는 젊은 청년이 있는 집을 찾아다니며 팔로군 입대를 권하곤 했다. 조선 이주민은 그들의 노선에 만족감을 느꼈고 대다수의 청년들은 입대를 했다.

"우리 조선족이 간도 땅에 온 이후 처음엔 중국 지주로부터 핍박과 착취를 당하고 1931년 9.18 사건 후로는 일본 놈들의 지배를 받으며 시달림을 받았어. 1945년 8월에 해방이 되자, 시련이 끝날 것이라고 기뻐했지만 엉뚱하게도 또다시 생각지도 못했던 토비한테 당하게 됐어. 그럴 때 팔로군의 등장은 가뭄 논에 단비와도 같았고 그로 인해 우리 민족 청년들은 팔로군에 많이 지원을 했어. 그때 나의 삼촌도 아버지와 상의 후 입대를 했고 생계는 아버지가 책임졌지."

옥선의 삼촌이 팔로군 3지대에 입대한 후 팔로군은 같은 가족이 되었다면서 거의 매일 찾아와 조개도 잡아 주고 집안의 허드렛일도 도와주었다. 하지만 유수는 이들 가족이 살아가기엔 어려움이 많아, 가족은 팔로군이 내준 4대의 마차로 오상으로 이사를 했다. 오상에 도착한 가족은 경기도가 고향인 김경수 씨의 방 한 칸을 빌려 10식구가 함께 생활했다. 방은 그 집 부부의 배려로 갖게 되었지만 유수에 살 때 국민당 군이 이불을 도둑질해 갔기 때문에 덮고 잘 이불이 없었다. 가을에 접어들자 이불을 덮지 않고는 추워서 잠을 잘 수가 없었다. 이를 본 김 씨 부인이 작은 이불 하나를 주었지만 그 이불로는 열 식구가 덮기에는 부족했다.

북만주의 한겨울 추위는 상상을 초월했다. 영하 40℃를 넘어 어떤 땐 영하 45℃까지 떨어졌다. 바깥은 물론 방 안에 있는 물도 꽁꽁 얼었다. 이 혹한의 추위에 작은 이불 하나 가지고 겨울나기를 하다 보니 네 살배기 그녀의 막내 동생은 추위를 이기지 못해 오상으로 이사 온 그해 12월 말에 싸늘한 주검으로 변했다.

3월 말에 이르자 혹한의 추위는 갔지만 온 들판은 눈으로 덮여 있었다. 아홉 식구의 생계를 책임지고 있던 옥선의 아버지는 마냥 집에 있을 수만 없어 높게 쌓인 눈을 헤치고 황무지를 개간하기 시작했다. 집에서 가까운 땅은 먼저 이주해 온 이주민들이 개간해 마을에서 10리쯤 떨어진 곳에 있는 황무지를 개간했다. 개간지까지는 매일 20리 길을 길어야 하기 때문에 시간을 절약하기 위해 개간지 주변에 움막을 짓고 잠자는 4시간을 제외하고는 밤낮없이 잡풀을 베어내고 땅을 개간했다.

"식사는 어떻게 했나요?"

"어머니가 매일 아침마다 가지고 갔어."

"개간 중인 황무지가 몇 해 전까지만 해도 일본군의 군사 비행장이라고 하셨는데?"

"맞아, 활주로에 시멘트가 깔려 있어서 그것을 파느라 애를 먹었어."

"다른 어려움은 없었나요?"

"쑥이 무성해 숲을 이루었는데, 그 안에 수십 마리의 늑대 무리가 살았어. 이놈들은 낮에는 그 속에 숨어 있다가 밤이 되면 나와서 사냥을 했어. 그런데 어느 날 부친이 평소와 같이 밤늦게까지 한참 일을 하고 있을 때 늑대 무리가 이빨을 드러낸 채 으르렁거리며 덤벼들었다. 그것도 한두 마리도 아니고 몇 놈이 동시에 달려들었다. 곡괭이를 휘둘렀지만 계속 으르렁거리며 공격을 하려 하자 마른 쑥대 더미에 불을 질러 위기를 모면했어. 그 늑대 습격 사건 이후엔 움막 주변으로 물을 끌어들여 흙으로 담을 쌓아 놈들의 공격에 대비했어."

그러한 위험에도 불구하고 몇 개월 동안 구슬땀을 흘리면서 고생한 결과 그해 가을 옥선의 집은 쌀을 더 이상 보관하지 못할 정도로 수확을 하여 큰 창고를 새로 지어야 했다. 지긋지긋한 가난이 끝나는 순간이었다. 경북 울진에 살았을 땐 가난에 찌들어 가족을 배불리 먹이지 못해 안타깝게 여겼던 아버지의 꿈이 비로소 이루어졌다.

창고에 쌀이 산더미처럼 쌓이자 옥선의 아버지는 주변 사람들에게 무이자로 쌀을 빌려주었다. 당시엔 봄에 한말을 빌려주면 가을에 한 말 반을 받았지만 무이자로 빌려 주자 오상 왕가튠의 원 씨 집에 가면 무이자로 쌀을 빌려준다는 소문이 나, 집 앞엔 언제나 사람들로 붐볐다. 처음엔 조선 사람만 왔으나 나중엔 한족들도 문전성시를 이루었는데, 그중에 오상과 하얼빈 구간에 근무하는 철도 공무원들은 거의 모두가 그녀의 집으로 와 쌀을 빌려갔다고 한다.

1946년 12월 공산당 지하당은 신촌 14개 부락의 대표인 촌장을 선출하는 선거를 했다. 옥선의 아버지 원필도를 비롯한 6~7명의 조선족 후보가 나서 각축전을 벌였는데 결과는 마을 사람들이 예상했던 대로 옥선의 아버지가 몰표를 받아 당선되었으며 이듬해인 1947년도에는 공산당 당원이 되는 영광을 갖게 되었다. 그리고 2년 후엔 오상시 안가(안씨의 집성촌) 14개 촌을 관할하는 상점주임 겸 당서기가 된다.

1957년 여름 하얼빈은 장마로 인해 사상 유례가 없는 대홍수가 일어났다. 거대한 송화강이 범람해 제방 둑이 무너져 온 시가지가 온통 물바다가 되고 수많은 이재민이 생기고 막대한 피해를 당한다. 도심은 몇 달이 지나도 물이 빠지지 않아 자동차가 다니던 거리를 배가 다녔다

하얼빈시 정부는 무너진 제방 건설을 위해 여러 가지 대책을 세웠다. 그중에서 가장 좋은 방법은 가마니나 대형 포대 안에다 모래나 흙, 돌 등을 넣어 제방을 쌓는 것이었다. 당시에 가마니를 짤 줄 아는 사람은 조선족뿐이었다. 하얼빈시 당국은 아성, 평방, 오상, 안가 등지에 살고 있는 조선

족에게 가마니를 보내 달라고 도움을 요청했다. 옥선의 아버지는 잠을 거른 채 이 마을 저 마을을 뛰어다니며 독려했다. 그 결과 3주일 만에 수천 개를 만들어 수방대책 본부로 보냈다. 가마니를 이용해 제방을 쌓자 공기가 단축되어 훨씬 더 빨리 목표 기간 내에 완공되었다. 그 공로로 옥선의 아버지는 정부로부터 공로 훈장을 받았다.

제방이 완공 되었을 때 하얼빈 시정부는 송화강과 중앙대가가 내려다보이는 강둑 앞에 수방기념탑을 세웠다. 그 기념탑 상단에는 여러 개의 군상들이 있는데 그 군상 중 하나는 한복을 입고 있다. 이것은 제방을 쌓을 때 조선족이 기여가 많았음을 상징하는 것이라고 한다. 이 수방 탑은 현재 1,000만 하얼빈 시민이 자랑하는 하얼빈의 랜드마크가 되었다

하얼빈 송화강 수방탑

"아버지가 훈장을 탔으니 집안이 난리가 났겠네요."

"당연하지. 아버지뿐만 아니라 삼촌도 훈장을 탔으니, 그 기쁨이야 이루 말할 수 없었지."

"삼촌은 어떻게 해서 훈장을 탔지요?"

1945년 8월 15일 제2차 세계대전에서 일본이 항복을 선언하고 물러가자, 소련의 홍군이 들어와 중국의 동북3성의 질서와 치안을 담당했다.

　1946년에 소련 홍군이 철군을 하자 동북의 패권을 두고 장개석의 국민당 군과 모택동의 팔로군이 치열한 공방을 벌였다. 양 진영이 건곤일척의 전투를 벌였던 까닭은 이 지역이 군사요충지일 뿐만 아니라 탱크와 대포, 항공기 등의 군수품을 생산하는 군수공장이 밀집해 있기 때문이었다.

　이때 많은 조선족 청년들은 국민당 군대가 아닌 모택동의 팔로군에 지원했다. 그 이유는 모택동이 이끄는 팔로군은 토지 개혁을 단행해 무상으로 토지를 배분해 주었을 뿐만 아니라 토비의 습격으로부터 조선족을 보호해 주었고 심지어는 집안의 잡일까지도 도와주었다. 옥선의 삼촌도 다른 조선족 청년과 함께 팔로군 제3지대에 입대했다.

　태평양 전쟁 시 강제 징용당해 태평양의 어느 군도에서 일본 군국주의자들을 위해 미군을 상대로 싸워야 할 운명이었는데 엉뚱하게도 만주로와 중국의 내전에 참전해 장개석의 국민당 군대와 싸우게 됐다.

　"금년이 삼촌이 돌아가신 지 30주년이라고 하셨는데 생전에 팔로군 시절의 전투담을 들은 적이 있나요?"

　"자주 들었지."

　옥선의 삼촌은 팔로군 시절에 믿기 어려울 정도의 고난과 위험에 처했었다. 그 고난 중에 하나가 절대적인 수면 부족이었다. 탈환해야 할 목표 지점이 하달되면 유리한 지점을 선점하기 위해서 계속해 행군을 해야 했다.

국민당 군은 철도 등 국가의 기관 산업 시설을 장악했기 때문에 기차로 이동해 기동성면에서 비교가 되지 못했다. 그들보다도 더 일찍 도달하기 위해서는 지름길로 가야 했는데 그 길

사평 전투를 위해서 이동 중인 팔로군

은 대개가 산길이고 특히 겨울밤에는 영하 45~55℃를 오르내리는 혹한에다가 눈까지 2~3m 정도로 높이 쌓여 있어서 그 눈길을 헤치며 밤낮 없이 계속 행군을 해야 했다. 어떤 때는 며칠을 동안 한잠도 자지 못해 앞서가는 대원이 넘어지면 뒤따르는 대원들도 줄줄이 넘어지곤 했다고 한다.

그다음으로 힘든 것은 장춘 전투였다. 그녀의 삼촌은 그 유명한 장춘, 천진, 사평 전투에 참전했다. 그중에서도 인구 80만 명인 장춘은 만주국의 수도이자 관동군 사령부가 있고 동정철도가 지나는 군사의 요충지이기 때문에 장춘을 차지하는 것은 전쟁의 성패를 좌우할 정도로 중요하기 때문에 이곳을 차지하기 위해 양쪽 군대가 사투를 벌일 때 그의 삼촌이 소속된 부대는 장춘시 중심부에 있는 인민은행 주변을 돌파 하라는 명령을 받았다. 치열한 공방전이 쉴 새 없이 이어져 국민당 군도 모택동의 팔로군도 화력을 집중했다. 수많은 병사가 뒤엉켜 전투를 할 때는 피아(彼我)가 구별이 되지 않아 공수가 뒤바뀌기는 경우도 수차례 있었다.

전투를 시작한 지 7일째 날에도 쫓고 쫓기는 공방전이 계속 이어졌다. 불행하게도 그녀 삼촌의 부대는 국민당 군에 의해 완전히 포위를 당해 독 안에 든 쥐의 신세가 되어 도저히 돌파할 수 없는 상황이었다. 이중 삼중

의 포위망을 뚫고 탈출하기 위해서는 많은 희생이 필요했다. 이런 위기의 상황에서 지휘관이 취할 수 있는 선택은 적과 맞서다 장렬하게 최후를 맞이하거나 아니면 항복하는 것이다. 절대 절명의 위기 속에서 한 병사가 지휘관에게 다가갔다. 옥선의 삼촌이었다.

장춘 열사 기념탑

"퇀장님. 우리는 여기서 더 이상 물러설 곳이 없습니다. 동서남북 온 사방이 적에게 포위되어 탈출구가 없지만, 제가 선봉에 서서 방어선을 뚫고 나가면 적은 그쪽으로 화력을 집중할 것입니다. 그 틈을 이용해 반대편 인민광장 우측으로 퇴각하십시오."

자신을 희생하고 동료를 구하고자 하는 그의 전우애에 감동된 병사들이 서로 뒤따르겠다고 자원했다. 죽음을 두려워하지 않고 덤벼드는 그들의 저항에 퇴로가 열리면서 돌파에 성공해 그는 무공훈장을 받았고 공산

장춘 인민광장

당 당원이 될 수 있는 자격도 받았다. 하지만 글자를 몰라 자진 반납했다고 한다.

"삼촌, 어디에서 그런 용기가 생겼어요?"

"옥선아, 니 알고 있다 아이가. 너의 아버지 도움이 없었다면 이 삼촌은 총알이 빗발치는 태평양 어느 군도에서 이리 뛰고 저리 뛰다가 끝내는 희생당했을 거야. 내가 경주역을 출발하는 순간부터 이후의 삶은 덤으로 생각해 겁날 것이 하나도 없었어. 어차피 덤으로 사는 인생 무엇이 무서워."

하마터면 군국주의자들의 도구가 되어 한줌의 재가 될 뻔했지만 무공훈장까지 받는다.

불효자는 웁니다

옥선은 어느 토요일과 마찬가지로 퇴근 후 자기 집으로 바로 가지 않고 평방에 있는 242 병원에 입원 중인 어머니에게 갔다. 어머니는 늘 그렇듯이 "바쁠 텐데 뭐 하러 오느냐?"라고 말하지만 내심 반가워하는 것을 알고 있다.

옥선은 병원에 올 때마다 그녀의 어머니는 "외삼촌에게서 답장이 왔느냐?"고 묻는다. 그럴 때마다 "엄마, 조금만 기다려 곧 답장이 올 거야."라고 했다.

옥선이 울진 기성면에 살고 있는 작은 외삼촌 앞으로 편지를 보낸 지 벌써 6개월이 넘었는데도 답장이 없었다. 서신 교류가 원활치 못한 것을 알고 있지만 6개월이나 무소식이라 뭔가 문제가 있는 듯했다. 그 사이 어머니의 병세는 날로 깊어만 갔고 갈 때마다 아직도 연락이 없느냐고 물었다. 그럴 때마다 다음 주쯤에는 올 것이라고 안심을 시켰다.

옥선의 어머니가 외삼촌에게 편지를 쓰라고 한 것은 오래전이었다. 그녀가 고등학교 재학 시 방학 때 집에 가면 외가댁 식구들의 주소, 생일, 제사일 등이 깨알같이 적힌 지부 책을 주면서 우리 집에는 네가 공부도 많이 하고 글도 잘 쓰니 외삼촌에게 편지를 쓰라고 했지만 그녀는 늘 의례적으로 한국과 중공은 미수교국이라 아직 서신 왕래가 되지 않으며 수교가 되면 바로 쓰겠다고 대답하곤 했다.

그러나 서신 왕래가 된 후에도 고등학교 3학년 담임과 수학과 주임을 맡아 바쁘기도 하고 자녀를 돌보느라 차일피일 미루다가 어머니가 병상에 누운 후 비로소 편지를 보냈지만 아무런 연락이 없었다. 외삼촌이 다른 곳으로 이사를 해 편지가 배달되지 못했을 수도 있다는 생각이 들자 곧바로 KBS 방송국에 편지를 보낸 후 매일 라디오 방송을 청취했지만, 불행하게도 그녀의 어머니는 답장이 오기 사흘 전에 운명했다.

'어젯밤 꿈속에서 셋째와 넷째 이모를 보았을 때 얼마나 반가웠는지 빨리 보고 싶어 뛰어가다가 마당에서 넘어진 이야기, 아침, 저녁으로 부엌에서 밥을 지을 때 어머니가 손수 작사 작곡한 외갓집 식구들을 보고 싶어 부르는 노래, 바느질을 하면서 외할머니와 외할아버지께 단 한 번만이라도 밥을 차려 드렸으면 더 이상 소원이 없다.'는 등의 말이 떠오를 때마다 가슴이 메었다고 한다.

어머니의 그 자그마한 소망 하나도 들어주지 못한 채 저세상으로 보낸 것이 천추의 한이 되어 옥선은 노래를 부를 기회가 있으면 여든이 넘은 지금까지도 자신의 잘못을 생각하면서 〈불효자는 웁니다〉를 부른다고 한다.

'불러 봐도, 불러 봐도…… 원통해 불러 봐도…… 이 자식을……'

이 노래를 부를 땐 눈물이 솟아져 끝까지 부르지 못하고 중간에 그치면 옆에 있는 다른 조선족 동포들도 같이 눈시울을 붉히며 눈물바다가 됐다고 한다.

"나는 분명히 청개구리였어."

731부대 세균전에 희생당한 시댁

경상북도 문경이 고향인 김을수 옹은 아무리 노력해도 황장산 기슭에 있는 100여 평의 밭으로는 다섯 식구를 먹여 살릴 수가 없었다. 1936년 늦은 봄 문경장날 어물전 앞에서 오랜만에 만난 친구로부터 만주에 관한 이야기를 들었다.

'만주는 가도 가도 끝이 없을 정도로 들판이 넓어 삽과 괭이만 있으면 먹고 사는 데는 지장이 없다.'라는 친구의 말을 되새김질하면서 그다음 장날도 시장에 간다. 출출하던 차에 대포 집에 들렀을 때 옆자리에 앉은 사람들의 이야기가 그의 귀를 솔깃하게 했다.

"수전 공사라는 곳이 있는데 그 공사는 물건을 만드는 공장이 아니고 논을 전문으로 만드는 공장이라고 해. 그 논 만드는 책임자가 와서 인부를 모집하고 있는데 수입도 상당해, 달성, 경주, 사천, 창녕 등 경상도 남쪽 출신의 사람들이 많이 갔어."라는 말을 듣고는 수소문해 책임자를 만난 후 만주로 가기로 결심했다. 막상 떠나려니 가난 때문에 입을 하나라도 더 줄이기 위해 15살밖에 안 된 큰딸을 황장산 너머에 있는 충주로 출가시킨 것이 못내 마음에 걸렸지만 먹고살기 위해서 어쩔 수 없이 혼자 남겨 두고 고향땅을 떠났다.

그들의 첫 정착지는 신경에서 약 150리 떨어진 길림이었다. 그는 수전 공사에 들어가 일을 하면서 생계를 이어 갔다. 정착 후 생활이 어느 정도 안정이 되어 주변에 눈길을 돌리자 미개발된 황무지 중 주인 없는 땅이 있다는 것을 알게 되었다. 그는 밤낮을 가리지 않고 황무지를 개간해 5, 6년 후엔 상당한 재산을 일구었다.

　그 가족이 만주에 온 지 9년이 지난 1945년 8월이 되자 주변의 분위기가 바뀌면서 사람들이 군데군데 모여 수군거리는 모습이 자주 눈에 뜨였고 일본이 곧 항복할 것이라는 소문이 돌았다. 8월 15일이 되자 소문대로 일본은 무조건 항복을 선언했고 이주민들은 서로 부둥켜안으며 기뻐했다. 그때 대부분의 조선족이 그러했듯이 그들 가족도 고국으로 돌아가야 하느냐 아니면 여기서 농사를 지으면서 계속 살 것인가를 두고 고민 끝에 영석의 아버지는 귀국하기로 마음을 먹고 모든 재산을 정리하고 교통편이 되는 대로 귀국할 날을 기다리고 있던 중이었을 때 주변 사람들이 전

731부대 기념관 구관

염병으로 죽어 가고 있었다. 전염병이 도는 곳은 이 마을뿐만 아니라 다른 지역에서도 마찬가지였다.

얼마 후 일본군이 패망하기 바로 전에 여러 지역에 세균을 퍼트렸으니 이에 대비하라는 지시가 내려왔다. 나날이 많은 사람들이 전염병에 걸렸고 사망자 수도 날로 늘어 갔다. 영석의 다섯 가족도 막내인 영우만을 제외하고는 식구 모두가 감염되어 부모님은 돌아가셨고 영석도 사경을 헤매다가 2주 만에 깨어났다.

1945년 일본이 패망할 무렵 731부대가 벌인 세균전으로 중국의 동북 지방은 수많은 희생자가 생겼다. 당시 그의 가족이 살았던 길림성 천안현 일대만 하더라도 많은 피해를 당하게 되는데 그 지역의 상황은《731부대 일본군 세균전》에서 다음과 같이 기록되어 있다.

천안현 페스트 상황:

천안현은 지림성 서쪽에 위치하고 있다. 1945년 여름, 천안현의 단쯔징, 다시징 등 5개 마을에서 지역성 페스트가 발생해 총 272명이 감염되고 249명이 사망했다. 1946년에도 장쯔징, 수이쯔징, 뉘쯔징, 투쯔징 등의 17개 마을에서 페스트가 발생해 603명이 감염되고 460명이 사망했다. 그중 쉬이즈징의 피해가 가장 컸는데 한 마을에서 250명이 감염되고 215명이 사망했다. 이번 페스트 유행은 주로 도시 동쪽의 지역에서 일어났는데 대부분이 뉘쯔징 주변의 마을이었다. 1947년 천안현의 페스트는 더욱 심각했다. 총 66개 마을이 페스트의 피해를 입었었다. 그리고 총감염자 2,229명 중 2,141명의 사망자가 발생했다.

출처: 김성민, 《731 부대 일본군 세균전》, 흑룡강출판사

영석과 그의 형은 병마에서 깨어났지만 귀국에 대비해 아버지가 모든 재산을 처분한 후라 가진 것이라곤 아무것도 없었다. 주변에 사는 조선족이 불쌍하다고 도와는 주었지만 계속해서 도움을 받을 수 없는 처지였다. 소년 가장이 된 그의 형은 두 동생들을 데리고 하얼빈 북쪽에 있는 송가툰으로 가서 그곳에 정착한 후 형제는 수전 공사에서 일하면서 근근이 살아갔다. 생활이 어려운 와중에도 형은 동생들의 학업을 뒷바라지하기 위해 수전 공사에서 하는 일 외에도 돈을 벌 수 있는 일이라면 닥치는 대로 했다.

형의 헌신적인 노력으로 옥선의 남편 영석은 중국의 최고 명문 길림대와 대학원을 졸업한 후 하얼빈 과학원에 연구원이 되었으며 2009년도에는 하얼빈 최고의 과학자로 선정되었을 뿐만 아니라 흑룡강성을 대표하는 중앙 상무위원의 지위까지 올랐다. 그의 동생 영우는 하얼빈 철도 대학을 졸업한 후 1956년도에 평양 복구 작업을 위해서 북조선에 간 후 귀국하지 않고 현재 원산에서 살고 있다.

영석아, 보고 싶다 빨리 오너라

보고 싶은 자형에게.

자형 안녕하세요? 저는 영석입니다. 저와 자형이 헤어진 지가 엊그제 같은데 벌써 반세기가 훌쩍 지나 54년이 흘렀군요. 자형과 누나는 건강하신지요? 우리가 만주로 떠나던 날 자형과 누나는 우리를 부둥켜안고 한없이 눈물을 흘렸지요. 지금도 그날을 생각하면 보고 싶은 마음 이루 말할 수 없습니다.

매형, 제가 매형을 얼마나 좋아했는지 아시죠? 11살의 어린나이에도 방학이 되면 자형과 누나가 보고 싶어 그 높은 황매산을 넘어 충주의 자형 댁까지 가서 즐거운 시간을 보냈지요. 겨우 열한 살 소년이 혼자서 그 험한 산을 넘었던 것을 생각해 보면 내가 자형과 누나를 얼마나 좋아했는지를 알겠지요? 내가 기진맥진해 동네 어귀에 들어서면 자형은 어디서 나를 보았는지 "영석아! 이렇게 먼 길을 너 혼자서 왔느냐."고 놀라워하면서 반겨 주셨지요. 저녁노을이 깔리면 마을 사람들이 큰 느티나무 아래에 놓인 평상 위에서 부채질을 하면서 한가히 망중한을 즐기던 모습도 눈에 선합니다. 그럴 때 자형은 나를 동네 사람들에게 자랑스럽게 소개했죠.

"저, 처남 됩니다. 아주 영리하고 똑똑해, 학년 전체에서 1등이고요."
그럴 적마다 저는 우쭐함을 느꼈지요. 지금 생각해 보면 자형이 동네
사람들에게 한 그 자랑이 듣고 싶어 먼 길을 마다 않고 갔는지도 모
르겠네요.

당시 어머니는 "아이구 이번 방학에도 자형에게 가서 얼마나 애를
먹으려고 하느냐."며 걱정을 많이 하셨습니다. 그럴 때 아버지는 "임
자, 별 걱정을 다하네. 김 서방의 사람됨을 보면 모르나 걱정할 필요
없다."며 어머니를 안심시키곤 했지요.

여기 온 지가 반세기가 되다 보니 여러 가지 변화가 있었습니다.

아버지와 어머니는 해방이 되던 해 귀국을 목전에 두고 일본 놈들이
퍼트린 페스트균으로 인해 탄저병에 걸려 두 분이 다 돌아가시는 아
픔을 겪었습니다. 비록 우리 3형제는 고아가 되었지만 큰형님의 헌
신적인 노력으로 저는 명문 길림대 공대 졸업 후 연구생 과정까지 마
친 후 하얼빈 과학원에서 과학자로 근무 중이며 동생 영우는 하얼빈
철도대학을 졸업한 후 지금은 북조선 원산에 살고 있으며 벌써 손자
를 두 명이나 보았다고 합니다. 저는 동생 영우보다 결혼을 좀 늦게
했습니다. 부인은 연변대 수학과를 졸업한 후 하얼빈에서 고등학교
교사로 근무 중이며 슬하에 2남 1녀를 두었습니다. 큰놈은 하얼빈
공대와 같은 대학원을 졸업한 후 그의 모교에서 교수로 재직 중이며
둘째는 하얼빈 항공학교 졸업 후 항공회사에 다닙니다. 늦둥이 막내
는 이제야 고 3입니다. 나의 생질은 몇이나 되는지 그들은 건강하게
잘 자랐는지 궁금합니다. 내내 건강하게 오래오래 만수무강하세요.

영석 드림.

옥선의 남편이 오래전에 헤어진 매형을 간절하게 찾는 이유는 가족애와 외로움 때문이었다. 일찍이 부모님을 잃고 고아가 된 후 형의 뒷바라지로 성공적인 삶을 살아왔으나 몇 해 전 집안의 기둥이었던 형님이 돌아가고 하나밖에 없던 동생 영우도 대학을 졸업 후 북조선으로 가 원산에 살고 있지만 최근 몇 년간 깜깜 무소식이고 생사조차 모르는 처지라 영석의 마음은 계속 우울했다. 옥선은 그런 남편을 대신해 편지를 썼다

답장은 예상보다 빨리 왔다. 지난번 KBS 사회교육 방송을 통해 외삼촌에게 보냈던 편지는 근 3주가 걸렸지만 이번에는 일주일 만에 자형의 소식을 듣는다. 그로부터 며칠 후 생질로부터 편지와 함께 자형의 목소리가 담긴 테이프도 동봉되어 왔다.

"영석아 빨리 오너라. 너를 너무 보고 싶다."로 시작되는 자형의 떨리는 듯 한 목소리는 건강에 심각한 문제가 있음을 알 수 있었다. 편지를 받은 후에도 빨리 오라는 전화가 세 번이나 왔다.

1996년 늦봄 옥선은 하얼빈 평방 우체국에서 온 전화를 받았다. 한국에서 국제 속달 우편이 와서 배달을 갔지만 집에 아무도 없어서 전화를 한다고 했다. 그녀는 바로 우체국으로 갔다. 예상했던 대로 역시 서울에 사는 생질로부터 온 편지였다. 편지 이외에도 한국 귀국 시 필요한 서류는 물론 홍콩-서울 간 비행기 표, 홍콩에 있는 호텔 숙박권도 동봉되었다. 그런데 정작 중요한 초청장이 없었다. 서울의 생질에게 연락을 하자, 초청장도 보냈다고 했다. 초청장이 어떻게 분실 되었는지를 따질 시간이 없었다. 옥선은 남편에게 "빨리 갑시다. 여기서 어물쩍거리다간 생전에 만나볼 수도 없을 거요. 심천에 가면 무언가 길이 있을 것이요. 빨리 갑시다."라고 종용을 했다고 한다.

사실 그들 부부는 한국으로 갈 형편이 아니었다. 막내가 고 3이라 대학 입학 시험을 앞둔 시점이었다. 아들의 시험도 중요하지만 매형을 운명하기 전에 만나는 것이 중요하리라고 생각해 부부는 하얼빈 공항에서 심천행 비행기에 오른다.

심천에 도착한 후 심천과 홍콩을 오가면서 관계 기관을 찾아가 수속을 타진해 보았지만 해결의 실마리가 보이질 않았다. 그들은 할 수 없이 3,000위엔을 주고 브로커를 고용했다. 당시 고등학교 교사였던 그녀의 월급이 800위엔에 불과했는데 3,000위엔은 그녀의 4달치 봉급과 맞먹는 액수였다.

브로커를 고용하면 일처리가 쉬울 것이라고 생각했는데 그것도 아니었다. 그 사이에 서울에서 전화가 몇 번이나 왔다. 병상에 누워 있는 자형도 전화를 했다.

"영석아. 홍콩까지 왔다는데 왜 아직 오지 않느냐? 빨리 오너라."

그들의 가슴은 타들어 갔다. 비자를 받기 2주일 전쯤 서울에서 다시 전화가 왔다.

"아버지가 외삼촌을 애타게 기다리다가 조금 전에 운명하셨습니다."

가슴이 찢어질 것 같았다. 막내아들의 시험조차 내팽개친 채 떠나왔는데 운명하셨다니 분통이 터졌다.

그들은 홍콩에 도착한 지 40일이 지난 후에 비로소 비자를 받았다.

* * * * *

"지금은 서울과 하얼빈은 두 시간도 안 걸리는데 40여 일이 걸렸군요?"
"당시는 한국과 중국은 미수교국이라 제3국을 경유해야 했으니!"

* * * * *

부부는 홍콩에서 K. E. 505편에 탑승한 지 3시간 반 만에 김포 국제공항에 발을 내딘다. 조국을 떠날 때는 초등학교 3학년인 소녀가 어느덧 백발이 성성한 초로의 노인이 되어 고국을 방문하자 모든 것이 궁금하고 두렵고 초조했다.

입국 심사를 마친 후 수화물 검색대를 지날 때 두 병 이상의 술을 압수당하는 것을 보고는 옥선은 후회했다. 하얼빈산 최고급 술인 금룡산 화개주를 12병이나 사서 심천과 홍콩을 거쳐 어렵사리 여기까지 가지고 왔는데, 국제 여행을 해 봤으면 이런 고생은 안 할 텐데 하얼빈 촌뜨기인 자신을 자책했다. 그런데 다행스럽게도 그들의 수하물은 일체의 검색 없이 무사히 통과 되었다.

수하물 검사를 마치고 나온 후 어디로 가야 할지 망설일 때 "13시 홍콩발 K. E 505편을 이용하신 김영석 고객께서는 2번 출구로 나가세요. 조카와 친척이 그 앞에서 기다리고 있습니다."라는 안내 방송이 나왔다.

옥선은 시누이를 한 번도 본 적이 없어 남편 뒤만 따라갔다. 만주를 떠나기 전 코흘리개 소년이 반백이 되어 돌아왔으니 시누이가 과연 남편을 알 수 있을까? 남편도 45년 만에 만나는 누나를 알 수 있을까라고 궁금해

할 때 남편이 갑자기 앞으로 달려가자, 한 할머니가 "영석아!" 하면서 다가와 남편을 꼭 감싸 안았다. 말이 필요 없는 순간이었다. 오랜 세월에도 불구하고 남매는 즉시 서로를 알아보았던 것이다.

"아이고! 누님."
"어린아이가 벌써 반백의 노인이 되다니."
"자형이 그렇게 돼서…."
"그래. 조금만 더 버텨 주었으면 될 텐데. 무심한 양반이지…….."

그들은 바로 수유리에 있는 공원묘원으로 가 참배를 하고 옥선이 가져간 금룡산 화개주를 두 병이나 봉문 주위에 뿌리며 통곡을 했지만 사자는 말이 없었다.

한 달 동안 고국 방문을 마치고 하얼빈으로 돌아온 후 남편의 퇴근 시간이 달라졌다. 평소 같으면 8시경에 귀가하는데 한국에 갔다 온 후로는 두 시간이나 더 빠른 6시경에 퇴근했다.
그 이유는 서울에서 가져온 "영석아 어서 오너라. 홍콩까지 왔다는데 왜 아직도 안 오노. 빨리 오너라. 너 손이라도 한번 잡아 보고 이승을 떠나야지. 빨리빨리 서둘러 오너라."라는 유언이 된 녹음테이프를 듣고 친인척과 함께 찍은 사진을 보기 위해서였다.

"남편은 과학자로서 과묵한 사람이지만 녹음기 앞에 앉으면 어린이처럼 마냥 즐거워했고 평소에 하지도 않던 말을 많이 하곤 했어요. 한국에서 받은 선물 중 남편이 가장 애지중지하는 선물은 한 벌의 파자마였어요. 그 파자마는 고인이 된 매형이 병중에도 불구하고 남편을 위해서 백화점에 가서 직접 고른 노란색 잠옷인데. 옷이 닳을까 봐 평소에 입지도 않고 서재에 걸어 두었다가 주말에 자녀들이 오면 입고서 고인을 회상하곤 했지요."

옥선의 남편은 한국에서 돌아온 후 승진을 거듭해 최고 과학자로서 선정되었고 중국인민 대표자 회의에 흑룡강성 대표로 선출됐다. 그러나 불행하게도 한국에서 귀국한 지 6년이 지난 후 과로로 쓰러져 일어나지 못하고 조용히 영면했다. 남편이 돌아가고 유품을 정리할 때 마지막으로 노란색 잠옷을 태웠다고 했다. 그것은 하찮은 것에 지나지 않지만 남편이 애지중지한 유품이라 태우지 말고 그냥 놔둘까라는 생각도 했지만 노란색 잠옷을 입고 소천을 하면 그의 자형이 바로 알아보고 이승에서 못다한 이야기꽃을 피우며 극락왕생을 바라는 의미에서 태웠다고 한다. 필자는 이 말을 듣는 순간 미국 작가 미터 해밀이 쓴《행복한 노란 손수건이라는》소설이 생각났다.

미국의 한 저널리스트가 겪은 실화를 바탕으로 쓴 이 소설은 저자인 주인공이 죄를 짓고 4년 동안 옥살이를 하는데 그 기간 동안 사랑하는 아내가 얼마나 힘들까 생각하면서 한 통의 편지를 쓴다.

"기다리는 것이 힘들면 자신을 떠나 새로운 삶을 찾아 떠나가도 된다. 기다린다면 만기 출소 후 집으로 돌아가는 날 집 앞 떡갈나무 위에 노란 손수건을 달아라."

주인공이 버스를 타고 마을 집에 도착했을 때 떡갈나무는 온통 노란 손
수건으로 덮여 있다는 내용이다. 소설의 주인공 부부처럼 그녀의 남편과
그의 자형도 이승에서 이루지 못했던 만남이 노란색 잠옷을 통해서 저승
에서 만나기를 기도드린다.

무슨 사연이길래! 묘 앞에서 일어나지 못할까

1959년 5월 청명절을 사흘 앞두고 흑룡강성 오상현 안가마을 뒤 초라한 무덤 앞에서 잘생긴 40대 남녀가 절을 올린 후 깊은 상념에 빠져 있었다. 남자는 어린 시절 원옥선의 은사인 김화진 선생님이고 여자는 옥선과 같은 반 친구인 이자금이었다. 초라한 무덤의 주인공은 김화진의 어머니 고 이수자 여사이다.

김화진 선생은 1950년 한국 전쟁이 발발한 이후 항미 원조지원군으로 조선 전쟁에 참전한 이후 소식이 없다가 고향을 떠난 지 8년 만에 돌아왔다. 전쟁에 참전하기 전까지 김화진 선생과 옥선의 급우인 이자금은 스승과 제자였지만 어느덧 그들은 부부가 되어 돌아왔다. 이들 부부가 깊은 상념에 빠진 채 일어서지 못하는 이유는 고 이수자 여사가 살아온 삶 때문이다.

고 이수자 여사의 집안은 경북 울진 기성면 일대에서는 알아주는 명문 가문이었으며, 18세에 인근 마을에 사는 김충수 옹과 결혼해 자녀를 일곱 명이나 두었다.

화목한 이 가정에 이상이 생기게 된 것은 일제가 대동아 공영이라는 미명하에 일으킨 태평양 전쟁이었다. 전장의 범위가 넓어지자, 일제는 전시 동원법이라는 악법을 만들어 식민지 치하에 있던 우리의 젊은 청년들을 강제로 동원했다. 1940년대 중반 무렵에 남태평양까지 전선이 확대되자, 이 여사의 시동생이 징집 대상자가 될 위기에 있었다. 여사의 남편은 이 사실을 간파하고 막내 동생을 재빨리 결혼시켜 만주로 피신시켰던 것이다. 그때 동생의 나이는 고작 22세에 불과했고 신부는 18세의 소녀에 지나지 않았다. 만주로 피신을 시켜 징집의 위기는 면했지만 큰형 김충수 옹은 마음이 편치 못해 말했다.

"임자, 아무래도 임자가 만주에 한번 다녀와야겠어. 동생이 이제 22살이고 제수씨도 18살밖에 안 되는데 무엇을 알겠어."
"예, 알겠습니다만 그 먼 길에 말도 안 통하고 또 애들이 일곱 명이나 되는데 애들 수발도 해야 하고."
"애들이야 할머니가 있으니 별일이야 있겠나. 내가 가려고 마음을 먹었지만 작년에 순사한테 당한 고문 후유증 때문에 장시간 기차를 탈 수 없으니 임자가 가야겠어. 그리고 큰놈 화진이를 데리고 가. 좀 있으면 방학이니까."

이들 모자는 1945년 7월 말 화진의 삼촌이 살고 있는 흑룡강성 오상현 안가 조선족 마을에 도착했다. 이들이 도착한 지 보름 후에 일제가 패망하고 그토록 그리던 해방이 되었다.
시동생 집안일을 대충 마무리한 후 이들 모자가 귀국길에 올라 경성행 기차를 타고 가는 중 단동역에 도착하자, 귀국자 중에 전염병 환자가 많다며 압록강교를 통제해 더 이상 남쪽으로 갈 수 없었다. 모자는 다시 삼촌댁으로 돌아갔다. 수개월이 지난 후 다시 사리원까지 갔지만 남북이 분단되어 더 이상 갈 수가 없었다. 눈앞이 캄캄했다. 넘을 수 없는 분단의 벽을 뒤돌아보면서 또다시 발걸음을 되돌려야 했다. 거칠고 모진 운명이 그들을 기다리고 있었다. 모자는 오상 안가로 되돌아왔지만 마음은 콩밭에 있었고, 아무 일도 손에 잡히지 않았다. 울부짖기도 하고 한탄도 해 보지만 뽀족한 해결책은 없었다. 들려오는 소식은 남북의 분단이 고착화될 것이라는 안타까운 소식뿐이었다. 아무리 소리치고 절규해본들 별다른 방도가 없자 그들은 현실을 받아들이지 않을 수 없었다.

제발 총은 쏘지 마

1950년 6월 25일 김일성의 기습 남침으로 시작된 동족 간의 전쟁은 전쟁사에서 그 유례를 찾아보기 힘들 정도로 치열한 전투였다. 기습 남침을 당한 남쪽은 패퇴를 거듭해 수도를 부산으로 옮기는 등 풍전등화의 위기에 처했다. 최후의 보루선인 낙동강 전선이 무너지면 김일성이 꿈꾸는 적화통일이 될 위기에 봉착한 순간이었다.

한국이 위기에 직면하자 미군을 주축으로 하는 UN군이 한반도 전쟁에 참전과 동시에 B-52 폭격기가 압록강 철교를 폭격하자 수명의 중국인이 사망했다. 중공군은 이를 구실로 1차로 20만 명의 대군을 투입함으로써 전쟁은 급기야 미국과 중공 간의 싸움으로 확전됐다.

전쟁에는 전사가 필요하다. 전사는 훈련을 잘 받고 다듬어진 용사가 최고의 무기이다. 이를 잘 수행하기 위해서는 무기와 단련된 병사 외에도 언어에 통달한 통역원과 통신병이 필요하다. 이런 조건을 충족시킬 수 있는 사람은 바로 중국에 살고 있는 조선족 젊은 청년들이었다. 중국 공산당 정부는 조선족이 사는 각 마을과 학교, 직장 등 가릴 곳 없이 적정한 인원을 배분해 징집 조치를 내렸다. 35년간 일제의 압정에 시달리다 겨우 해방이 되어 자유를 누리고 있던 중 그 맛을 제대로 보기 전에 또다시 미국이라는 거인이 고국을 먹어 치우려 한다는 사회적 기운이 팽배하자 반미 감정이 조선족 사회를 지배하지만 참전을 하면 결국엔 동족끼리 싸움이라 항미 원조를 달갑지 않게 보는 사람이 많았다.

뚜렷한 기준도 없는 상황에서 누구를 선발할지를 두고 조선족 마을은 중병을 앓는다. 서로가 주위의 눈치를 보면서 참전을 기피하는 상황이었다. 그러나 나이나 학력 면에서 김화진 선생은 선발 대상자 1군에 속하기 때문에 촌장 등 마을 사람들의 눈치만 볼 수 없어 항미 원조에 자진해 참전했다.

그는 압록강교를 건넌 다음 곡산 전투를 시작으로 삼강령 전투에 이르기까지 3년 반 동안 국군과 목숨을 걸고 전투를 한 후, 1953년 7월에 휴전이 되었는데도 그는 어머니가 살고 있는 오상으로 가지 않고 평양으로 갔다.

평양은 그에게 중요한 임무를 주었다. 185㎝에 달하는 훤칠한 키와 귀공자처럼 잘생긴 얼굴은 평양에 필요한 인물이었다. 전쟁으로 폐허가 된 나라를 복구하고 새 출발을 위해서는 선전 도구가 필요했다. 화진은 영화배우가 되어 희망의 노래를 불렀다. 배우가 된 것은 그만이 아니었다. 오상현 이원툰 조선족 학교에서 자신이 가르쳤던 제자 이자금순(옥선의 어머니는 옆집 이씨 댁의 둘째딸을 작은 순으로 불렀음)도 평양으로 가 화진과 결혼을 한 후 함께 배우가 되었다.

어머니 산소 앞에 선 그들 부부는 한동안 고개를 들지 못한 채 회상에 잠겼다. 8년 전 심양 훈련소를 떠나는 날 어머니는 그의 손을 꼭 잡으면서 "어떠한 일이 있더라도 총을 쏘지 마라. 네가 총부리를 향하는 대상이 너의 동생일 수도 있으니 절대 쏘지 마라."라는 어머니의 말씀 속에는 자신의 승리는 동생의 희생을, 반대로 동생의 승리는 자신이 희생되는 것을 의미하기 때문에 어느 부모가 자식이 희생되는 것을 바라겠는가.

그의 어머니는 화진을 전쟁터로 보낸 후 반쯤 실성한 사람처럼 보였다고 한다. 평소에는 담배 연기 냄새도 싫어했던 분이 줄담배를 피웠으며 마시지 못했던 술도 마시며 거의 폐인이 되었다고 한다. 인고의 세상을 견뎌 내기 힘들었던 그녀는 만주로 온 지 7년 만인 63세에 한 많은 삶을 끝냈다고 한다.

옥선은 매년 청명절마다 고향 마을을 찾아가 마을 뒷산에 있는 그녀의 사돈어른이자 은사의 모친인 이수자 여사의 묘에 성묘를 한다고 한다.

격동의 반세기가 지나고 봄이 되어 산과 무덤 주변에 꽃이 만개해 있지만 슬하에 7남매까지 둔 망자가 봉분도 없이 머나먼 이국땅에서 방치되어 있는 것을 볼 때마다 반일 감정이 솟구치며 이렇게 된 것이 과연 누구의 책임인가를 되묻곤 한다고 한다.

광복 후 자녀교육

해방이 되자 오상 조선족 안가마을 사람들은 귀국 문제를 두고서 고심을 한다. 귀국을 한 가정도 있었고 미루거나 아예 포기한 집안도 있었다. 그런데 일본이 패망하고 돌아가자 학교가 폐교되어 귀국을 못한 가정은 자녀 교육이 문제였다. 이 문제를 두고 대책을 논의한 끝에 학교를 꾸리기로 결정했다.

부지를 물색한 결과 오상의 대지주인 이원의 6번째 부인이 살던 집을 개조해 임시학교로 꾸리고 교장은 옥선의 고모부가 맡았고 교감은 고모부의 장조카인 김화진이 맡았다. 학교가 꾸려짐에 따라 미귀국자의 자녀가 모여들었고 학생 수가 날로 증가하자 공간이 부족해 개교된 지 2년 만에 문을 닫고 조선족 14개 마을의 중간인 들판 한복판에 교사를 건립했다. 당시는 자금이 부족해 교사를 크게 지을 수 없어 40평 정도의 교실 3개를 지어서 1, 2, 3학년은 오전반으로 4, 5, 6학년은 오후반으로 편성해 운영했다.

소학교 과정은 그럭저럭 해결되었으나 졸업생이 문제였다. 이들을 그냥 방치할 수 없어 중고교 교사를 신축하기로 결정하고 십시일반으로 기부금을 냈다. 이때 많은 분들이 기여했지만 당시 조선족 14개 부락의 촌

장을 맡고 있던 옥선의 부친 고 원필도 옹은 2,000위안의 거금을 기부해
학교 건립에 기여가 컸다고 한다.

늑대 무리 속에서 잠든 소녀

2016년 9월 중순 옥선 할머니와 필자는 오전 11시 하얼빈의 평방역에서 오상 가는 열차를 탔다. 중국 동북의 열차는 객차 량이 20개가 넘지만 오상행 열차는 하얼빈역에서 나온 지선이라 12개량밖에 되지 않았다. 평방역을 출발한 지 1시간 만에 오상역에 도착했다. 역사 앞엔 3륜차가 수십 대 대기하고 있었다. 3륜차는 50여 년 전 필자가 중고등학교 시절에 본 이후 처음이라 타임머신을 타고 과거로 되돌아가는 느낌이 들었다.

역사 앞에 대기 중인 택시를 탄 후 기사에게 우리가 찾아갈 목적지인 이원툰으로 가자고 했지만 기사는 그 위치를 몰랐다. 인구 30만의 소도시에서 택시 기사가 모르는 곳이 있다니 의아했다. 기사는 옥선에게 다시 한번 행선지를 확인하고는 몇 군데 전화를 한 후에야 비로소 그 장소를 알아냈다.

우리가 찾고자 하는 이원툰은 알고 보니 역에서 채 10분도 안 되는 가까운 거리였다. 그런데도 기사가 찾지 못했던 것은 그 동네 이름이 오래전에 없어졌기 때문이었다.

이원툰(村)이라는 동네 이름은 오상의 대지주였던 이원의 이름을 따서 붙여진 이름이라 고한다. 이원툰에는 대지주 이원의 밑에서 일하는 일꾼들의 집이 수백 호 있었는데 북쪽엔 한족이 거주했고 남쪽엔 조선족들이 거주했다고 한다. 옥선은 이원튠에서 차를 세우고 당시 그가 살았던 집을 찾아보았으나 새로운 건물들이 들어서 찾을 수가 없었다.

오상 조선족 마을

"70년 전 이쪽 북쪽은 한족 마을이고 수초 지붕이었어. 저 쪽 남쪽은 조선족 마을이고 볏짚 지붕이었어."

"한족은 왜 수초로 지붕을 지었을까요?"

"수초가 볏짚보다도 두텁고 질겨서 오래가지. 볏짚은 1년이 지나면 다시 이영을 엮어서 지붕을 만들어야 하지만 수초는 몇 년이 지나도 괜찮아."

옥선이 살던 옛집은 찾지 못했지만 그녀가 2년 동안 다닌 소학교는 그대로 옛 모습을 간직한 채 오상 유한 공사 사무실로 쓰이고 있었다.

원옥선이 어린 시절을 보낸 오상 조선족 마을

"내가 이 학교에 재학 중인 어느 여름날 친구 다섯 명과 함께 교실에서 잠을 잔 적이 있어. 그런데 그날 밤에 내 생애에서 가장 공포스러운 시간이었어."

"왜 그랬어요?"

"아! 글쎄, 교실 안에서 잠을 자고 있을 때 밤 11시경에 밖에서 '쓰익, 쓰익, 낑낑, 덜커덩 덜커덩' 소리에 잠을 깼더니 늑대 무리가 교실 안으로 들어오려고 출입문과 창문 위쪽으로 발을 올리기도 하고 또 다른 창문 쪽으로 가 구멍이 없는가를 찾으면서 교실 주변을 배회했어."

"무척 놀랐겠군요?"

"아, 그놈들이 사람 냄새를 맡고 교실 안으로 들어오려고 하니 10~11살 먹은 애들이 얼마나 놀랐겠어? 한숨도 못 자고 날이 새기를 기다렸어. 하룻밤이 너무도 긴 시간이었어."

옥선은 이 학교에서 3, 4년 과정을 배운 후 5, 6학년 과정은 새로 신축한 신촌 소학교로 가게 됐다.

우리는 그녀가 2년 동안 다녔던 신촌 소학교로 향했다.

"내가 이 길을 2년 동안 지나 다녔는데 하굣길은 저승길만큼이나 무서운 길이었어."

"왜 그랬죠?"

"당시에 내가 학급 반장이라 수업을 마친 후에 교실 정리 정돈을 했기 때문에 늘 친구들보다 늦게 하교를 했는데, 하굣길 1/3이 삼밭이었어. 그 삼밭 속에 늑대들이 떼를 지어 우글거렸는데 그 놈들과 어쩌다 눈이 마주치면 너무 무서워 줄행랑을 치곤 했어. 그때 양철 도시락 속에든 젓가락과 양철 도시락 통이 부딪혀 '딸랑딸랑' 소리가 났는데 그 소리가 늑대가 따라오는 소리로 착각하고 더 빨리 뛰었지. 늑대 때문에 한 2년간 달리기 연습을

옛 오상 조선족 소학교
(출입문 입구 오른쪽 기둥에 오상 조선족 소학교라고 음각된 글자가 희미하게 남아 있음)

한 덕에 지금까지도 달리기 시합에서 한 번도 1등을 놓친 적이 없어."

차는 신촌 소학교에 도착했다. 건평 120여 평 정도로 보이는 자그마한 교사는 70년의 세월이 흘렀는데 그대로 남아 있었다. 교사 정문 담벼락엔 '신촌 조선족 소학교'라는 한글 글자가 음각돼 있었지만 훼손되어 자세히 보지 않으면 알아볼 수 없었다. 한때는 오상 조선족들의 자녀 교육의 요람이었지만 지금은 잡초가 무성한 들판 속에서 방치된 채 남아있는 초라한 모습은 오늘날 조선족 교육의 현주소를 보는 듯했다.

과거 흑룡강성에 조선족이 많았을 때는 소학교가 260개가 있었지만 현재는 55개교에 지나지 않는다고 한다. 학생 수의 급격한 감소로 그 수가 줄어들자 각향(우리나라 리 단위)과 진(면 단위)에 있는 학교는 폐교를 하고 각 현(우리나라 군 단위)에 1개교 정도로 통합해서 그 맥을 유지하고 있다고 하니 안타까울 따름이다.

그녀가 다녔던 옛 소학교를 나와 그의 부친이 개간한 논으로 갔다. 수확기를 앞둔 시기라 망망대해와 같은 넓은 들판은 황금빛으로 물들어 있었다.

"이 앞에 보이는 저 길은 옛날에 일본군의 군용 비행장 활주로였어. 그들이 물러간 후 활주로는 그대로 방치되어 잡초와 쑥이 무성한 숲이었는데 나의 부친이 활주로 일부와 저수지 주변의 땅을 개간해 옥토로 만들었어. 바로 앞에 있는 저 논이야. 몇 마지기나 되겠어?"

"100마지기도 넘겼는데요. 저 넓은 농토를 부친이 혼자서 개간하셨다하니 대단하시네요."

옛 원옥선의 농장

"경북 울진 기성면에 계속해 살았다면 자갈논 몇 마지기에 의존한 채 가난을 벗어나지 못했을 텐데 일본 놈들이 태평양 전쟁을 일으킨 덕분에 우리 집안이 가난의 굴레에서 벗어났지."

말하면서 껄껄 웃는 모습을 보니 만주로 이주해 온 것에 대해 만족해하는 듯했다.

그녀의 옛 논 주변에는 새끼를 꼬는 자그마한 공장이 있었다. 옥선은 공장 주인에게 "옛날에 이곳은 비행장의 활주였고 바닥이 시멘트였다."라고 하자 공장 주인은 "주변에 사는 사람들이 시멘트 바닥을 뜯어가 소나 말의 마구간이나 돼지우리의 바닥으로 사용했어요."라고 했다.

우리는 그녀의 옛 농장을 둘러본 후 현재의 오상 조선족 소학교로 향했다.

그래서 공산당이 좋지

　잡초가 우거진 옛 소학교를 뒤로하고 출발한 지 20분 후에 장고 춤을 추는 여인과 그네를 타는 여인의 벽화가 그려진 건물 앞에서 차를 세웠다. 누가 말하지 않더라도, 이곳이 조선족 학교임을 바로 알 수 있었다.

　교문에 들어서자 운동장 가운데로 지나가는 사람이 있어 옥선은 교장실이 어디냐고 묻자 상대방은 왜 교장실을 찾느냐고 되묻고는 우리를 교장실로 안내했다. 알고 보니 그녀가 바로 이 학교의 교장이었다. 옥선은 그녀에게 말했다.

오상 조선족 초등학교 교장과 원옥선

"그러면 삼촌이 이상일이 맞지?"

"네."

"지금 살아 계셔?"

"작년에 작고 하셨습니다."

두 사람의 대화는 마치 모녀가 대화를 하듯 정답게 보였다.

우리는 학교를 나와 그녀의 모교이자 한때 근무했던 오상중고로 가는 중에 그 교장의 가족사에 관해서 이야기를 했다.

원옥선이 70년 전에 다녔던 소학교

75여 년 전 옥선은 신촌 소학교에서 집으로 돌아오는 길에 동네 마을 공회당에서 많은 사람들이 모여서 웅성거리며 '빨리 죽여 버려'라는 소리와 함께 얼마 후 지축을 울리는 총소리도 들었다. 후일에 알게 됐지만 그날은 친일 분자를 색출해 그들의 죄과를 밝혀내고 죄의 경중에 따라 처벌을 하는 친일 분자 처단의 날이었다. 그 일이 있은 며칠 후 옥선의 절친인 영숙이 보이질 않았다.

"영숙은 얼굴도 예쁘지만 옷차림도 중국인 지주 이원의 딸 못지않게 잘 차려입고 다녀서 친구들 간에 선망의 대상이었어. 간혹 그녀의 집에 가면 여태껏 보지도 듣지도 못한 진귀한 물건을 보고서 놀라곤 했어."

영숙의 아버지는 오상에서 이름난 순사였고 어른들은 공포의 대상으로 여겼지만 옥선의 눈에 비친 영숙의 아버지는 그저 자상하고 친절한 보통의 아버지였다. 그런 아버지를 총으로 쏴 죽였다니 옥선은 어른들의 태도에 이해가 가질 않았다고 했다.

"왜 그런 불상사가 있었지요?"

"일본이 패망하고 돌아간 이후엔 한동안 복수의 시대였지. 온 마을마다 친일 분자를 찾아내 처단하느라 이곳저곳 가릴 것 없이 총소리가 들렸으며 한동안 공포가 온 마을을 휩쓸었어. 내가 살았던 인근 마을 민락향에서는 총알이 아깝다고 친일 분자를 죽창으로 찔러 죽이기도 했지."

"친일파들을 철저하게 처단했군요. 그 후 영숙의 집안은 어떻게 되었지요?"

"영숙은 오빠가 둘 있었는데 큰오빠는 모스크바 대학에서 법학을 전공한 후 중국으로 돌아와 목단강 대학 법학과 교수가 되었고 작은오빠는 하얼빈 공대를 나와 북창에 있는 항공회사에 들어가 고위직까지 지내다가 정년퇴임을 했어. 두 명 다 중국 공산당에 가입해 당원이 됐지. 조금 전에 만났던 그 교장도 나의 친구인 영숙이 오빠의 딸이야. 친일한 형사의 손녀이지."

"자기 선친을 죽인 공산당의 정책을 지지하고 게다가 공산 당원까지 되었다니 납득이 안 되네요. 공산당 역시 친일 분자의 자녀를 받아들인 것도 이해할 수 없는데요."

"우리 중국 공산당은 과거에 부모가 무엇을 했든 후손에게는 연좌제를 두지 않고 오로지 자신들의 능력에 따라 사람을 판단해."

이렇게 말하며 공산당의 정책을 자랑했다. 그녀가 중국에 오지 않고 한국에 살았다면 정반대로 생각했을 텐데. 주변의 환경이 사리를 분별하는 중요한 요소인 것을 새삼스럽게 느끼게 했다.

비무장 지대 안에 있는 조상 묘는
어떻게 참배하나?

    오상 조선족 초등학교를 나와 조선족 고중 교사로 들어가자, 왼쪽 입구 게시판에는 각 대학에 합격한 합격자들의 명단이 있었다. 그들 중에는 중국의 명문대 합격자도 상당수 있었다.

오상 조선족 고중 대학 합격자 명단

"많은 학생들이 명문대에 합격했네요?"

"이 학교는 전통이 있는 학교야. 내가 60년 전에 근무할 당시도 입학성

적이 좋았어."

"이 학교 나름의 비결이라도 있나요?"

"비결은 무슨? 우리 민족이 우수해서 그렇지. 게다가 소수민족에게는
가산점을 줘. 소수점을 가지고 다투는 상황에서 그것도 크게 작용하지."

오상 조선족 고급 중학교

학교 방침상 일요일 오후인데도 학교는 학생들로 붐볐다. 고중 3학년은
밤 10시까지는 의무적으로 자율학습을 해야 하기 때문이었다. 중국도 교
육 열풍이 이만저만이 아니라는 말은 들었지만 변방의 소도시도 예외가
아니었다.

넓은 운동장과 4층 건물이 3개동인 오상 조선족 고중은 우리나라 대도
시의 보통 고등학교 정도의 규모였다. 이 정도 규모의 건물을 세우기 위
해서는 많은 돈이 소요되었을 것이다. 그런데도 불구하고 후세 교육을 위
해서 십시일반으로 희사해 학교를 세운 오상 조선족들의 뜨거운 교육열

에 민족적인 자긍심을 느낄 수
있었다.

옥선은 자신이 담임을 했던 반
으로 들어가면서 말했다.

하얼빈 조선족 고중 교실

"예나 지금이나 우리 조선 민
족은 자녀를 위한 교육열은 대단
해."

"맞아요. 한국도 자녀 교육열
이 대단하지만 중국보다 못한
것 같아요. 안중근 기념관 최경
매 관장은 아들이 고등학교에

중국의 교육 열풍의 한 단면

입학하자 곧바로 학교 옆으로 집을 옮겼더군요."

"그런 건 새삼스럽지 않아. 많은 가정이 다 그렇게 해. 내 외손자도 학교
까지 걸어가도 20분 정도밖에 안 걸리는데도 시간 아깝다고 학교 바로 옆
으로 이사를 했어."

중국의 입시제도는 대학뿐만 아니라 중학교와 고등학교도 시험으로 학
생을 선발해, 초등학교부터 과외가 극성을 부려 등하교 시간대엔 자녀들
을 학원이나 과외 교습소로 태워가기 위한 차량들이 모여들어 학교 주변
은 언제나 주차장으로 변한다.

우리가 교실을 둘러볼 때 한 남자가 다가와 왜 허락도 없이 교실에 들
어가느냐고 꾸짖듯 말했다. 옥선은 그에게 우리가 찾아온 목적을 말하고

자녀들의 하교를 기다리는 학부모들

교장실에 들렀더니 아무도 없어서 우선 교실 구경부터 한다고 하자, 자기 방으로 안내했다. 교육계의 대선배인 옥선이 말했다.

"정 선생이라고 했지? 고향은 어디지?"

"길림성 통화입니다."

"부모님이나 조부님 고향은?"

"강원도 통천입니다."

"강원도 통천이라고? 나의 고향은 강원도 울진인데, 지금은 울진이 경상북도이지만 내가 어렸을 땐 울진도 강원도에 속했어. 우리는 같은 고향 사람이구나. 통천에 가 본 적이 있어?"

"저의 부친은 여러 번 갔다 오셨습니다만, 아직 가 본 적이 없습니다. 그리고 지금은 갈 수도 없고."

"왜 그렇지?"

"6.25 전쟁 후에는 그곳이 비무장 지대가 되어 갈 수가 없어요. 전쟁 전에는 아버지와 삼촌이 고향에 가 조상 묘소에 가서 참배를 하곤 했지만 사변 후 마을이 비무장 지대가 되어 갈 수가 없어서 고향이 내려다보이는 먼 산에서 망배만 했어요. 그러나 언제부터인지 북조선에 가더라도 평양이나 몇몇 관광 명소를 제외하고는 다른 곳으로 갈 수가 없어서 오랫동안 망배마저도 못하다가 마침 1992년도에 한중 간에 수교가 되자 그 후로는 한국의 통일 전망대로 가서 망배를 해요."

"한국과 북조선이 왜 저렇게 대치하는지 모르겠어. 수천 년을 함께 살아온 형제끼리 서로 못 잡아먹어 으르렁거리고 있으니 참으로 안타까워. 베트남도 통일이 되었고, 우리 중국도 대만과 서로 원수처럼 지내다 교류를 시작한 지가 이미 20년도 넘어 지금은 제집 드나들 듯 자유롭게 왕래하는데 이 세상에서 유독 우리 민족만 저러고 있으니 분통이 터질 지경이지. 지금은 라디오 방송을 듣지 않아 사정을 알 수 없지만 그전에 방송을 들어 보면 서로에 대한 비방뿐이야 이제라도 제발 그 짓거리 좀 안 했으면 좋겠어."

택시 기사는 70여 년 만에 고향을 찾아온 원 선생을 시내 곳곳으로 안내하던 중 시내 동쪽에 있는 학교 앞에서 멈췄다. 한국의 종합대학 정도의 크기로 보이는 이 학교는 몇 해 전에 설립된 오상 야신 고등학교였다.

야신은 일본군과 항일 전쟁은 물론 장개석 군과 치른 국공 내전에서도 맹활약을 했던 장군이라고 한다. 중국 정부는 그의 업적을 기려 이 학교를 세웠고 교명도 그의 이름을 따서 지었다고 한다.

중앙 건물 앞에 있는 야신의 동상은 광활한 오상 뜰을 내려다보고 있었다. 70여 년 전까지만 해도 그 들판의 주인은 대지주인 이원이었고 야신은 그를 상전으로 모신 종이었다.

국공 내전에서 팔로군이 승리하자 모택동 공산당 정부는 토지개혁을 단행해 지주 이원은 그 많은 토지를 몰수당했고 그가 거느렸던 여섯 명의 첩들도 뿔뿔이 헤어졌지만 야신은 팔로군에 입대해 전공을 세워 그의 이름을 딴 학교까지 세워졌으니 그야말로 상전이 벽해가 된 셈이다.

야신이 사망한 지 60년이 지났는데도 중국 정부는 그의 업적을 잊지 않고 학교까지 세워 그를 기리고 있으니 놀라지 않을 수 없다.

간바황디라쌰마!

1962년 옥선은 대학을 졸업한 후 자신의 모교이자 그의 부친이 설립을 주도한 오상 조선족 고중에 부임한다. 그녀가 부임한 지 5년이 지난 1966년부터 1976년까지 10년 동안 중국은 문화대혁명의 광풍에 휩싸인다. 이 기간 중에는 기존의 모든 가치나 질서가 무너진 채 사회 전체가 무법천지가 되고 한치 앞을 볼 수 없는 암흑세계 자체였다. 혁명의 광풍은 오상 조선족 학교도 예외 없이 불어 닥쳐, 광풍에 휩싸인다. 혁명 중엔 수업은 불가능했고 학교장 등 보직을 맡은 교사들은 매일같이 조례대 앞에서 비판을 받아야 했다.

사회적 경험도 지식도 없는 애송이들이 백전노장인 스승을 조례대 앞에 세워 놓고는 과거의 과오를 파헤치면서 사상개조에 나선다. 제자들 앞에선 스승은 속으로 콧방귀를 끼면서 그들의 미숙함이나 잘못을 지적하고 싶어도 사회의 흐름은 그것을 용납하지 않았다. 교사는 매일 반성문을 수십 번씩 써야 했고 집에도 갈 수 없어 창고에서 남녀 교사가 함께 가마니를 이불 삼아서 지내야 하는 때도 있었고 보직 교사들은 늦은 밤에도 학생들에게 불려나가 투쟁을 받곤 했다.

그 당시 수학과 주임이었던 옥선은 출산을 한 후 휴가 중이었을 때, 밤중에 홍위병들이 찾아와 그녀를 데리고 학교 투쟁 현장으로 가 비판대에 세웠다. 그때 그녀는 "나는 현재 출산 휴가를 받아 휴가 중인 사람이다. 나에게 휴가를 명한 사람은 모택동 주석이다. 모 주석이 여러분에게 권한을 준 것처럼 그분은 나에게도 출산 휴가의 권한을 주었다. 내가 받은 휴가 기간 중에는 이 자리에 다시는 서지 않겠다."라고 단호하게 말했다고 한다.

그녀가 당당하게 말을 할 수 있었던 것은 막냇동생이 이 학교의 홍위병 총대장이었기 때문이었다. 그래도 말은 그렇게 했지만 내심으로는 초조하고 불안했는데 동생의 덕분인지 그날 밤 학생들 앞에서 투쟁받는 것을 면할 수 있었다. 그러나 그 이후에도 계속 불려 나가게 되자 극심한 스트레스에 시달려 젖도 나오지 않고 자리를 비우는 날이 많아지자 젖먹이는 태어난 지 3개월 만에 주검으로 변했다.

한편 1966년 문화대혁명이 한창 중인 12월 초 야밤에 창문 두드리는 소리에 옥선은 잠을 깼다. 문을 두드린 사람은 자기 부서의 부장이었다. 무슨 급한 사정이 있기에 추운 밤중에 자기를 찾아 왔을까를 생각하면서 문을 열어 주자, 그는 "쉿!" 하면서 입을 가렸다.

"원 주임님, 사실은 내가 저녁 10시경에 여기 왔어요. 들어가려고 해도 주임님 동생 때문에 그럴 수 없었어요. 그 애 방에 불이 꺼지기를 기다렸어요. 내가 주임님을 만나러 온 목적은 20일 전에 온 공문 때문입니다. 그 공문대로 실천했는지를 내일 오전까지 홍위병들에게 보고를 해야 하는데 공문의 내용이 뭔지 생각이 나지 않아서……."

스승은 제자의 눈치를 봐야 했고 제자는 스승 위에 군림하던 시대였다.

같은 시기에 이웃 학교인 민락향 조선족 고중에서 근무하면서 문화대혁명을 또 다른 각도에서 경험했던 서병철 선생의 이야기이다. 서 선생은 금년에 88세로 2016년 한국으로 귀국해 국적을 회복한 후 현재 서울 관악구에서 딸과 함께 살고 있다.

　　그는 1939년 5살의 나이에 부모를 따라 흑룡강성 오상시로 이주해 온 후 오랫동안 교사로 봉직한 분이다. 필자가 근무하는 학교와 가까이 살아서 자주 만나곤 했는데 2017년 겨울에 자신이 중국 만주에서 겪었던 경험담을 쓴《북풍은 남풍이 되어》라는 책을 출간했다. 그중에서 그가 문화대혁명 기간 중에 겪은 일화를 소개한다.

〈문화대혁명의 광풍〉

1966년 문화대혁명이 일어나 부르주아 세력의 타파와 자본주의 타도를 외치면서 이를 위해 청소년이 나서야 한다고 주장하였고 전국 각지마다 청소년으로 구성된 홍위병이 조직되어 반동 노선을 공격하여 북경과 지방의 반동 세력은 없어지고 소실되고 말았다. 당시 모택동 주석은 황금을 태워야 순금인가 가짜인가 알 수 있듯이 혁명 간부는 군중 속에 들어가, 혁명의 불 속에 들어가 자기 사상을 불태워 보면 진정한 혁명 사상이 있는가를 알 수 있다고 하였다.

문화대혁명 초기에 여름 방학이 되자 현(縣) 교육국을 중심으로 각 향(鄕)이 기본 단위가 되어 영도(領導) 기구를 조직하게 되었는데, 우리 민락향도 중소학교 교원 100여 명이 투표를 진행하여 영도 기구를 선출하여 내가 주석으로 선출되었다.

나와 향의 부대표로 김명세 향장, 교원대표 최임수 3명은 방학 2개월 동안 현 교육국에서 집체 훈련을 받게 되었다. 훈련 내용은 대자보 활동과 각 학교 정치사상 문제나 생활 단결 문제, 상급 정부 비판 등을 적발, 폭로하는 것, 자본주의 길을 걷고 있는 주자파(走資派)를 타격하는 것이 중점이었다.

특히 각 급 정부에서 소수의 주자파(走資派)를 타격하는 것이 목표였기에 방학 때 집중 훈련을 통해 전국 각지를 돌아다니면서 개과노혁명(일면 공부도 하고 혁명한다는 뜻)을 진행하였다. 이전에 문화대혁명 때는 공부는 약간하고 자본주의로 나가는 주자파(走資派)를 박해하였다. 그리고 미신을 믿는 것을 다 없애 버렸다.

학생들은 다른 것에 구애받지 않고 공부만 하기 때문에 학생들이 먼저 시작하면 전 중국 공산당이 학생들을 받들어서 혁명의 불꽃을 태워 혁명에만 매진할 수 있게 하였다. 학생들의 팔에는 당(黨)과 모 주석을 보호한다는 완장을 붙였다. 소년단은 붉은 넥타이를 매고 다녔다. 소학교에서 중학교 대학교에 이르기까지 발동시켜 나중에는 칭화대, 북경대 같은 명문대에서 일으켜 세웠다.

북경에서 모택동 주석과 주은래 등 중앙 간부들이 천안문 광장에서 전국의 혁명적인 홍소병과 홍위병을 접견하는 활동이 있다고 하였다. 신문에 나기를 학교 선생 열 명 중에 한 사람을 뽑으라고 하였다. 예를 들어 30명이면 3명, 학생은 100명 중에 10명을 뽑으라고 하였다. 이들을 뽑아서 데려오라고 한 것이다. 전체 군중을 대표해서 가는 사람도 있지만 성적이 좋지 않지만 가는 사람도 있었을 것이다. 나를 포함한 교원 3명과 학생 50명이 참석하였다. 거기서 이견이 좀 있었다. 왜 너희 좋은 사람들만 보냈냐고 불만을 제기하고 이런 식으로 선발하는 것은 문제라고 이의를 제기하기도 하였다. 북경에 갔더니 내리자마자 젊은 애들이 고깔모자 씌우고 때리는 것을 보았다. 그날 밤부터 민락 중학교 홍위병 총부에서 나의 안전을 위하여 주의할 것을 전화로 통지받았다. 집에 돌아가서 맞을 수도 있다고 생각이 들었다. 이에 돌아오는 기차 안에서 잠 한숨 자지 못하고 뜬눈으로 보냈다. 밤새 나는 충격을 받아 기회를 봐서 기차에서 뛰어내려 자살을 시도했지만 호위병들의 포위와 호송 속에서 실현되지 못했다. 끝내는 하얼빈을 거쳐서 안가 자그마한 역전에 내리려고 보니 역전 플랫폼 안팎은 수많은 학교의 홍위병과 사람들이 사방에서 몰려와서 좋은 구경거리가 생겼다며 기차에서 내리는 우리 일행을 두드리며 고깔모자를 씌우고 투쟁을 진행했다. 낙후 분자들을 뽑지도 않고 자기들끼리 원하는 이들을 뽑았다고 불만을 제기한 것이다. 이는 우리 동네에만 있지 않고 전국적인 형태였다. 고깔모자를 쓰면 개조분자라고 하여 대우를 받고, 안 쓰러지면 얻어맞았다.

문화대혁명 전에 당에서 우파로 낙인찍히면 공직에서 쫓겨나고 1년 반에서 2년 반 정도 농촌에서 강제로 노동에 처하고 이후로 농민으로 살게 된다. 이에 대한 사상 등급을 1~4급으로 하는데 4급부터 우파로 분류되어 엄청난 불이익을 받게 된다. 나는 교사로 있으면서 당국에 조선족 교사들의 처우 개선을 요구하고 러시아에게 빼앗긴 중국 땅을 되찾아야 한다고 수업시간에 열변을 토했다.

그중에서 중국 땅을 되찾아야 한다는 것에서 가점을 받아서 나의 사상도가 3급으로 나와서 우파로 낙인찍히는 화를 면하게 되었다. 내가 아는 한 물리선생님은 다분히 우파적인 사상이 있어서 공산당을 비판하기도 했는데 검열이 강화될 즈음에는 일부러 자리를 피해 실험실에서 실험에만 전념하였다.

출처: 《북풍은 남풍이 되어》, 서병철 자서전 희망사업단

"그런데 홍위병 총대장이던 막내 동생은 그 후 어떻게 되었지요?"

"그놈은 머리가 비상해 고중 재학 중엔 학생회 영도가 되었고 혁명 중에는 홍위병 총대장까지 했어. 혁명이 끝난 후에도 그 정신을 실현하고자 대학에 진학하지 않고 바로 자그마한 회사에 입사해 운전기사로 반평생을 일하다가 5년 전에 퇴직했어."

"참 아깝네요. 오상의 천재가 기껏 자동차 기사로 일하다니."

"그것이 그가 꿈꾸었던 계급이 없는 사회, 무산 계급의 사회 건설을 실천하는 길이라고 여겼기 때문에 아무런 회한이 없다고 했어."

"외부세계에서는 문화대혁명을 중국의 암흑기이며 그로 인한 혼란으로 중국의 발전이 10년 이상 퇴보했다고 하는데요? 더구나 선생님은 개인적으로 자식을 잃는 슬픔도 겪고 수재였던 동생이 운전기사로 은퇴했으니 아쉬움이 많을 텐데요."

"아니야, 정반대야. 오늘날 중국을 이끄는 지도자들은 문화대혁명 시 혁명을 주도했던 학생회 영도들이야. 그들은 모 주석이 강조한 간바황디 라샤바!(황제를 용상에서 끌어내릴 수 있는 용기와 담력) 정신을 배웠고 그런 용기와 담력, 배짱이 오늘날중국의 발전을 견인하고 있어."

그녀는 공산당이 하는 정책은 무엇이든 인민을 위한 것이기 때문에 토

를 달 필요가 없다고 강조한다. 10세에 중국으로 떠난 소녀 옥선은 어느 덧 철저한 공산주의 신봉자가 되어 있었다.

문화대혁명

- 1966년부터 1976년까지 10년간
중국의 최고지도자 마오쩌둥에 의해 주도된 극좌 사회주의 운동

마오쩌둥에 의해 주도된 운동으로 전근대적인 문화와 자본주의를 타파하고 사회주의를 실천하는 운동이다. 전통적인 중국의 유교문화가 붕괴되었고 계급 투쟁을 강조하는 대중운동으로 확산되었다. 마오쩌둥은 1950년대 말 대약진 운동의 실패로 정치적 위기에 몰리게 되자 문화대혁명으로 중국 공산당 내부의 정치적 입지를 회복하고 반대파들을 제거하기 위한 방편으로 활용하였으며 혁명은 공산당 권력 투쟁으로 전개되었다. 당시 농업국가인 중국에서 과도한 중공업 정책을 펼쳐 수천만 명이 굶주리는 사태가 발생하였으며 국민경제가 좌초되는 실패를 가져왔고 이에 마오쩌둥은 대중노선을 주장하였으나, 류사오치, 덩샤오핑 등의 실용주의자들은 공업 및 각 분야별 전문가를 우선시할 것을 주장하였다.
무너진 민생경제를 회복하기 위해 자본주의 정책의 일부를 채용한 정책이 실효를 거두면서 류사오치와 덩샤오핑이 새로운 권력의 실세로 떠오르기 시작했다. 권력의 위기를 느낀 마오쩌둥은 부르주아 세력의 타파와 자본주의 타도를 외치면서 이를 위해 청소년이 나서야 한다고 주장했다. 1962년 9월 중앙위원회 전체 회의에서 마오쩌둥은 계급 투쟁을 강조하고, 수정주의를 비판함으로써 반대파들을 공격하기 시작하였다. 전국 각지마다 청소년으로 구성된 홍위병이 조직되었고 마오쩌둥의 지시에 따라 전국을 휩쓸어 중국은 일시에 경직된 사회로 전락하게 되었다. 마오쩌둥에 반대되는 세력은 모두 실각되거나 숙청되었고 마오쩌둥 사망 후 중국 공산당은 문화대혁명에 대해 '극좌적 오류'였다는 공식적 평가와 함께 문화대혁명의 광기는 급속히 소멸되었다.

출처: 두산백과

고모의 죽음과 고모부의 재혼

"나의 고모는 운명적으로 고독수가 끼였는가 봐. 태어나는 순간부터 천상천하 유아독존의 삶이 시작된 셈이지. 동물이든 인간이든 어미를 잃은 순간부터 고행의 길이 아닌가! 주위에서 아무리 정성껏 대해도 어디 어미만 하겠어?"

옥선의 고모는 태어나자 곧바로 어머니를 여의고 아버지마저 산속으로 들어가 외가에서 자랐으며 결혼 후에도 가족과 이틀 만에 헤어져 고모부를 따라 북만주 오상으로 가서 두 자녀를 가졌지만 홍진을 앓다가 둘 다 저세상으로 떠나보냈다.

그 이후 고모는 극심한 스트레스로 몸져누웠고 병이 깊어 가자 죽음을 직감하고 남편에게 "내가 죽거든 다른 사람들처럼 화장해 송화강에 뿌리지 말고 뒷산 양지 바른 곳에 매장을 해 주오. 내 육신이 떠나가면 저승에 있는 내 새끼를 누가 지켜 주겠소. 어머니 아버지가 영면해 계시는 내 고향 울진 기성면 방향으로."라는 유언을 남기고 눈을 감는다. 그때 나이는 겨우 32세에 불과했다고 한다.

"죽는 순간까지도 먼저 간 자식을 생각하는 모성애와 부모를 그리워하는 모습을 보니 부모에 대한 그리움이 얼마나 한이 맺혔는지를 알 수 있네요."

"고모는 고인이 되어 저승으로 갔지만 아내와 자식을 잃은 고모부는 의지할 곳이 없어 막막했어. 부모 형제를 찾아 한국으로 가려고 해도 38선이 막혔기 때문에 어쩔 수 없이 우리 집에 와 더부살이를 했어. 지금은 처가살이가 일반화되다시피 해 괜찮지만 70~80년 전에는 그게 어디 쉽겠어?"

옥선의 고모부가 함께 생활하게 되자 부모님도 불편했고 고모부도 마음이 편치 못했다. 사랑하는 가족을 졸지에 잃은 고모부는 우울한 모습이 역력했다. 그녀의 부모님은 이대로 두고 볼 수가 없어 재혼을 시키기로 마음을 먹고 만나는 사람마다 부탁했다.

"알다시피 옥선이 고모부가 사정이 이만저만이 아니야. 좀 도와줘. 어디 적당한 사람이 없어? 이제 30대 후반인데 어찌 혼자 살 수 있겠어. 천하의 호인이고 학자 아닌가. 적당한 사람이 있으면 좀 소개해 줘."

한 서너 달이 지날 무렵, 옥선의 어머니는 옆 마을에 사는 경주댁으로부터 하가자촌에 괜찮은 사람이 있다는 소식을 듣는다.

"그래, 어떤 사람인데?"

"금년에 나이는 34살이고 남매가 있는데 머슴아는 6살이고 그 밑에 계집애는 4살이야. 고향은 옥선의 고모부와 같은 경상도라고 해."

"같은 경상도 사람이면 잘됐지 뭐. 어째서 남편 없이 혼자서 사는고?"

나중에 옥선의 새고모가 되는 이인숙 여사는 일본 관동군 출신의 성순환과 결혼을 했는데 이들 부부의 만남이 특이했다.

1945년 8월 15일 일본이 항복 선언을 할 때 청년 성순환은 장춘과 가까운 사평에 있는 관동군 부대에서 근무했다. 항복 선언과 동시에 소련의 홍군이 중국 동북의 치안을 담당하면서 관동군에게 '병영 내를 벗어나는 자는 바로 사살 한다.'라는 포고령을 내렸다.

소련 홍군이 지배하는 엄중한 상황이었지만 성순환은 경비가 허술한 야밤을 틈타 평소에 친분이 있던 조선족 집으로 가서 옷을 빌려 입고 탈주를 한다. 그에게 급한 것은 사평을 벗어나는 것이었다. 그는 밤새도록 뛰어 조선족이 사는 마을에 도착한 후 어느 집에 들어갔다. 청년의 딱한 사정을 들은 조선족 주인은 그를 숨겨 주었다. 그런데 뜻하지 않게 집 주인의 딸과 눈이 맞아 부부가 되었다.

북간도 만주도 5월 초가 되자 추위가 언제 있었던 듯 지나갔고 대지는 활기가 넘치고 만물이 소생했다. 오상현 주가마을도 벚꽃과 라일락꽃이 온 동네를 장식했다. 이런 분위기에 젖은 남편 성순환이 말했다.

"여보, 둘째까지 보았는데 여태까지 이 오상 밖으로 나가 보지 못했으니 언제 함께 바깥나들이 한번 하구려."
"좋지요. 어디로 갈까예?"
"하얼빈이 어떨까?"

"우리 마을도 이렇게 아름다운데 하얼빈의 태양도는 얼마나 좋겠노."

"그래. 하얼빈도 보고 건너편 태양도도 가 보자."

하얼빈 성 소피아 성당

부부는 아이를 부모님께 맡기고 하얼빈으로 가 성 소피아 성당을 본 뒤 중앙대가로 향했다. 중앙대가는 건물뿐만 아니라 상점의 제품도 러시아

일색이었다. 이것뿐만 아니라 거리를 걷는 사람들도 러시아인과 유대인이었고, 들리는 음악 역시 경쾌한 리듬의 러시아풍이라 중앙대가는 하얼빈시 속의 러시아였다.

부부는 넘치는 인파를 헤집고 태양도 방향으로 걸으면서 중간쯤에서 화려한 대리석 건물을 보고서 감탄했다.

"와, 멋지다! 저 건물은 무슨 건물이지예?"
"보자, 마디엘 빈관이군. 마디엘 빈관이야."
"여보, 우리도 저런 멋진 빈관에서 자는 날이 올까요?"
"그럼 다음에 돈 많이 벌어서 꼭 저 빈관에서 식사도 하고 잠도 자자구."
"약속할 수 있어예?"
"그럼, 그렇고말고."

그들 부부는 중앙대가를 지나 유람선을 타고 태양도로 가서 관광을 즐긴 후 추림 광장으로 갔다. 추림 광장은 중앙대가 보다 더 많은 인파로 넘쳤다. 중앙대가가 러시아풍인데 비해 추림 광장은 중국다웠다. 그들은 진열된 상품을 보면서 아이 쇼핑을 했다.

"여보, 저 집 한번 들어가 보자."

하얼빈 중앙대가

"아니, 저 가게는 금은방이 아니오. 금은방은 뭐 할라꼬?"

"그래도 한번 구경하자고."

아이 둘을 두어도 여태까지 부인에게 마땅한 선물 하나도 준 적이 없었던 것을 미안하게 생각했던 남편 순환은 부인에게 쌍가락지를 사 준다.

하얼빈 나들이를 하고 집으로 돌아온 지 며칠이 지난 후 부인은 남편에게 말했다.

"날도 풀려 따뜻하니 이참에 고향에 한번 다녀오이소. 그리고 일전에 시부모님을 위해서 축음기도 샀잖아요."

"그래. 그런데 곧 농사철인데 지금은 안 돼. 모내기까지 해 놓고 같이 가자."

"모내기는 동생과 오빠가 있으니 걱정할 것 없어예. 그리고 파종하려면 아직도 한 20일 남았고, 그 사이에 다녀오이소."

"그래. 그러면 당신도 함께 가야지. 아직 시부모님께 인사도 드리지 못했으니 함께 가자."

"그런데 저 어린 것을 데리고 수천 리 길을 어떻게 가겠어예. 둘째는 요즘 열이 나, 병원에도 데리고 가 봐야 하고 하여튼 지금은 갈 수 없으니 먼저 당신만 갔다 오이소."

순환은 아내의 배웅을 받으며 자기의 고향 창녕으로 떠났다. 오상역에서 그날의 작별이 이 생에서 함께한 마지막 순간이 될 것이라는 사실을 그들 부부는 상상도 못했다. 남편이 한국으로 간 보름 후에 38선이 봉쇄 되었다는 소식을 듣게 된다. 그래도 시간이 지나면 통행이 재개되겠지라 는 희망을 갖고 기다렸지만 들리는 소식은 바람과는 반대로 갈수록 경계 가 강화되어 끝내는 생이별이 되었다.

부인은 운명을 탓하면서도 이를 악물고 아이를 키우면서 농사일을 했 으나 남편의 빈 공간은 너무나 컸다. 초여름부터 시름시름 앓던 병이 가 을이 되면서 더 악화되었다. 병원을 다녀도 별 차도가 없었다. 그녀는 심 한 우울증을 앓았고 그 원인은 자식과 남편에게 이별의 한을 줬다는 원망 과 한탄에서 비롯된 자괴감 때문이었다.

며칠 전까지만 해도 해바라기와 벼로 꽉 들어찼던 황금빛 들판도 늦가 을에 접어들자 짚동만이 옹기종기 서 있고 동네 사람들은 땔감을 준비하 는 등 겨울나기에 한창이었다. 옥선의 새고모와 한동네에 사는 김득수 노 인은 해거름 무렵 옥수숫대를 지고서 다리를 건너고 있었다. 그때 수심이 깊은 강가에서 한 여인이 서 있었다. 저녁밥 준비를 할 시간인데 왜 거기 에 있는지 의아해할 때 그 여인은 치마에 돌을 싸맨 채 강 속으로 뛰어들 려는 참이었다. 그 순간 노인은 쏜살같이 달려가 물에 뛰어들기 일보 직 전의 여인을 구했다.

"아니 철수 엄마, 지금 무슨 짓을 하고 있어요? 정신 좀 차리소. 어린 자 식을 2명이나 놔두고 이런 짓을 한단 말이요."

그녀는 자신의 잘못으로 남편과 자식들에게 돌이킬 수 없는 죄를 지어

죽음으로 그 죄를 갚겠다고 자살을 시도했던 것이다. 동네 사람들이 모여
들었다. 우울중엔 마음에서 온 병이니 무당을 데려와 굿을 해야 되느니 푸
닥거리로는 안 되니 연지육이나 야관문 줄기와 원추리를 달여 먹는 것이
좋다는 등 여러 가지 방안이 나왔다. 그런데 다행스럽게도 죽기를 결심하
면서 나온 강력한 뇌파가 작용했는지 그 자살 사건 후 그녀의 증세는 나날
이 나아졌다. 우울중에서 완전히 회복된 후 그녀는 동네 어른들에게 글도
가르치고 마을에 무슨 일이 생기면 제일 먼저 달려가 도와주곤 했다.

옥선의 어머니는 경주댁으로부터 이런 사연을 듣고서 다른 사람에게도
물어도 누구나 다 이구동성으로 나무랄 데 없는 현모양처란 소리를 듣는
다.

어머니는 어느 날 저녁 식사를 마친 후 고모부에게 말했다.

"옥선이 고모부 요즘 마음고생이 말이 아니지예? 우리도 괴로워 말도
못 하고 고모부 눈치만 보고 있어예. 고모부 이젠 이렇게 된 것 어떻게 하
겠어예. 이것도 운명인데 받아들여야 하지예. 늘 우울하게 살다간 산 사
람도 병나겠어예. 어찌됐든 산 사람은 살아야지예. 이제부터 과거는 잊어
버리고 새로운 출발을 해야 해예. 어쩌면 시누이도 저승에서 고모부가 힘
들게 사는 모습을 보면 생각을 바꾸라고 할 끼라예. 이번에 내가 여러 곳
에 알아봤더니 마침 좋은 사람이 있어예."

"……."

옥선의 어머니가 고모부에게 재혼을 권한 것은 이번이 처음이 아니고
벌써 세 번째였다.

"김 서방, 마음을 바꾸세. 아직도 살아갈 날이 창창하게 남았는데. 어찌 혼자 살 수 있단 말인가. 이제 잊어버리고 새 출발해."

"네, 형님 한번 생각해 보겠습니다."

같은 말만 되풀이했다.

"여보, 어쩌면 좋겠어. 저렇게 잊지 못하고 우울해 있으니."

"마누라와 두 자식을 보냈으니 그게 어디 하루아침에 잊어지겠어? 좀 더 기다려 보자고."

"38선이라도 열리면…."

"현실성 없는 소리를 뭐 할라꼬 하노?"

그날 저녁 이후에도 어머니는 몇 번이나 재혼을 권했다. 어머니의 거듭된 설득에 고모부도 마을을 돌려 "그렇다면 한번 만나 보지요?"라는 짧은 말을 남기고 밖으로 나갔다. 옥선도 마당으로 나가 고모부가 무엇을 하는지 지켜보았다. 밤하늘엔 별빛이 어느 때보다도 더 밝게 빛나고 있었다. 고모부는 뜰 앞 나뭇가지에 기대어 담배를 꺼내 물고는 밤하늘을 쳐다보았다. 이 밤에 왜 밤늦게 나무 가지에 기댄 채 하늘을 바라볼까. 하늘에 계신 고모와 대화를 나누고 있을까 아니면 세상이 보기 싫어 고개를 들고 계실까? 어린 소녀 옥선의 눈에도 고모부는 한없이 처량해 보였다.

* * * * *

"내가 그때 초등학교 5~6학년밖에 되지 않았어. 고모가 돌아간 후 고모부는 몰골이 말이 아니었어. 잉꼬부부로 주변에 소문이 자자했는데 갑자기 돌아갔으니 그 마음이 어떠했겠어. 어머니가 결혼을 권유할 때마다 이러지도 저러지도 못하는 모습이 지금도 선해."

어머니의 노력은 결실을 맺었다. 고모부가 승낙을 하자 고모부와 새고모는 수차례 만나면서 서로의 의중을 확인한 후 재혼했다. 어머니는 고모부의 마음을 기쁘게 하기 위해서 결혼식보다 더 큰 잔치를 준비해 먼 곳에 사는 조선족까지 초대했다. 고모부와 새고모가 재혼을 한 후 새고모가 데려온 아이들은 고모부의 성을 따라 성은 김으로 하고 이름은 철수에서 성철로 딸은 성숙으로 바꿨다.

그리운 내 아버지

1972년부터 KBS 라디오가 해외 거주 한민족을 대상으로 사회교육방송을 시작하자 중국에 거주하는 동포사회에 엄청난 파장을 일으켰다. 방송 시간이 되면 온 가족이 모여 앉아 방송을 청취했으며 바빠서 들을 수 없는 경우에는 이웃이나 친지에게 부탁할 정도로 그 파급력은 대단했다. 성철의 고향인 하가자툰 조선족 마을도 마찬가지였다.

하얼빈 농업대 졸업 후 하얼빈 농업원에 다니던 성철은 주말에 고향 집에 가 어머니의 일을 돕고 있었다. 이튿날 그는 이웃집 아저씨로부터 "어제 저녁에 한국 KBS 방송에서 찾는 사람이 너의 가족인 것 같더라."라는 말을 듣고는 다른 지인을 통해서 확인한 결과 자기의 가족을 찾는 것이 확실했다. 그는 바로 KBS 방송국에 편지를 썼다. 편지를 접수한 KBS 방송국은 성철이 쓴 편지를 서울 하월곡동에 살고 있는 그의 생부 성순환에게 전달했다. 간접적이나마 친자식과 생부 간에 처음으로 연락이 된 셈이었다.

1970년대는 중국과 한국은 미수교국이라 왕래는 불가능했지만 서신교환은 가능해 이들 부자는 계속해 서로의 안부를 주고받았다. 서신을 주고받은 지 6년이 지난 1979년에 이들 부자가 직접적으로 만날 수 있는 기회가 왔다. 성철의 고모부가 중국 심천에 있는 회사와 거래를 트기 위해 심천을 방문했다. 그때 그의 고모도 친정 조카를 만나기 위해 동행을 해 성철을 만났다.

고모와 조카가 만난 이듬해 성철은 꿈에 그리던 아버지를 만나기 위해서 홍콩에 있는 까메리아 호텔로 갔다.

그들 부자는 홍콩에서 며칠 동안 즐거운 시간을 갖고 아쉬움을 남긴 채 작별을 한 후 각자의 길로 떠났다.

1992년에 이르자 한국과 중국 간에는 굳게 잠겼던 빗장 문을 열고 수교를 시작했다. 그 후 기회가 있을 때마다 성철은 서울에 있는 아버지를 찾아가곤 했다. 그의 여동생은 아예 서울로가 아버지 곁에서 산지가 몇 해가 지났다.

성철은 아버지를 만나고 돌아올 때마다 오상에 있는 어머니에게 들러 아버지의 근황을 전했다. 그럴 때마다 어머니는 아무런 말씀도 없이 침묵으로 일관했다.

1997년 여름에 성철이 서울에 갔을 때 아버지는 "너희 엄마를 만나야 할 텐데."라고 하자 귀국 후 바로 오상에 있는 어머니 댁으로 가서 그 사실을 알렸다. 평소에 아무런 말씀이 없던 어머니는 역정을 냈다.

"앞으로 그런 소리는 절대로 하지 마라."

1998년 4월초 성철의 사무실에 전화벨이 울렸다. 서울에서 온 전화였다.

"예, 전화 바꿨습니다."

"성철 맞아?"

"예, 예, 아버님이시군요. 건강은 어떠세요?"

"나야 괜찮지만, 너의 어머니는 어떠니?"

"어머니도 건강하십니다."

"내가 이번 4월 22일에 하얼빈에 갈 것이다."

"네네."

"그 날짜에 비행기를 예매해 놓았으니 그리 알고 있어라. 그리고 숙소는 뭐더라. 아, 마디엘 빈관. 중앙대가에 있는 마디엘 빈관으로."

"저희 집에 주무셔도 될 텐데. 그 빈관은 비싼데요."

"괜찮아, 됐어."

1998년 4월 22일 김포 공항을 출발한 아세아나 여객기에 앉은 노신사는 옛 부인을 기리며 감회에 젖었다. 만주에서 일본 관동군으로 근무하다 맞은 해방, 성철 엄마와 결혼, 고국 방문과 이산의 아픔 등….

김포 공항을 출발한 지 2시간이 지날 무렵 곧 하얼빈 국제공항에 착륙할 예정이니 안전벨트를 매라는 기내 방송이 나왔다. "비행기로 2시간밖에 안 걸리는 거리인데도 여기까지 오는데 무려 52년이 걸리다니."라며 노인은 한숨을 짓는다.

한편 성철은 그날 아침 일찍이 오상에 살고 있는 어머니 댁으로 간다.

"어머니, 제 말 좀 들어 주세요."

"고맙긴 해도. 이 먼 거리를 뭐 한다고…….."

"어머니, 아버님 만나러 가지요?"

"성철아, 조금만 기다려다오. 지금은 만날 수가 없다. 내 마음 좀 이해해다오."

성철은 곧바로 하얼빈 국제공항으로 갔다. 오후 1시 50분에 김포발 아시아나 여객기가 도착했다는 공항 방송이 나왔다. 대합실에서 아버지가 나오길 기다릴 때 성철의 마음은 복잡했다. '어머니를 만나려고 이 먼 길을 오시는데 아버지에게 어떻게 말을 해야 할까?' 성철은 아버지를 모시고 중앙대가에 있는 마디엘 호텔로 향했다.

"야, 천지가 개벽되었구나! 여긴 전부가 황무지였는데 그 넓던 평원이다 도시로 변했구나. 지금 하얼빈 인구가 얼마지?"
"천만이 조금 넘습니다."
"천만이 넘는다고? 내가 살 당시엔 60만 명 정도였는데 그렇게나 인구가 늘어났으니 이렇게 팽창이 안 될 수 없지."

차가 도심인 학부로를 지나 남광구에 진입했다.

"여기는 옛 모습이 그대로구나. 저 북쪽 저 길이 중앙대가 가는 길 맞지?"
"네. 거의 다 왔습니다."

그들은 중앙대가 입구에서 내렸다. 마디엘 호텔로 가려면 한 600m를 걸어야 했다.

"하얼빈시가 엄청 많이 변했어도 이 거리는 그대로구나."

아버지는 호텔 앞에서 잠시 주저한 후 빈관으로 들어갔다. 여기서도 어머니가 없는 것을 보자 실망감이 역력했다. 성철은 드디어 올 것이 왔구나. 어떻게 말씀드려야 하나 생각했다.

"성철아 너의 어머니는?"
"아까 말씀드리려 했는데 며칠 전부터 몸살을 심하게 앓아 오지 못했습니다."
"뭐라고?"

아버지는 한숨을 지었다. 성철은 실망하는 아버지의 마음을 풀어 주고 싶지만 마땅한 방법이 없었다.

"얘야, 이 가방 객실에 갖다 놓고 오너라. 더 어둡기 전에 송화강가로 산책이나 하자."

빈관을 나온 아버지는 다시 한번 빈관을 보면서 들릴 듯 말 듯 말했다.

"나중에 돈 벌어 이 빈관에서 차도 마시고 식사도 하고 잠도 자기로 약속했는데 늦으나마 그 약속을 지키려 이 먼 곳까지 왔는데."

부자는 중앙대가를 지나 송화강까지 걸었다.

송화강 유람선

"송화강은 역시 큰 강이구나. 옛날에는 강물이 푸르렀는데….''

아버지는 건너편 태양도를 유심히 바라보며 50여 년 전 성철의 어머니
와 함께했던 옛 추억을 회상하는 듯했다.

"아버지, 그럼 태양도도 가 보셨군요."

아버지가 빙긋 웃었다. 성철은 아버지의 웃는 모습을 보고 이내 안심을
한다.

"그 시절이라고 낭만이 없었을 것 같으냐? 너희 엄마한테 내가 얼마나
혼난 줄 알아?"
"왜요?"

"태양도 주변을 산책하다가 러시아 여성이 지나가기에 무심코 눈길을 돌렸더니 너 엄마가 얼마나 많이 꼬집었는지."

부자는 강변 주변 벤치에 앉아 여태껏 못다 한 이야기를 주고받았다. 성철은 부모님이 누구보다도 금슬이 좋았던 것을 알게 되었다. 그런데 왜 그토록 사랑했던 부부가 서로 떨어져 살아야 했는지.

아버지가 서울로 돌아간 지 5년이 지난 후 성철은 오상 고향 마을에 사는 친구로부터 "너의 어머님이 위독하니 빨리 오너라."는 전갈을 받고 급히 달려갔다. 병상에 누워 계시는 어머니의 모습에서 임종이 임박함을 느꼈다.

"어머니, 제가 왔어요. 정신 차리세요."

어머니 눈가에는 눈물이 맺혀 있었다.

"애야, 힘들었지? 몇 해 전 너의 아버지가 하얼빈에 왔을 때 만나라고 했지? 그때 낸들 어찌 만나고 싶지 않았겠니. 몹시 보고 싶었지. 그런데 난 그 사람, 너의 아버지 앞에 나타날 수가 없었어."라고 말하면서 손에 쥐고 있던 쌍가락지를 성철에게 건네주었다. 그 가락지는 50여 년 전 두 분이 하얼빈 중앙대가와 태양도에 봄나들이를 갔다가 추림 광장에서 아버지가 사 준 그 가락지였다.

"나는 어쩔 수 없이 너의 의붓애비와 재혼을 했지만 한시라도 너의 아버지를 잊은 적이 없었어. 평생 너의 애비를 가슴속에 품고 살았어. 너의 아버지가 보고 싶고 그리울 땐 장롱 안에 깊숙이 숨겨 두었던 이 가락지를 만지작거리곤 했어. 이 가락지엔 너의 아버지를 기다리며 느꼈던 그리움과 한이 녹아 있어. 내가 눈을 감으면 하나는 나의 무덤에 묻어 주고 나머지 하나는 서울의 애비에게 드려라."라는 유언을 남기고 깊은 숨을 몰아치며 영면했다.

어머니가 돌아가신 지 3년 후 성철은 서울에 살고 있는 이복동생 경호로부터 아버지가 위독하다는 전갈을 받은 후 바로 하얼빈 공항에서 김포행 비행기에 탑승했다. 그는 어머니가 준 가락지를 간직한 채 깊은 상념에 잠겼다. 그리운 어머니 한평생 아버지를 가슴에 안고 살아왔던 어머니, 아버지에 대한 그리움 때문에 자살까지 시도했던 분, 그런데도 그토록 보고 싶은 아버지가 하얼빈까지 왔는데도 끝내 모습을 보이지 않았던 어머니, 당신이 그토록 사랑했던 아버지와의 만남을 거절한 이유를 어렴풋이 알게 됐다.

필자는 이 말을 듣자 일본에 끌려간 지아비를 기다리다 칫솔령에서 망부석이 된 박제상의 부인이 떠올랐다.

20분 후면 김포 공항에 도착하니 안전벨트를 매라는 기내 방송이 나왔다. 그는 서둘러 수속을 마치고 한양대 병원으로 달려갔다. 그가 도착하자 다른 가족들이 자리를 비워 주었다. 그는 어머니의 유언을 전한 후 가락지를 쥐어 주자

"시대 때문에 우리가……."라는 말을 남기고 운명했다고 한다.

이 이야기는 원옥선 선생의 가족사에 관련된 이야기이다. 그녀는 현재 하얼빈시 평방구에서 여생을 보내고 있으며 필자와는 하루에도 몇 번씩이나 통화하는 사이이다.

15

하얼빈 서명훈

세계인을 경악시킨 세 발의 총성

블라디보스토크에서 발행하는 우리말 신문 〈대동공보〉에서 이토 히로부미가 하얼빈을 방문한다는 기사를 본 2명의 독립투사는 1909년 10월 21일 브라우닝 권총을 휴대한 채 블라디보스토크역에서 오전 8시 50분발하얼빈행 우편 열차에 오른다. 안중근과 우덕순이다. 그들이 이 기차를 탄 목적은 우리나라 찬탈의 주범이자 원수인 이토 히로부미를 제거하는 것이었다.

하얼빈 조린공원 내에 있는 안중근의 휘호 청초당

기차는 저녁 9시 25분에 수분하역에서 세관 검사를 마치고 1시간 9분간 정차를 했다. 이 틈을 이용해 안중근 의사는 역사 바로 옆에서 약국을 경영하는 알고 지내든 동포 유경의 집으로 가 러시아어를 구사할 줄 아는 사람을 구해 달라고 부탁을 하자 유경은 그의 아들 유동하를 동행하도록 했다.

안중근 의사가 이토를 쏘기 전 들렀던 하얼빈 조린공원

기차는 하성자와 목릉의 팔면통을 거쳐 이튿날 밤 9시경에 하얼빈에 도착한 후 하얼빈 교민 회장을 맡고 있는 도리구에 있는 김성백의 집으로 가서 11일간 머무른다. 이 기간 동안 그들은 하얼빈 공원도 둘러보고 사진도 찍었다. 안 의사는 그의 원대한 뜻을 담은 〈장부가〉를 호롱불 아래서 썼다.

〈장부가〉

장부가 세상에 처함이여 그 뜻이 크도다.

때가 영웅을 지음이여 영웅이 때를 지으리로다.

천하를 응시함이여 어느 날에 업을 이룰고.

동풍이 점점 참이여 장사의 의기가 뜨겁도다.

분개히 한번 감이여 반드시 목적을 이루리로다.

쥐도적 이등이여 어찌 즐겨 목숨을 비길고.

어찌 이에 이를줄을 헤아렸으리요 시세가 고연하도다.

동포 동포여 속히 대업을 이룰지어다.

만세 만세여 대한독립이도다.

만세 만세여 대한독립이도다.

이즈음 하얼빈에서 발행하는 신문 〈원통보〉는 동경 발 기사에서 이토 히로부미가 러시아 대신을 만나기 위해서 15명의 수행원을 대동하고 25일 장춘을 떠나 하얼빈으로 온다는 구체적인 뉴스를 접한다. 그는 즉시

구 장춘역(현재 병원) 이토 히로부미가 이 역에서 승차해 하얼빈으로 감

채가구역(안중근 의사가 이 역에서 이토를 저격하려고 했던 곳)

〈대동보〉 발행인 이강에게 편지로써 이 사실을 알리고 거사 목표 지점을 장춘의 관성자역으로 결정하고 필요한 자금을 보내 달라고 했다. 하지만 장춘으로 가기 위해서는 당장 경비가 필요했지만 그들에게 기차표를 구입 할 비용도 없었다. 할 수 없이 유동하를 통해서 김성백에게 돈을 차용하려 했지만 여의치 못하자 그들은 장춘으로 가는 계획을 포기하고 하얼빈에서 가장 가까운 채가구역으로 변경했다. 채가구역은 교행역이라 차가 잠시 머무르기 때문에 그 틈새를 이용할 수 있었다.

안중근과 우덕순은 러시아어를 모르기 때문에 하얼빈에서 세탁업을 준비 중이었던 러시아어가 가능한 조도선과 함께 채가구역으로 가 현지 사정을 파악한 결과 특별 열차가 이 역을 아침 6시에 통과 한다는 사실을 알게 된다. 10월 말경의 아침 6시는 아직 어둠이 가시지 않은 시간이라 얼굴 식별이 어려울 뿐만 아니라 이토가 역에서 내리지 않을 수도 있었다. 그래서 우덕순과 조도선은 채가구에서 안중근은 하얼빈에서 거사를 하기로 했다.

하얼빈역, 안중근 의사가 이토를 저격했던 지점(회색 직사각형)

  10월 26일 아침 일찍 안중근은 8연발 브라우닝 권총을 소지한 채 하얼
빈역 역사 안 찻집에서 차를 마시며 기회를 노리고 있었다. 8시 넘어서자
하얼빈역의 경비는 더욱 삼엄해 러시아인과 중국인은 통행이 불가능했
다. 원래 계획은 일본인도 통행증이 있어야 입장이 가능했지만 일본 총영
사가 반대해 출입이 가능했다. 어찌 보면 일본 총영사가 안 의사의 거사
를 성공시키는 한 요인이 되었던 것이다. 아침 9시에 이토가 탄 특별 열차
가 역내로 들어오자 러시아 재정대신 코코구체브가 열차에 올라 영접했
다. 10여 분 후에 이토와 코코부체브가 기차에서 내리 플래트홈에서 대기
중이던 의장대가 사열 준비를 했고 군악대는 연주를 시작했다.

  이토 각국의 영사들과 인사를 나누고 러시아군 대열을 지나 안 의사와
의 거리가 6보도 안 되었을 거리에 이르자 7발의 총성이 하얼빈 하늘에
울러 퍼졌다. 이 중에서 3발은 이토 가슴과 옆구리, 복부를 명중시켰고 나
머지 4발은 하얼빈 주재 총영사와 궁내대신, 남만철도주식회사 총재 등에

게 중상을 입혔다.

이토가 쓰러진 것을 확인한 후 안 의사는 "코레아 우라! (한국 만세)" "코레아 우라! (한국 만세)"를 세 번 외쳤다.

서명훈 선생님 서재

"코레아 우라!" 당시에 우리에게 이 말보다도 더 감동적인 표현은 없을 것이다.

안 의사는 현장에서 체포되어 간단한 심문을 받은 뒤 일본 총영사관으로 보내져 지하 감방에서 7일간 취조를 받은 뒤 여순 감옥으로 이송된다.

의사는 11일간 하얼빈에 머무르면서 우리 민족의 애환을 녹여 주었을 뿐만 아니라 전 세계를 감동시켰다.

이후 하얼빈 시민들은 거사의 현장 옆에 기념관을 세우고 수많은 시인과 정객이 그를 칭송하는 시를 지었으며 지금도 매년 학술대회를 개최하고 있다. 안중근 의사를 기리는 데 있어서 가장 두드러진 인사는 김우종 선생과 서명훈 선생이다. 이 두 분은 원로 사학자이자 고위 공직자로서 거의 한평생을 안중근 연구에 바치신 분들이다. 필자는 운 좋게도 서명훈 선생님을 알게 되었다.

그는 첫 만남에서 '백문이 불여일견이니 관계자들을 만나 이야기도 들어보고 안 의사의 숨결이 깃든 곳을 찾아가 보라'고 조언했다.

"지난번에 최 수녀님 만날 거라고 했는데 만났나?"

안중근 기념관(이토를 저격한 시각인 9시 30분을 가리킴)

"예, 아시다시피 여기 중국에서는 외국인은 포교가 금지되어 신분을 드러낼 수 없어 숨어서 활동을 해야 하니 답답해했어요. 저도 여러 번 전화 끝에 겨우 연락이 되어 만나기는 했지만, 그런데 그 수녀님도 이제는 70대 중반을 넘어 할머니가 다 되었더군요. 그럼에도 불구하고 안 의사의 조카며느리인 안노길 여사님을 10년이나 보필했다니 대단하더군요."

"여사님은 작년에 한국 유학생들의 도움으로 안중근 기념관에 왔는데 너무 만족해하시더라고. 한 해만 더 살았어도 주 교수도 만나 볼 수 있었는데 장영철 관장도 만나 봤어?"

"예, 그분의 가게에 가서 몇 번 만났지요. 만날 때마다 친구들이 그를 나무랐어요."

"왜, 그렇지?"

"돈도 별로 없으면서 회관을 만들고 운영비도 들어가야 하는데 노래방에서 번 돈을 몽땅 다 쏟아붓는다면서 불평을 하더군요."

"김 교수도 만나봤어?"

"못 만났어요. 며칠 전에 학교를 옮겼더군요."

"그래? 지난주에 만났을 때도 그런 말은 않던데. 어느 학교로?"

"대련 외국어대학입니다."

"그렇구나. 그 양반 집념은 누구도 못 말려. 안 의사의 골해를 찾는 것이 그의 일생의 업으로 삼는 양반이니. 하기야 여기서도 이틀이 멀다 하고 대련까지 그 먼 거리를 다녔는데…. 우리

서명훈 선생 부부와 안중근기념관 관장

하얼빈으로서는 한 인재를 잃었지만 안 의사 연구를 위해서는 다행이야."

"연추에는 다녀왔어?"

"안중근 기념관장인 최경매와 다음 달에 가기로 했어요. 대신에 지난주에는 관성자역에 다녀왔습니다."

"관성자역에 다녀왔다고? 찾기가 어려웠을 텐데?"

"맞아요, 찾는다고 고생깨나 했지요. 택시를 3번이나 갈아타면서까지 관성자역으로 가자고 했지만 아무도 모르더군요. 할 수 없이 장춘역으로 가 안내원에게 물어도 몰랐어요. 내가 허탈해하는 모습을 보고는 사무실 안으로 들어가 누군가에게 물었나 봐요. 그 역은 없어진 지 오래되었다면서 방향을 가르쳐주었어요."

"바로 옆이지?"

"맞아요. 한 1㎞ 남짓했어요. 지금은 노인병원으로 쓰이더군요."

"가기 전에 나에게 물었으면 그런 고생은 안 했을 텐데."

"여순 감옥은?"

"가지 못했습니다."

"다른 곳은 못 가도 그곳은 꼭 가 봐야 하는데."

필자는 그의 조언을 들은 지 두 달이 지난 후인 청명절 연휴를 맞이해 여순행길에 올랐다.

얼음과 눈의 땅 하얼빈도 청명절이 되자 추위는 사라지고 온 대지가 푸른색으로 변했다. 청명절 연휴를 맞이하여 그동안 미루었던 여순행 기차에 몸을 실었다. 차가 서서히 움직이기 시작하더니 이내 시속 300㎞ 이상의 속도를 내기 시작했다. 하얼빈에서 여순까지는 900㎞가 넘는 거리이니 3시간 이상이 소요될 것이다.

차창 밖의 풍경은 어느 때와는 달리 들판 한가운데서 꽃과 음식을 차려놓고 추모를 하는 모습이 도처에서 보여 의아하게 생각했다. 청명절을 맞아 성묘하는 사람들이었다. 중국의 동북지방은 산이 없고 온통 들판뿐이라 산속에 묘소가 있는 우리나라와 달리 들판 가운데 묘를 만들어 참배를 하고 있어 잠시나마 혼란이 있었던 것이다.

여순 감옥

중국은 1949년 중화인민공화국이 들어서고 1960년대에 문화대혁명의 여파로 전통적이 제례문화는 사라진 것으로 알고 있었지만 그렇지도 않았다.

여순 감옥 가까이에 이르자 청명절을 맞이해 수많은 학생들이 줄을 서서 기다리고 있었다. 그들이 이곳을 찾은 목적은 안중근과 같은 애국지사를 추모하고 그 정신을 배우기 위해서였다. 비록 민족은 다르지만 안중근 의사의 나라 사랑 정신을 배우기 위해 기다리는 모습을 보니 고맙기도 하고 부럽기도 했다. 한참을 기다린 후에야 감옥 내로 들어갈 수 있었다.

안중근 의사가 갇힌 감옥

여러 개의 감방 중에서 안중근 의사가 투옥 되었던 감방은 다른 일반 죄수들의 감방과 달리 독채의 건물이었고 옆에는 특별 간수가 따로 배치되었다.

안 의사는 이 독방에서 1909년 11월 3일부터 1910년 3월 26일까지 짧은 기간 동안 동양평화론을 집필하고 200여 점의 유묵을 썼으며 동포에게 고함과 마지막 유언을 남겼다.

동포에게 고함
'내가 한국 독립을 회복하고 동양 평화를 유지하기 위하여 삼 년 동안을 해외에서 풍찬노숙 하다가 마침내 그 목적을 도달치 못하고 이곳에서 죽노니 우리 이천만 형제자매는 각각 스스로 분발하여 학문에 힘쓰고 실업을 진흥하여 나의 끼친 뜻을 이어 자유 독립을 회복하고 죽는 자 유한이 없겠노라.'

마지막 유언
내가 죽은 뒤에 나의 뼈를 하얼빈 공원 곁에 묻어 두었다가 국권이 회복되거든 고국으로 반장해 다오. 나는 천국에 가서도 또한 마땅히

여순 감옥의 고문실

여순 법원

우리나라의 국권 회복을 위해 힘쓸 것이다.

너희들은 돌아가서 동포들에게 각각 모두 나라의 책임을 지고 국민
된 의무를 다하며 마음을 같이하고 힘을 합하여 공로를 세우고 업을
이루도록 일러 다오. 대한독립의 소리가 천국에 들려오면 나는 마땅
히 춤추며 만세를 부를 것이다.

　의사가 수감되었던 감방을 보고 난 후 사형이 집행된 형장으로 갔다. 형
장은 감방에서 약간 떨어진 곳에 위치해 비스름한 길을 따라 몇 분간을
걸어야 했다. 이 길을 걸으면서 의사의 심정은 과연 어떠했을까? 로마 총
독 폰티누스 필라투스의 재판을 받은 후 십자가를 지고 골고다 언덕을 오
르는 예수님의 심정이었을까? 아니면 731부대의 마루타가 되어 안다 야
외 실험장으로 끌려갔던 독립투사들의 심정이었을까?

1910년 3월 27일 만주일보는 그때의 모습을 다음과 같이 묘사했다.

부슬비가 내리는 1910년 3월 26일 오전 10시, 안중근의 사형은 뤼순 감옥에서 행해졌다. 안은 전날 밤 고향에서 보내온 옷을 입고 예정된 시간보다 일찍 간수 4명의 경호를 받으며 형장으로 불려나와 교수대 옆에 있는 대기실로 갔다. 당일 입은 옷은 상하의 모두 한국에서 만든 명주옷이었다. 저고리는 흰색이고 바지는 검은색이어서 흑백의 분명한 대조가 아무래도 수분 후면 밝은 데서 어두운 곳으로 갈 수밖에 없는 수인의 운명과 같아 보는 이로 하여금 일종의 감개를 느끼게 했다.

집행을 언도하고 드디어 미조부치 검찰관, 구리하라 전옥형무소장, 소노키 통역, 기시다 서기가 교수대 앞에 있는 검시실에 착석하자 안이 대기실에서 끌려 나왔다. 구리하라 전옥은 안에게 "금년 2월 14일 뤼순지방 법원의 언도와 확정명령에 따라 사형을 집행하겠다."는 뜻을 전했다.

소노키의 통역이 끝나자 안은 아무 말 없이 고개를 끄덕였으나 구리하라 전옥은 다시 한번 안에게 "뭔가 남길 말이 없느냐."라고 물었다. 안은 "아무것도 남길 유언은 없으나 다만 내가 한 이토 히로부미 사살은 동양평화를 위해 한 것이므로 일한 양국인이 서로 일치협력해서 동양평화의 유지를 도모할 것을 바란다."라고 말했다. 그러자 간수가 반 장짜리 종이 두 장을 접어 안의 눈을 가리고 그 위에 흰 천을 씌웠다. 안의 최후가 일각일각 다가왔다.

재판 당초부터 언도 이후까지 안을 정중하고 친절하게 대했던 안이 최후의 순간을 맞을 때는 마음껏 최후의 기도를 하도록 허락했다. 안은 전옥의 말에 따라 수 분간 묵도를 했고 기도가 끝나자 수명의 간수에 둘러싸여 교수대로 향했다.

교수대의 구조는 마치 2층집 같아서 작은 계단 7개를 올라가면 화로방 같은 것이 있는데 안은 조용히 걸어서 한 계단 죽음의 길로 다가갔다. 그때의 감정이나 얼굴색은 흰옷과 어우러져 더욱 창백했다. 드디어 안이 교수대 위에 책상다리를 하고 앉자 옥리 한 명이 그의 목에 밧줄을 감고 교수대 한쪽을 밟으니 바닥이 '꽈당' 소리를 내며 떨어졌다. 10시 15분 안은 완전히 절명했다. 거기까지 걸린 시간은 불과 11분이었다.

보통 사형수의 유해는 좌관에 넣은 것이 관례였으나 특별히 안을 위해서는 새롭게 송판으로 침관을 만들어 시체를 넣고 그 위를 흰 천으로 씌워 매우 정중하게 취급했다. 일단 이 관을 교회실에 넣고 안이 형장에 갈 때 품고 있던 예수의 상은 관 양쪽에 걸었다.

일본 정부는 대개 수인들의 유해를 둥근 통 모양의 나무 관에 구부정하게 세운 자세로 안치한 후 봉분 없이 매장했으며 일부는 관 1개에 두 명씩 넣기도 하였다.

안의 공범자인 조도선, 우덕순, 유동하 등 세 명은 교회실로 불려 와 안의 유해를 향한 최후의 고별을 허가 받았다. 세 사람은 모두 천추교인이 아니어서 조선식으로 두 번 절을 하며 안의 최후를 조문했다. 그들은 모두 감격한 듯했고 그중에서 우덕순은 하얼빈 이후 안중근의 소식이 끊겼는데 최후의 고별을 하게 돼 안도 만족할 것이라며 당국의 배려에 감사했다.

이리하여 시체는 매우 정중한 취급을 받으며 오후 보슬비가 내리는 가운데 공동묘지에 묻혔다. 두 동생은 안중근의 죽음을 듣고 "아이고"라고 외치며 통곡했다. 그들은 시신을 돌려 달라고 했으나 안 된다는 말에 서둘러 떠날 채비를 해서 26일 오후 5시 뤼순발 열차로 안동현을 거쳐 귀국길에 올랐다.

〈만주일일신문〉 기사, 1910년 3월 27일 자

감옥을 나와 안 의사가 재판을 받았던 려순 법정으로 갔다. 2층 건물인 법원 청사는 주변의 다른 건물과는 달리 러시아풍의 건물이라 바로 알 수 있었다. 안 의사는 2층 대법정에서 1910년 2월 7일부터 14일까지 6차례에 걸쳐 초고속 재판을 받는다. 이 세계적인 재판에서 안 의사는 자신의 뜻을 당당히 발힘으로서 승리의 월계관을 쓰게 되고 이토 히로부미는 한낱 파렴치한 독재자임이 드러난다.

영국의 〈그래픽〉지는 1910년 4월 16일 자 기사에서 당시의 상황을 자세히 다루었다.

재판은 2월 7일 오전 9시가 지나서야 시작되었다. 그리고 이 재판이 열린 곳은 극동의 한 도시 포트 아서(중국 뤼순의 영어식 별칭)로, 일본이 이 사건의 극적 효과를 높이기 위하여 신중하게 의도적으로 선택한 곳이었다. 이 유명한 요새로 된 작은 도시의 황량하기 그지없는 언덕배기에 위치한 크지도 작지도 않은 위압적이지도 않고 초라하지도 않은 한 건물 안에 마련된 법정에서 판사, 검사, 그리고 통역을 담당한 사람들이 그들의 등을 벽 쪽으로 향한 채 긴 테이블에 함께 앉았으며 이들 앞에 죄수들이 서서 이들의 질문에 직접 대답하도록 되어 있었다. 그 뒤에는 변호인들을 위한 좌석이 마련되어 있었다. 오른쪽에는 경비 헌병들이 앉을 등받이가 없는 걸상들, 그리고 이들 바로 왼쪽에는 죄수들이 앉을 벤치가 놓여 있었다. 그리고 칸막이 뒤에는 일반인들의 방청석이 마련되어 있었다.

중략

암살범 안중근과 세 사람의 공범들은 낡고 더럽고 딱딱한 죄수 호송 마차에 실려 감옥에서 법정에 도착하였다. 이들은 법정에 들어서자 자기들을 위하여 마련된 벤치에 앉았다. 무거운 정적이 법정을 지배하였다. 온순한 동양인 방청인들은 너무나 얌전한 나머지 이 사건에 대하여 가타부타 일체 사사로운 의견을 표시하지 않았다. 만약에 누군가가 그런 시도를 했다면 제복을 입은 헌병에 의하여 즉시 제재를 받았을 것이다. 이 특별한 법정 경비원에게 이 역사적인 재판의 권위와 공정성을 훼손하는 어떤 행위도 용납해서는 안 된다는 엄격한 지시가 내려져 있었으며 경비원들은 이 지시를 글자 그대로 엄격하게 실행하였다. 방청객들 가운데 혹시라도 어떤 비일본인이 앉아 있다가 무심코 다리를 꼬기라도 한다면 그는 즉시 엄중한 질책을 받았고 방청석 밖으로 끌려 나갔다.

사건담당 검사는 우선 비극의 개요를 설명함으로써 재판을 시작했다. 그는 안중근에 대해서는 일급 살인범으로 그리고 그의 동료이자 공범으로 체포된 다른 두 사람, 우덕순과 조도순에게는 살인미수 혐의를 적용했다. 이 두 사람은 안중근에 앞서 이토 공작을 지야이지스고(채가구)역에서 살해하려고 했지만 러시아 철도 경비원들의 감시 때문에 계획을 포기해야만 했었다. 그리고 또 한 사람의 공범 유동하는 이들과 은밀한 접촉을 하고 서신을 전달한 혐의로 기소되었다. 검사가 그간 준비된 빈틈없는 증거의 그물을 가지고 이들 하나하나의 범죄 행위를 엮어 가는 동안 이 네 사람은 동요하는 빛이 없이 조용히 앉아 있었다. 그에게 사람들의 시선이 집중되어 있었지만 안중근은 더욱 그랬다. 그는 좀 지루하다는 표정이었다. 그의 일관된 요구는 "나에게도 말할 기회를 주시오. 나도 말 좀 합시다. 나에게도 할 말이 많소."였다.

드디어 검사의 사건설명이 끝나고 안중근에게 말할 기회가 주어지자 그의 입에서는 즉시 애국적 열변이 터져 나왔다. 법정의 분위기나 사정을 전혀 의식하지 않고 그와 같은 그의 발언이 청중들에게 과연 어떤 효과를 가져올 것인가에 대하여는 아랑곳없이 그는 어떻게 한국이 그동안 일본에 의하여 억압을 받았으며 그 억압의 주인공이 바로 이토 공작이라고 열변을 토하였다.

중략

2월 14일 월요일 마침내 이 죄수들은 선고를 받기 위하여 검정색 죄수 호송마차에 실려 마지막으로 법정에 도착하였다. 예상한 대로 안중근에게는 사형이 언도되었다. 살해당한 이토 공작도 이와 같은 극형은 결코 바라는 바가 아닐 것이라는 한 변호인의 탄원이 있었지만 묵살되었다. 우덕순에게는 3년 징역에 중노동이 조도선과 유동하에게는 각각 18개월의 징역형이 선고되었다. 형을 선고 받은 피고들의 모습은 각자 특색이 있었다. 나이 어린 유동하는 가련하게 울먹였다. 조도선은 좀 나았다. 우 씨는 잃었던 침착성을 되찾은 듯 아무도 원망하지 않았다. 안중근은 달랐다. 기뻐하는 모습이 역력했다. 그가 재판을 받는 동안 법정에서 자신의 정당성을 주장하는 열변을 토하면서 두려워한 것이 하나 있었다면 그것은 혹시라도 이 법정이 오히려 자기를 무죄 방면하지나 않을까 하는 의심이었다. 그는 이미 순교자가 될 준비가 되어 있었다. 준비 정도가 아니고 기꺼이, 아니 열렬히 자신의 귀중한 삶을 포기하고 싶어 했다. 그는 마침내 영웅의 왕관을 손에 들고는 늠름하게 법정을 떠났다. 일본정부가 그처럼 공들여 완벽하게 진행 하였으며 현명하게 처리한 이 세상을 떠들썩하게 만든 일본식의 한 '유명한 재판 사건'은 결국 암살자 안중근과 그를 따라 범행에 가담한 잘못 인도된 공범들의 승리로 끝난 것은 아닐까!

의사의 유해는 찾을 수 없는가!

사형이 집행된 후 의사의 두 동생은 감옥 측에 유해를 돌려 '내가 죽은 뒤 나의 뼈를 하얼빈 공원 곁에 묻어 두었다가 우리 국권이 회복되거든 고국으로 반장(返葬) 다오.'라는 유언에 따라 감옥 측에 유해를 돌려 달라고 했지만 일본제국 주의자들은 그렇게 될 경우 모셔진 곳이 성역화되어 독립 투쟁의 성지가 될 것이라고 생각해 비밀리에 감옥 서북쪽에 있는 공동묘지에 묻었다고 한다.

그 후 1946년 김구 주석이 귀국 후 이듬해 안중근 의사의 유해를 모셔오려고 했지만 중국의 내전으로 뜻을 이루지 못했다. 그 후 1948년 4월 평양 남북 협상에서 김구 주석은 김일성에게 공동으로 유해 찾기를 제의 했지만 김일성은 통일 후에 추진하자고 해 실현되지 못했다.

북한은 1970년대 중반 〈안중근 이토 히로부미를 쏘다〉라는 영화를 제작한 후 유해 찾기에 나섰지만 실패했다고 한다. 우리 정부도 1992년 수교 후 중국 측에 협조를 요청했지만 별다른 반응이 없다고 한다.

지금도 안중근 유해 찾기 단체 등이 나서서 활동하지만 한계에 부딪친 상태이고 묘역 주변에 Apt까지 들어서 찾기가 더욱 힘들어지고 있다고 한다.

청사를 떠나기 전 서북쪽 산 어디에 잠들어 있을 의사를 생각하니 김일성이 원망스러웠다.

보천보 전투에서 비무장의 민간인 2명을 죽인 것을 치적으로 삼으며 항일 투쟁은 자기 혼자 다 한 것처럼 선동질해 우상화에 이용하고 그것도 부족해 부모와 아들까지 우상화하고 있는 데 반해 겨레의 원흉인 거물 이토를 격살시킨 의사를 모셔 오자고 제의했지만 미루다가 끝내 못 찾을 수도 있으니 더욱더 개탄스럽다.

1948년 남북협상에서 안 의사 유해 송환을 합의했더라면 이국땅에서 쓸쓸히 영면하지는 않을 것이다.

법원을 나와 바로 떠나려니 너무나 아쉬워 형장으로 다시 갈 때 안 의사가 이토를 격살시키고 형장의 이슬로 사라지기까지의 과정이 파노라마처럼 지나갔다. 하얼빈역에서 러시아 병사들의 삼엄한 경비를 헤집고 행한 흔들림 없는 저격, 여순 법원에서 밝힌 불굴의 의지, 사형틀 앞에서조차도 두려움 없는 표정을 보면 그 용기와 담력은 과연 어디서 나왔을까!

만해 한용운은 의사의 담력을 아래와 같이 표현했다.

만섬의 들끓는 피여!
열말의 담력이여!
벼르고 벼른 기상
서릿발이 시퍼렇다
별안간 벼락 치듯

　필자는 서명훈 선생님을 여러 번 만났다. 때로는 한국식당에서 식사도 함께하곤 했지만 음식을 거의 들지 못했다. 마지막 만남이 있고 난 후 한 달도 되지 않아 사모님으로부터 선생님이 돌아가셨고 장례식까지 치렀다는 전화를 받았다. '왜 알려 주지 않았냐?'면서 섭섭해하자 한중 관계가 사드문제로 원활하지 못해 한국 사람들이 참석하면 주변에 누가 될까 봐 일부러 알리지 않았다고 했다. 고국을 떠난 지 90여 년이 넘고 국적은 중국인이지만 한평생을 안중근 의사의 연구에 받치신 그 정신을 높이 평가하지 않을 수 없다.

서명훈 선생님과 필자

참고문헌

○

〈간행본〉

김광탁《밀산시 조선족 100년사》민족출판사. 2007

서명훈《하얼빈시 조선족 100년사》민족출판사. 2007

서명훈《안중근과 하얼빈 흑룡강》조선족 출판사. 2005

서명훈《안중근 하얼빈에서 열 하루》흑룡강 미술출판사. 2005

연수현《연수현 조선족 100년사》민족출판사. 2012

한득수《상지시 조선민족사》민족출판사. 2013

서병철《북풍은 남풍이 되어》희망사업단. 2018

오상시《조선족 100년사》민족출판사. 2012

가목사《조선족 100년사》민족출판사. 2010

목단강《조선족 100년사》민족출판사. 2007

리정걸《안중근 연구》흑룡강 조선민족 출판사. 2009

상지시《상지시 조선민족사》민족출판사. 2009

밀산시《밀산 조선족 백년사》민족출판사. 2007

밀산시《조선족역사문화애술종합작품집》흑룡강 조선민족 출판사. 2012

하얼빈시《조선민족 100년사 화》민족출판사. 2007

이민《風雪征程》흑룡강 인민출판사. 2012

김우종《동북지역 조선인 항일력사 1권~10권》흑룡강민족출판사. 2011

김춘선《중국 조선족 사료전집 1권~12권》연변인민출판사. 2014

심영숙《중국 조선족 력사독본》민족출판사. 2016

김성민《일본 세균전》흑룡강출판사. 2010

박태균 《한국전쟁》 책과 함께. 2005

서중석 《신흥무관학교와 망명자들》 역사비평사. 2002

이은숙 《서간도 시종기》 일조각. 2017

박환 《만주지역 한인민족 운동의 재발견》 국학자료원. 2014

백산안희제선생순국70년추모위원회 《백산 안희제의 생애와 민족운동》 도서출판 선인. 2013

백야김좌진장군기념사업회 《만주벌 호랑이 김좌진 장군》. 2010

〈신문〉

길림신문, 흑룡강 신문, 연변일보 등 각종 일간지

〈사전〉

두산백과

송화강에서
우수리강까지 중

ⓒ 주철수, 2024

초판 1쇄 발행 2024년 3월 8일

지은이   주철수
펴낸이   이기봉
편집   좋은땅 편집팀
펴낸곳   도서출판 좋은땅
주소   서울특별시 마포구 양화로12길 26 지월드빌딩 (서교동 395-7)
전화   02)374-8616~7
팩스   02)374-8614
이메일   gworldbook@naver.com
홈페이지 www.g-world.co.kr

ISBN   979-11-388-1582-6 (04810)
ISBN   979-11-388-1580-2 (세트)